KB000928

내 사랑 카멜레온

내 사랑 카멜레온

지은이 노희준
펴낸이 임상진
펴낸곳 도서출판 넥서스

초판1쇄 인쇄 2024년 9월 5일
초판1쇄 발행 2024년 9월 10일

등록 2011년 10월 19일 제406-251002011000302호
주소 10880 경기도 파주시 지목로 5 (신촌동)
전화 (02)2088-2013

ISBN 978-89-98454-87-6   03810

엔드리스(Endless) 시리즈는 도서출판 넥서스가 '문학의 영원함'을
캐치프레이즈로 삼아, 탁월한 한국문학 작품을 엄선하여 재출간하는
프로젝트입니다.

Endless 04

내 사랑
카멜레온

노희준 소설집

&

작가의 말

뒤돌아보지 않으면
나아갈 수도 없는 거니까

노
희
준
(로
희
)

20대에 쓴 단편들이다.

나보다 소설이 더 중요하다고 생각할 때.

등단하고 5년 만에 낸 책은 랜덤하우스 출판사가 한국에서 철수하면서 절판되었다.

상관없다고 생각했다. 나는 앞으로 계속 나아갈 거니까.

뒤돌아보면 나도 모르게 소금 기둥이 되어버릴지도 모르니까.

처음 복간 제의를 받았을 때는 20년이 지난 책인데 괜찮을까? 했다. 가까이 지내는 20대 작가님들이 이 책을 기억하고 있고 좋은 책이었다고 해주셔서 용기를 낼 수 있었다.

파일이 없다는 사실을 몰랐던 건 나의 오랜 외상이겠지. AI 스캔 앱이 해결해 주지 않을까 했으나 오탈자가 더 많았다. 단 한 권 남은 책을 갖다 놓고 처음부터 끝까지 타이핑했다.

주변에서 응원해 주니까 금세 거만해져서, 크게 고칠 건 없지 않을까? 생각했던 것을 여러 번 부끄러워했다.

내가 썼다는 게 믿기지 않는 비유들이 있었다.

인물의 생각을 반영한다고 쓴 모양인데 영 거슬렸다.

생각해 보니 당시에 소설이 '섹시'하지 않다는 얘기를 많이 들었다. 귀는 또 어찌나 얇은지 '섹시'해지려고 노력했던 기억도 났다. 온 세상이 '섹시'를 외치던 시절이었다. '섹시'를 '좋다'는 뜻으로도, '최고'라는 뜻으로도 썼다. 마치 섹시하지 않으면 죄라는 듯이.

몇몇 문장은 지울 수밖에 없었다.

스마트 폰이 없던 시대. 배달이 오면 문을 열어주는 게 당연했고, 온 국민이 서로에게 명절날 모인 친척처럼 굴고, 누가 뭐라고 하든 '쿨'하게 반응해야 미덕처럼 여겨지던.

예전이 더 좋았다는 말을 종종 하지만, 우리는 그냥 야만의 시대를 살았구나 싶다. 그래도 그냥 순응해 버린 작품들은 아닌 것 같아서, 아무리 사소해도 잘못된 건 잘못된 거라고 말하고 싶었던 마음이 새록새록 떠올라서, 한 달여의 고민 끝에 복간하기로 결심했다.

과거는 바꿀 수 없지만, 뒤돌아보지 않으면 나아갈 수도 없는 거니까.

고민고민하다가 당시 작가의 말도 일부 인용해서 그대로 옮긴다. 그때의 마음과 각오를 되새긴다는 의미에서.

"고양이는 63빌딩에서 떨어져도 죽지 않는다. 비유가 아니다. 7년간의 직장 보스이자 지금은 연배의 친구가 된 물리학 석사 선배님이 보증한댔다. 재밌는 것은 7층보다 낮은 데서 떨어지면 죽는다는 것이다.

질량이나 부피와 관계 없이 모든 물체는 똑같은 속도로 떨어진다는 누군가의 실험은 거짓이다. 그것이 사실이라면 사람은 비를 맞고도 죽어야 한다.

실제로는 공기 저항력이 물체마다 다르기 때문에 낙하 속도도 다르다. 공기의 마찰력과 가속도의 차가 0이 되면 더 이상 속도가 늘지 않고 균등한 속도로 떨어진다. 이를 종단 속도 Terminal Velocity라 한다. 돌멩이는 부피에 비해 질량이 압도적으로 높으므로 공기의 영향을 거의 받지 않는다. 하지만 빗방울은 중력＝mg(m:질량, g＝중력 가속도)이고 마찰력＝kv(k:비례 상수, v:속도)일 때 mg와 kv가 같아지는 시점에서부터 같은 속도로 떨어진다. 그러므로 종단 속도 $v=mg/k$다. 중요한 것은 속력speed이 빨라질수록 마찰력도 증가한다는 사실이다.

고양이를 63빌딩에서 떨어뜨리기 전에 설명해 둘 것이 있다. 고양이는 몸피가 크지 않기 때문에 몸무게에 비해 표면적이 넓은 편이다. 고양이는 또한 몸이 매우 유연한 동물이다. 다른 동물은 엄두도 못 낼 작은 구멍도 고양이는 통과한다. 63빌딩에서 떨어지는 고양이는 몸피를 최대한 줄인다. 공기에 닿는 면이 적어지므로 속력은 매우 빨라진다. 이때 속력이 빨라졌다는 것은 단위 면적당 마찰력도 함께 증가했음을 의미한다. 고양이는 고속으로 떨어지다가 7층 높이에서 온몸을 펼친다. 순간 증가한 마찰력이 온몸에 작용하면서 낙하산 효과가 발생한다. 일종의 에어 브레이크다. 그런 다음 가랑잎처럼 바람을 타면서 땅에 착지한다. ∩모양으로 굽어지는 유연한 척추도 충격 흡수 장치 역할을 톡톡히 해낸다. 그렇다면 질문해 볼 수 있다. 그토록 성능이 좋은 에어 브레이크를 왜 미리 걸지 않는 것일까? 살기 위해서다. 미리 걸면 속력이 줄게 되고 속력이 줄면 마찰력도 줄어서 브레이크 압력이 떨어진다.

고양이는 63빌딩에서 떨어져도 죽지 않는다. 그는 노련한 스카이다이버다. 지면이 가까워질 때까지 충분히 기다린다. 속력이 붙기 전에 결코 성급하게 몸을 펼치지 않는다. 무서운 추락의 힘으로 중력의 힘에 맞서는 것이다. 추락을 두려워하는 자는 깊이를 얻을 수 없다. 지금은 더 빨리 추락할 때, 아직은 웅크린 몸으로 단단한 공기를 묵묵히 가를 때."

차례

죽음이란 무엇일까. 종교에서 말하는 것처럼 영혼이 되어 저곳으로 쉬러 가는 것일까. 아니면 지금 여기 이렇게 엄연히 존재하는 나와, 내 주위에 있는 모든 것들이 다시는 볼 수 없는 곳으로 사라지는 것일까. 완전히 없어진다는 건 어떤 것일까. 정말 아무것도 남지 않을까.

너는 ——— 감염되었다

1

김은 새로 산 노트북에서 이상한 것을 발견했다. 세계지도 위에 경도, 위도, 기준시 등이 표시된 15인치 모니터의 바탕화면 위에서였다. 처음에는 불량 화소인 줄 알았다. 대수로운 일은 아니었지만 김은 아무리 사소해도 자신의 물건에 결함이 있는 꼴은 봐줄 수 없었으므로 당장 바꿔버리겠다고 비분강개했다. 하지만 당장 처리해야 하는 업무에 떠밀려 유야무야 2주를 보냈다. 내일은 반드시 교환해야지, 하면 꼭 다음 날 일이 생겼다. 어느 날 부팅해 보니 놈들이 커져 있었다. 색깔도 한층 뚜렷해져 있었다. 유심히 들여다보니 다음과 같은 '활자'가 화면 위에 찍혀 있었다.

Warning: You're infected.

너는 감염되었다

바탕화면을 바꿔보았다. 모니터 색상을 조정해 보았다. 백신 프로그램을 돌려보았다. 아무 소용이 없었다. 그러는 사이 경고문은 배양액 속에 넣은 세균처럼 무럭무럭 자라 모니터의 중앙을 빼곡하게 채워버렸다.

하드디스크를 지웠다. 도스에서 잔여 파일까지 깨끗이 청소한 다음 컴퓨터를 다시 깔았다. 글자들은 박멸된 것처럼 보였다. 하지만 몇 시간이 지나자 그들은 다시 나타났다. 변종이 생겼나? 이번에는 빨리 자랐다. 더 굵어진 듯도 싶었다. 김은 상처받았다. 정말이지 깊이깊이 상처받았다.

김은 A 반도체 회사의 직원이었다. 그중에서도 방화벽 Firewall 담당자였다. 방화벽 담당자가 뭔가. 내로라하는 해커들로부터 정보를 지키는 문지기, 웹상의 경호원 아닌가. 해커뿐만이 아니었다. 아무리 사소한 오류 하나라도 허용되지 않는 곳이 반도체 회사였다. 그 회사의 컴퓨터를 보호하고 있는 김이 이런 잔챙이 하나 해결 못 한다면 말이 안 되었다.

김은 노트북을 회사로 가져갔다. 컴퓨터 보안실에 있는 장비와 프로그램으로 바이러스를 퇴치해 볼 요량이었다. 그런데 이상하게도 회사에서는 괜찮았다. 조바심 내며 여러 번 켜보았으나 거짓말처럼 깨끗했다. 하지만 집에 오자 글자는 다시 나타났다. 한술 더 떠서 'Warning'이란 글자가 빨간색으로 변해 있었다. 꼭 살인 현장의 벽면에 피로 써놓은 글씨

같았다. 김은 유령에 사로잡힌 사람처럼 한차례 격렬하게 몸을 떨었다.

어느 날 김은 일찍 퇴근했다. 저녁을 든든히 먹고 목욕재계한다는 기분으로 샤워도 꼼꼼히 했다. 커피 한 잔을 진하게 타서 앉은뱅이책상 앞에 앉았다. 마침 여동생한테서 늦게 들어온다는 전화가 왔다. 다른 때 같았으면, 네가 지금 놀러 다닐 때야! 했을 거였다. 하지만 오늘만큼은 달랐다. 김은 부드러운 목소리로, 응, 남자 친구 만나는구나? 그래, 오랜만에 실컷 놀다 와, 흔쾌히 여동생의 늦은 귀가를 축복했다.

설거지하고, 아홉 평 넓이의 투룸을 깨끗이 정리한 다음, 김은 마음을 다잡고 화장실 바로 앞에 있는 앉은뱅이책상 앞에 앉았다. 우선은 바이러스 관련 전문 사이트부터 뒤졌다. 별다른 소득이 없자 검색 엔진으로 'You're infected'를 검색했다. 영문 편지 해석 부탁, 바탕화면이 고정돼 있어요. 악질 하드웨어 스파이웨어의 해결책을 알려주세요… 몇 시간이 훌쩍 지나갔다. 같은 증상이 없었다. 고민 끝에 김은 'You're infected'를 '너는 감염되었다'로 고쳐보았다.

에이즈 감염 경로와 검사 방법! 이런 일로도 에이즈가 감염되나요? 에이즈 정부 관리 정책… 등등의 문구들이 잔뜩 떴다. 김은 피식, 웃었다.

거두절미하고 '감염'을 검색했다. 요로 감염, 호흡기 감염……. 김은 스크롤바를 조작해 창을 내려보았다. 엉뚱하게도 '간염'이라는 단어가 눈에 뜨였다. 몇 시간에 걸친 검색에 집중력이 흐트러질 대로 흐트러진 김은 난데없이 엄마 생각을 했다. 엄마는 김이 스무 살도 되기 전에 간암으로 돌아가셨다. 의사는 오래된 B형 간염이 원인이 된 것 같다고 말했다. 엄마한테 간염이 있었어? 동생이 물었다. 김은 고개를 획 돌려 아버지를 노려보았다. 그는 고집스럽게 입을 다물고 있었다. 중노인이 되면서부터 터득한 그의 새로운 생존 전략이었다.

아버지가 집을 나간 지는 오래되었다. 지금은 6층짜리 빌딩 주차장에서 야간 관리인을 하고 있었다. 데려올 생각을 안 한 것은 아니었다. 새벽 1시가 다 된 시간이었다. 근처에 갔다가 술도 한잔 먹었겠다, 마음이 약해져 찾아갔었다. 꽤 세련된 외관의 건물이었으나 주차장은 건물 안쪽, 뒷골목의 후미진 곳에 있었다. 처음에 김은 아버지를 발견하지 못했다. 망막이 어둠에 적응하고 나서야 주차장 구석에 주질러 앉아 있는 형체 하나를 발견할 수 있었다. 그림자도 없는 어둠 속에서 아버지는 스스로 그림자가 되어 소주를 거우르고 있었다. 차 한 대가 시동을 걸었다. 아버지의 납작 눌린 뒷머리와 수직을 이루며 45도쯤 꺾여 있는 잔등이 밑동 잘린 나뭇등걸처럼 환해졌다. 그 뒤로 건물과 건물 사이의 좁은 틈에 대충 나무를 건목쳐 만든, 얼핏 보면 버려진 목제 가구처럼 보이는 틉새집이, 극단적인 콘트라스트로 나타났다 사라졌다.

김은 마우스를 잡고 어지럽게 열린 인터넷 창을 무작위로 닫았다. 바탕화면이 맨얼굴을 드러냈다. 김은 화면을 물끄러미 바라보다가 다시 검색 엔진을 열었다. '컴퓨터 감염'을 친다는 게 손가락이 미끄러져 '컴퓨터 간염'이 되고 말았다. 실수했구나 싶었는데 검색 결과가 있었다. 그것도 여러 개 있었다. '감염'을 '간염'으로 잘못 쓴 것들이었다. '감염'이랑 '간염'도 구분 못 해? 엉뚱한 곳에 욕을 퍼붓다가 김은 '간염 걸리면 컴도 못 하나요?'라는 질문을 발견했다. 중3짜리의 질문이었다. 엄마가 간에 나쁘다며 컴퓨터를 금지했다는 것이었다. 대충 비웃어 주고 넘어가려는데 답변이 사뭇 진지했다. 익명의 답변자는 간염 환자가 피해야 할 것 중의 하나로 컴퓨터를 들고, '전자파의 파장은 암의 파장과 유사하다'라고 지적하고 있었다. 너무 꼼꼼히 뒤지다가 김은 간염의 주요 증상이 '피로감, 무력감, 소화불량, 구토'임을 알아버렸다. 하필 '감염자의 80%가 출생 시 모체로부터 수직 감염되며, 나머지도 대부분 아주 어렸을 때 감염된다'는 문장까지 읽어버렸다.

에이 설마… 배 속에서부터 걸렸다면 벌써 죽었지 아직까지 말짱할까. 김은 가볍게 웃으며 계속 읽어 나갔다.

어렸을 때는 면역 체계도 미숙하기 때문에 바이러스와 면역 세포가 서로 싸우지 않으며, 따라서 아무런 증상도 없다. 눈과 얼굴이 노랗게 되는 등 간염의 증상이 나타나는 것은 30대를 전후해서다.

김은 혹시나 하는 마음에 정확히 세 발짝을 걸어 화장실에 들어가 보았다. 불을 켜고 거울을 보았다. 어쩐지 얼굴이 누렇게 떠 보였다. 흰자위는 숫제 노른자를 마구 섞어놓은 듯한 빛이었다. 정말 간염에라도 걸린 것일까? 아닐 거야. 간염이었다면 벌써 알았겠지. 김은 불길한 생각을 애써 떨치며 컴퓨터 앞으로 돌아왔다. '웬만큼 간이 아파도 모르고 지내는 경우가 많다. 몸이 붓고, 황달이 생겨 아프다는 것을 알았을 땐 이미 간 기능은 70% 정도까지 상실돼, 치료가 쉽지 않은 상태이기 십상이다'라는 문장이 눈에 꽂혔다.

김은 원래 하려던 일을 까맣게 잊고 '간염'에 푹 빠져버렸다. 더군다나 김을 부추긴 것은 주황색으로 변해 있는 관련어 검색란의 '간암에 대한 기초 상식'이라는 제목이었다. 내가 이걸 이미 본 적이 있다고? 아무리 생각해 봐도 '간암' 따위를 검색한 기억은 없었다.

호기심에 못 이겨 클릭해 보았다. 간암에 대한 일곱 가지 상식이 좌악 펼쳐졌다. 간암의 주원인은 B형, C형 간염 바이러스다. 우리나라의 B형 바이러스 감염률은 세계적으로 높은 수준이다. 20년 내로 B형 간염 환자 중의 35퍼센트가 간암이 된다. 남자는 여자보다 4~5배 발병률이 높다. 술을 마시면 최고 여섯 배까지 간암이 더 흔하게 생긴다. 담배를 피우는 사람은 최고 3~4배 간암이 더 흔하게 생긴다. 얼굴이 노랗게 되거나 우상 복부가 부어오르는 것이 가장 흔한 증상이다.

일곱 가지 중에 그에게 유리한 것은 단 한 가지도 없었다. 그는 일주일에 두세 번은 꼭 술을 마셨다. 사내에서는 금연이었지만 아침저녁으로 피우는 담배만도 평균 반 갑은 되었다. 얼마 전부터 동료들은 그를 '아저씨 곰 푸우'라고 놀리고 있었다. 마늘과 쑥을 많이 먹어야 사람이 된다는 조언도 서슴지 않았다. 김은 몸을 젖히고 자신의 배에 두 손을 올려보았다. 풍만했다. 얼마 전까지는 농구공만 하던 것이 지금은 숫제 수소를 채운 기구만 했다. 힘을 주어보았다. 순식간에 부풀어 오르며 불끈불끈 솟아올랐다. 현기증과 공포를 동시에 느끼며 김은 배에서 손을 내려놓았다.

건강에 신경 쓸 틈이 없었다. 지지리도 가난한 집에서 자라 명문대에 입학했다. 학비 벌어, 생활비 보태, 동생 학원비까지 쥐가면서 우수한 성적으로 졸업했다. 그 어렵다는 대기업 취직까지 해서 대리로 승진도 했다. 김은 회사 몰래 밤샘 아르바이트를 해서 2년 만에 3천만 원을 저축하기까지 했다. 하루 서너 시간으로 잠을 줄여가며 이룩한 쾌거였다. 이만하면 난놈이었다. 역경을 헤치고 성공했다고 자부해도 좋았다. 어느 날 김은 입사 동기 R에게 자신의 업적을 신세 한탄인 척 은근히 자랑했다. 그러자 원룸 하나와 1천5백cc 승용차 한 대를 소유하고 있는 R은 다음과 같이 대답했다.

　—아파트 세 평은 확보했구나. 20평만 더 확보하면 남부럽지 않게 살겠다.

그래도 김은 포기하지 않았다. 처음에는 10년만 하루같이 일하면 된다고 생각했다. 하지만 3년을 통과하면서부터 김은 점점 의욕을 잃어갔다. 기계처럼 일만 하기에 김은 아직 젊었다. 누구처럼 차도 사고 싶었고, 그 차에 태울 애인도 사귀고 싶었고, 애인과 함께 좋은 곳도 돌아다니고 싶었다. 그래서 어쩔 수 없었다. 가장 짧은 시간에, 비교적 저렴한 비용으로, 그 모든 것들에 대한 욕망을 확실하게 죽이는 방법은 술과 담배뿐이었다. 그런데 이제 와서 간암 위험자라고? 이 나이에 벌써?

인사과에 있는 박 부장 말야. 난 몰랐는데 췌장암이라네.

초특급 승진하고 잘 나가더니… 진짜 인생 허무하네. 어떻게 그 나이에 벌써 그런 일이 생긴대요.

벌써가 아냐. 원래 30대 암이 장난 아니라잖아. 30대는 젊은 애들보다 저항력은 떨어지는 주제에 또 세포 재생력은 높아서 암세포가 왕성하게 자란대.

휴게실에서였다. C 과장과 P 대리의 대화에 L 대리가 끼어들었다.

전 깨끗합니다. 지난달에 시티CT로 쫙 스캔했거든요. 덕분에 다른 사람보다 장이 길다는 걸 알았습니다. 의사가 채식하라데요. 조 과장님도 말씀만 하시지 말고 정기 검진받으세요.

어허, 운동이 최고라니까요. 그 돈으로 운동하면 만사가 해결된다니까요.

몸짱 사원 S가 팔을 들어 이두박근을 뽐내며 말했다.

인명은 재천이여. 다들 보험이나 많이 들어 둬. 내가 보장

너는 감염되었다

잘 되는 걸로 소개시켜 줘?

'미쉐린 타이어'라는 별명을 가진 B 과장이 합세했다. 모두들 사무실 회의를 할 때보다 훨씬 더 열성적으로 대화에 참여했다. 난장 토론 끝에 여직원 J가 한마디로 남자들의 대화를 평정했다.

그런데 박 부장님 관두시면 그 자리는 누가 가요?

모두들 표정이 진지해졌다. 아무도 대답하지 않았다. 조심주의자 C 과장이 손가락을 들어 조용히 하라는 표시를 했다. 시티CT맨 L 대리가 보일 듯 말 듯 미소를 지었다. 허무주의자 P 대리가 헛기침을 했다. 몸짱 사원 S와 미쉐린 타이어 B 과장은 다른 얘기를 시작했다. 김은 고개를 들어 휴게실 구석에 붙어 있는 카메라 렌즈를 응시했다. 아무리 보지 않으려 해도 어쩔 수가 없었다.

김은 모니터에 시선을 둔 채로 멍해져 있었다. 그러다가 갑자기 벌떡, 몸을 곧추세웠다. 번개처럼 '질병 환시 착각'을 쓰고 엔터키를 쳤다. 본드, 마약, 조현병… 등등이 잔뜩 떴다. 그럼 내가 조현병 환자나 마약 중독자란 말이야? 스크롤바를 천천히 내렸다. 이번에는 '알코올의존증'이란 단어가 주황색이었다. 김은 얼결에 그것을 '알코올의존증'이 아닌

'알코올의 존중'으로 읽었다. '환시'는 '병적 중독'이라는 제목 밑에 있었다.

> 병적 중독이란 알코올 중독의 특수한 형태로 (……) 증상들로는 혼란, 지남력 장애, 착각, 일시적 망상, 환시(……) 등이 나타날 수 있습니다. 이 질환은 수 시간 동안 지속되다가 긴 수면 후 정상으로 회복됩니다.

김은 고개를 저었다. 나는 술 다 깨고, 정신 말짱할 때 봤단 말이다, 이 바보들아, 하면서 화면을 내렸다. 그러자 '알코올의 금단현상'이 잇달아 나왔다.

> 자율신경계 기능 항진, 손 떨림 증가, 불면증, 오심 및 구토, 일시적인 환시, 환청, 환촉 또는 착각(……)

A 반도체 회사에는 사각지대가 없었다. 출퇴근할 때는 반드시 엑스레이를 통과해야 했다. 그뿐이 아니었다. 모든 사무실, 모든 복도에 감시 카메라가 달려 있었다. 불평하는 사람은 아무도 없었다. 첨단 기술의 유출을 막기 위해서는 어쩔 수 없는 일이었다. 전문 해커보다 사내 직원이나 방문자에 의해서 귀중한 정보가 새 나가는 경우가 더 많기 때문이

었다.

하지만 밤샘 아르바이트 덕분에 졸음에 시달리게 된 김으로서는 그 존재가 여간 거슬리는 게 아니었다. 생각다 못한 김은 컴퓨터로 카메라의 사각을 계산해 아예 구석에 짱박혀 발 뻗고 자는 방법을 택했다.

어느 날이었다. 통 전화하는 법이 없던 입사 동기 R이 김에게 전화를 했다. 긴히 할 얘기가 있다고 했다.

예상대로 R은 쉽게 입을 열지 않았다. 간단하게 입을 축이기 위해 들어간 포장마차를 예정보다 일찍 나와, 물 좋다는 맥줏집에서 적당히 술을 익힌 후에도 한동안 통신 보안을 지켰다. 바에 가서 양주를 반병 정도 먹은 후에야, 그것도 몇 번씩 '오프 더 레코드'를 다짐받고 나서야 R의 방화벽은 문을 열었다. 대부분의 고급 정보가 그렇듯, 이번 것도 몹시 짧았다.

너… 잠 좀 그만 자야겠더라.

R은 계속 말했다. 보안을 위해서라지만 근무 태도에 다 반영된다. 몇 번은 우정을 생각해 덮었는데 이제는 자신도 힘에 부친다는 둥, 그리고 덧붙이기를 진짜 중요한 카메라들은 보이지 않는 곳에 감춰져 있다고 했다.

휴게실도 화장실도 예외는 아니야.

그래도 안 보이는 데는 있을 거 아냐.

천만에 사각지대는 없어. 단 한 군데만 제외하고 말야.

거기가 어딘데?

에어 샤워실. 그곳에만 카메라가 없어. 난 그곳에 갈 때마다 소리를 지르고 춤을 춰.

R은 그렇게 말하며 씩 웃었다. 녀석의 손목에 채워진 금색 시계가 반짝, 빛났다.

에어 샤워실은 사무동과 생산 라인 사이에 설치되어 있는 방진시설이었다. 클린룸에 들어가려는 사람은 방진복과 마스크, 장갑을 착용한 다음 반드시 에어 샤워실을 통과해야 했다. 두 사람이 겨우 들어갈 정도의 폭에 길이는 3미터쯤 될까. 어둡고 좁은 그곳에서, 수십 개 구멍에서 터져 나오는 압축 공기를 온몸으로 버티며 서 있다 보면 '에어 샤워'가 아니라 '브레인 샤워'를 당하기 십상이었다. 주말에 편하게 누워 있다가 머리를 감거나 밥이라도 차려 먹어야 할 때처럼 귀찮은, 독감용 엉덩이 주사나 치과용 드릴처럼 지나면 까맣게 잊지만 가기 전에는 소소한 공포에 시달리는, 먼지 뒤집어쓴 똥차가 되어 3분 세차기 속에 들어간 것도 같고, 어린 시절 여탕에 끌려가 만천하에 고추 내놓고 엄마에게 박박 씻김 당하는 것과도 같은, 아무것도 아니지만 왠지 찝찝하고 몸서리쳐지는 일이 에어 샤워였다. 아무런 느낌도 받지 못하거나 은근히 즐기는 사람들도 있었다. 반면 물이라면 칠색 팔색하는 고양이처럼, 아니면 불구멍을 통과하는 곰처럼, 들어가기가 무섭게 빠져나오는 사람들도 있었다. 덕분에 에어 샤워실 60초 규정이라는 것도 생겼다.

에어 샤워실에서 1분 이상을 버텨 충분히 먼지를 제거하지 않는 직원은 관리실 아저씨의 통제하에 서브 모듈실의 모든 파이프를 반짝반짝 윤이 나게 닦아놓아야 했다. 관리실 아저씨는 키는 땅딸막한데 온몸이 쇠처럼 단단한, 성격조차 물샐틈없이 조여진 파이프 이음 같은 중년 사내였다. 이미지에 걸맞게 말도 없어서 거의 모든 의사 표현을 스패너로 했다. 단지 몇 초를 피하기 위해 하루 종일을 컴컴한 파이프 숲에서 보내지 않으려면 60초 규정은 무조건 지켜주는 게 합리적이었다. 더구나 서브 모듈실 청소는 결근으로 처리되었으므로 야근으로 때우거나 월차를 반납해야 근무 시간을 채울 수 있었다. 그런데 어느 날, 시계처럼 정확하게 움직이곤 했던 김이 그 규정을 어겼다. 생산 라인의 컴퓨터를 정기 점검하는 날이었다.

처음에 그것은 철판의 페인트가 변색되어 생긴 손톱만 한 얼룩 같았다. 결코 논리적인 생각은 아니지만 압축 공기 때문에 먼지가 몰려 순간적으로 형성된 작은 구름처럼도 보였다. 처음에는 무시할 만했는데 방문이 거듭될수록 이놈이 커졌다. 탁구공만 하던 게 야구공만 해지고, 결국에는 볼링공만 해지더니 굴곡이 생기고 형체가 잡혔다. 빗줄기 속에 뿜어 올린 담배 연기나 우주 위에 떠 있는 성운처럼 전반적인 윤곽은 희미했지만 사람의 형상이 분명했다. 놈은 알아들을 수 없는 소리를 냈다. 화를 내는 건지, 원망하는 건지, 아니면 분노하다 지쳐 상대를 타이르는 건지, 도통 이해할 수 없는 표정을 하고 있었다. 눈을 감으면 현기증과 함께 머릿속에서 만화경이 펼쳐졌다. 판지 따위에 그려진 바둑판무늬의 톱니바퀴가 쉴 새 없이 회전하고 있었다. 눈을 떴다. 녀석이 코앞에 다가와 있었다. 자신의 표정을 빨리 해독해 달라는 듯 눈썹을 처뜨리고 있다가 집어삼킬 듯 입을 크게 벌렸다.

김은 짐승처럼 마스크와 장갑, 스먹 따위를 마구 벗어던졌다. 막바로 달려 나가 강제로 출입구를 열었다. 김은 몇 초 후에야 자신이 청정도 100클래스를 유지해야 하는 클린룸에 반 속옷 바람으로 서 있음을 깨달았다. 오염 경보가 울려 퍼졌다. 수십 명의 사람들이 작업을 멈춘 채 일제히 김을 응시하고 있었다….

너는 감염되었다

무슨 큰 문제가 생긴 건가요?

아니, 뭐 그렇지는 않아요.

그럼 문제가 없는 건가요?

그렇다고 할 수도 없죠.

그럼 이게 무슨 병인데요?

그러니까 이게…… 이를테면…….

직원 주치의는 끝까지 병명을 밝히지 않았다. 걱정을 줄이고 자신을 안심시켜라. 인간의 무의식은 지나치게 압력을 받으면 긴장에서 벗어나려고 의도적으로 착각을 일으킨다. 화장실인 줄 알고 오줌을 눴는데 사실은 꿈이었다던가, 시험공부를 무지하게 열심히 했는데 전날 배탈이 났다던가, 다 같은 원리다 등등. 김은 마지못해 고개를 끄덕였으나 야뇨증과 배탈이 에어 샤워실에서 헛것을 본 것과 어떻게 같은지 알쏭달쏭했다. 그 뒤에도 김은 간간이 에어 샤워실에서 유령을 보았다. 하지만 주치의가 별문제 없다고 보고한 이상 김도 뭔가를 또 보았다고 말할 수는 없었다. 클린룸 근무에 부적격 판정이 내려지면 보안 담당관을 못 할 것이고… 보안 담당관을 못 하면… 김은 실직자가 되고 싶지 않았다.

김의 손이 단어들을 빠른 속도로 따라가기 시작했다. '간암'에는 '원발성'과 '전이성'이 있었다. 주황색으로 변한 '전이성'을 선택했다. '전이성 간암은 위암, 대장암 등으로부터 전이되기 쉽다.' 간암에 걸릴 수 있다면 대장암에 걸리지 말란 법도 없잖아. 아니나 다를까, '대장암'이 핏빛으로 물들어 있었다. 다음은 '대장암의 세 가지 종류'. 김은 대장을 부위별로 검색하다가 마침내 직장에 도달했다.

> 설사와 변비가 자주 엇바뀌면서 농이 섞인 혈변이 나옵니다. 점액 배출과 배변 후에도 잦은 변의를 느끼게 됩니다. (……) 심해지면 대변이 가늘게 나오며 대변 보기가 힘들어집니다. (……) 직장과 항문 주위의 중압감, 완고한 변비, 토끼 똥과 같은 변 (……)

설사, 변비? 물론이었다. 휴지에 새빨간 피가 묻어나온 적도 여러 번이었다. 토끼 똥뿐만 아니라 염소 똥, 지렁이 똥다 나왔다. 화면에 나열된 대변의 종류는 미리 짜여진 일주일 치 식단처럼 김의 경우와 정확하게 일치했다. 그럼, 직장암이란 말인가?

김은 손가락으로 용종을 확인해 볼 수 있다는 말에 손을 팬티 속으로 집어넣었다가 그만두었다. 생각해 보니 직장암 때문에 헛것을 보았다는 얘기가 없었다. 다행이었다.

너는 감염되었다

김은 '암'으로 건너뛰었다. '암의 증세'를 거쳐 '간부전'으로 갔다가 '간성 혼수'를 찾아냈다.

중증 질환의 경우에 볼 수 있는 대뇌 장애. 간부전이 중증화한 결과 나타나는 경우와 증세가 비교적 가벼워도 간성 혼수가 나타나는 경우가 있다. (……) 독물이 간을 통과하지 않고 대순환으로 다량 유입하거나 간 기능 저하로 뇌의 대사에 필요한 물질이 합성되지 않는 것 등이 원인으로 알려져 있다.

'증세가 가벼워도' '대뇌 장애'라는 말이 눈에 번쩍 뜨였다. 가슴이 철렁했다. 이거구나.

단백질 대사로 생성된 암모니아가 간 질환으로 인한 문맥 순환의 감소로 간으로 들어가지 못하고 일반 순환 회로로 들어가서 혈중 암모니아를 상승시키고 그로 인해 중추신경계의 중독 현상을 일으키는 것이다.

뭐야, 결국엔 뇌에 오줌이 퍼진단 얘기잖아. 김은 마우스를 놓고 뒤로 물러앉았다가 벽에 머리를 쾅, 부딪쳤다. 머릿속이 금세 찌릿찌릿해졌다. 김은 자신에게 해당되는 것만 빠른 속도로 읽었다. B형, C형 간염과 알코올성 간염에 의한 것이 대부분…… 간암 발생률이 높기 때문에…… 유방이 커지거나 고환이 작아질 수 있으며……. 간성 혼수의 4단계…… 첫 단계… 불면증… 반응이 느려지고 자제력이 없어… 두 번째… 날짜와 시간 개념에 혼동이 오고 손 떨림 증세……. 김은 한숨을 쉬며 천장을 바라보았다. 밤에 잠이 안 온 지는 오래되었다. R의 경고를 받은 뒤에는 낮에도 잠이 오지 않았다. 집중력이 떨어지고 작은 일에도 벌컥벌컥 짜증이 치솟는 것도 어제오늘의 일이 아니었다. 오늘이 며칠이더라. 지금은 몇 시쯤 되었지? 떠오르는 숫자가 없었다. 고개를 내려 모니터 우측 하단의 시계를 활성화하려고 시도했다. 마우스를 잡은 손이 풍을 맞은 것처럼 벌벌 떨고 있었다. 김은 거부할 수 없는 공포에 휩싸였다. 그래서, 나중에는 어떻게 되는데?

　　네 번째 단계는 완전 혼수상태로, 자극에 대한 반응이 없으며, 종국에는 뇌부종이 심화되어 사망하게 됩니다.

　죽음이란 무엇일까. 종교에서 말하는 것처럼 영혼이 되어 저곳으로 쉬러 가는 것일까. 아니면 지금 여기 이렇게 엄연히 존재하는 나와, 내 주위에 있는 모든 것들이 다시는 볼 수 없는 곳으로 사라지는 것일까. 완전히 없어진다는 건 어 떤 것일까. 정말 아무것도 남지 않을까. 김은 그 상태를 상상 조차 할 수 없었다. 숨이 끊기면, 없어졌다는 사실조차 알지 못할 테니, 죽음도 막상 치르고 나면 별일 아니지 않을까. 그래서 어떤 사람들은 자살을 하고, 어떤 사람들은 웃으면 서 죽음을 맞이하는 게 아닐까. 내가 죽으면 사람들이 뭐라 고 이야기할까. 그냥 그런 애가 있었다고 할까, 아까운 사람 하나 요절했다고 할까, 아니면 새로 오는 보안 담당관이 누 구냐고 물어볼까.

김은 아무것도 모르는 여동생을 생각했다. 오빠의 막대한 병원비를 부담하면서 과연 여동생은 혼자 살아 낼 수 있을까.

여동생은 작년에 월급 압류 통지를 받았다. 신용불량자가 된 거였다. 김은 부드럽게 얘기하겠다는 애초의 다짐을 잊고 여동생을 보자마자 사납게 쏘아붙였다.

너 이게 뭐야. 명품 사 모아?

내가 무슨 명품을 사….

명품도 안 샀는데 이런 일이 왜 생겨? 아버지한테 배웠니? 배울 게 없어서 이런 걸 배웠어?

여동생은 한동안 묵비권을 행사하더니 대답 대신 이메일

아이디와 패스워드를 내놓았다. 여동생의 메일함은 김에게 그동안 여동생에게 있던 일을 적나라하게 일러주었다. 각종 서류와 명세서를 검토하는 데 30분 정도가 걸렸지만 여동생과 귀찮은 말다툼을 거치는 것보다 나았다.

지난번 다니던 직장에서 여동생은 8개월 동안 봉급을 받지 못했다. 언젠가는 주겠지 하고 일단 카드로 살았다. 통장에 잔액이 떨어졌다. 어느 날 출근해 보니 사무실이 없어져 있었다.

실직한 데다 봉급까지 떼였다는 말을 못 해 아침마다 출근하는 척했다. 매달 학원비가 지출되었다. 남자 친구를 만나는 횟수가 늘었다. 대부분의 데이트 비용을 여동생이 부담했다. 그래봤자 학원비 포함 달에 평균 50~60만 원을 썼을 뿐이었다. 처음에 빚은 사소해 보였다. 다시 취직하면 금방 갚을 수 있다고 생각했다. 하지만 백수 생활은 반년이나 지속되었다. 눈 깜짝할 사이에 카드 빚은 월세 보증금에 육박해 버렸다.

김은 여동생이 뭘 잘못했는지 알 수 없었다. 그래서 오히려 불같이 화가 치밀었다.

데이트하는 건 좋다 이거야. 근데 왜 돈을 네가 다 내?
혼자 낸 거 아냐… 같이 냈어…

너는 감염되었다

카드 명세서에 시간까지 다 찍혀 있는데 죽을래.

갠 아직 대학생이잖아… 그리고… 용돈 많이 안 주는 게 개네 집 교육 방침…

그 말을 믿어? 반반한 얼굴로 너 이용하는 거 모르겠어? 당장 헤어져. 간 쓸개 다 빼주면서 개한테 집착하는 이유가 뭐야!

여동생이 눈을 동그랗게 떴다. 울음을 터뜨리더니 갑자기 소리를 빽 질렀다.

나는 연애도 못 해? 연애가 집착이야?

김도 소리를 빽 질렀다.

명품이라도 사지 뭐 했어! 그랬음 지금 팔아먹을 거라도 있잖아!

김의 손은 쉬지 않았다. 끝도 없이 계속되는 주황색 글자들을 미친 듯이 따라갔다. 수많은 낯선 목록들을 거쳐 어느새 김은 '감염'이라는 단어 앞에 왔다. 김은 이미 검색한 단어라는 사실을 까맣게 잊은 채 버릇처럼 단어를 클릭했다.

요로 감염, 호흡기 감염… 자위를 할 경우에도 에이즈에 걸리나요, 혈액이 마른 주삿바늘에 찔려도 에이즈에 감염이 되나요… 등등의 목록이 나왔다. 이미 본 목록인지 아닌지 기억나지 않았다. 여복도 없는 놈이 무슨 에이즈… 하고 지나치려던 찰나, 김은 무심코 '단 한 번의 섹스로도 에이즈에 걸릴 수 있다'는 문장을 읽어버렸다.

첫 번째 증상은 감기다. 감기는 2주일 전후에 사라지고 잠복기가 시작된다. 잠복기는 사람마다 매주 달라 수개월에 지나지 않을 수도 있고 길게는 10년 이상 계속될 수도 있다. 발병의 대표적인 징후는 무통성의 붉은 반점과 혓바닥의 세균 감염으로 생기는 칸디다이다. 일단 발병하면 림프절이 붓고 미열과 심한 설사가 1개월 이상 지속되며 특별한 원인도 없이 세포성 면역이 저하된다. 건망증이 심해지거나 지능 장애, 뇌신경 장애가 나타나기도 한다.

김은 자리에서 벌떡 일어나 화장실로 직행했다. 거울 앞에서 셔츠를 들춰보니 목덜미에 붉은 반점이 있었다. 혓바닥을 내밀어 보니 사포 따위로 밀어낸 것처럼 하얀 돌기가 그득했다. 목덜미의 붉은 반점을 손으로 더듬어 보았다. 약간 우툴두툴할 뿐 별 느낌이 없었다. 이번에는 스위치처럼 꾹꾹 눌러보았다. 아무 통증도 없었다. 가슴께에 반점이 하나둘 늘었을 뿐이었다. 붉은 점은 새로 생긴 것을 건드릴 때마다 하나씩 둘씩 자꾸만 증식했다.

김은 현기증을 느끼며 화장실을 나왔다. 김은 '간암'이나 '대장암' '간성 혼수' 등의 단어를 까맣게 잊어버렸다. 모니터를 바라보는 김의 노란 눈이 반쯤 썩은 달걀처럼 빨갛게 충혈되었다. 얼굴은 계란빵이 익어가듯 노란색에서 갈색으로, 급기야 가장자리가 거무튀튀하게 변했다. 머리카락은 하나둘씩 쭈뼛쭈뼛 일어서서 고슴도치를 방불케 했다.

얼마나 시간이 되었을까. 김은 방바닥 위에 쓰러졌다. 감기 기운이 있었다. 미열이 느껴졌다. 배도 슬슬 아픈 게 금방이라도 설사할 것 같았다. 오늘 하루 종일 무엇을 했는지, 지난주에는 또 지난달에는 무엇을 했는지, 아무것도 기억나지 않았다. 금방이라도 에어 샤워실의 유령을 다시 볼 것 같았다. 천장을 바라보며 자신이 무슨 병에 걸린 것일까, 조용히 고민해 보았다. 수많은 병명과 증상이 파노라마처럼 펼쳐졌으나 그 무엇도 확실치 않았다. 어쩌면 아직 검색하지 못한 병인 것도 같고 지금까지 검색한 모든 병에 걸린 것도 같았다. 무엇이든, 아주 심각한 병에 걸린 것만은 분명했다.

도대체 어디가 잘못된 것일까. 김은 자신에게 투시력이 있었으면 좋겠다고 생각했다. 스스로 몸속의 장기를, 단 몇 밀리에 지나지 않은 종양도 꿰뚫어 볼 수 있게 된다면 얼마나 안전하겠는가. 병원에 가서 두려움에 떨며 검사를 받지 않아도 될 것이다. 자신도 모르는 사이에 병을 키우는 일도 없을 것이다. 김은 자신의 몸속을 낱낱이 들여다보고 싶다는 욕망에 들끓어 오르며 천천히 눈을 감았다.

2

김은 아침 일찍 일어났다. 일어나자마자 화장실에 갔다. 얼굴의 황달이 빠져 있었다. 흰자위도 맑은 색을 되찾았다. 목덜미의 붉은 반점도 사라졌다. 화장실을 나와 컴퓨터를 켜보았다. 바탕화면에는 아무런 경고문도 쓰여 있지 않았다.

그제야 여동생한테 생각이 미쳤다. 방문을 열어보았다. 텅비어 있었다. 어젯밤 들어오지 않은 모양이었다. 하지만 걱정되지는 않았다. 설사 며칠 동안 들어오지 않는다 해도 상관없다고 생각했다.

김은 상쾌한 기분으로 집을 나섰다. 변한 것은 아무것도 없었으나, 모든 것이 여느 날과 달랐다. 지옥철이 짜증 나지 않았다. 사무실까지의 15분 도보로 너끈했다. 몸과 마음이 모두 맑아진 기분이었다.

하지만 그 정도가 끝이 아니었다. 정말 특이한 일은 건물 입구의 엑스레이를 통과하자마자 발생했다. 앞서 통과한 말끔하게 정장을 차려입은 간부급 남자의 휘어진 등뼈가 보였다. 가스총을 차고 홀을 왔다 갔다 하고 있는 청원경찰의 품속에는 포장된 샌드위치가 하나 들어 있었고, 곱상하게 생긴 전방의 안내 데스크 직원은 책상 뒤에서 구두를 벗고 발을 연신 꼼지락거리고 있었다. 투시력은 가까이 갈수록 배가되었다. 항상 웃고 있는 여직원의 대장은 개똥지빠귀가 빚어놓은 것 같은 옹골찬 숙변으로 가득했다.

1층에 있는 화장실로 직행했다. 소원대로 몸속이 낱낱이 들여다보았다. 김의 몸속은 아무 이상 없이 완벽했다.

김은 뛰다시피 해서 2층에 있는 사무실로 들어갔다. 동료들과 인사를 하면서 그들의 몸속을 훔쳐보았다. 지난달에 스캔을 했다는 L 대리의 장 속에서 몇 주밖에 안 된 폴립 몇 개가 무럭무럭 자라고 있었다. 운동이 최고라던 몸짱 사원 S는 이두박근에 악성 근육종을 키우고 있었고, 보험이 최고라던 미쉐린 타이어 과장에게서는 자신의 약정으로는 보장받을 수 없는 골다공증이 진행 중이었으며 허무주의자 P 대리는 위궤양을 앓고 있었는데 곧 암으로 진행될 것 같았다. 마지막으로 인사한 조심주의자 C 과장은 뇌종양이었다. 그것도 간뇌 깊숙이 생겨 수술도 할 수 없는 그리오마종이었다. 김은 자신도 모르게 씩 웃었다. 잘난 척들 하더니 꼴좋다는 생각이 들었다.

가장 늦게 출근한 J가 웃으며 김에게 다가왔다. 무언가를 부탁하려는 게 틀림없었다. J의 설명을 건성으로 들으며 김은 그녀의 몸속을 바라보았다. 폐는 건강하다 못해 다홍색이었고, 심장은 좀 작았지만 왕성하게 뛰고 있었으며, 등 뒤쪽에 쌍으로 붙어 있는 콩팥과 복부 전면의 간도 적갈색으로 맑았다. 식도를 거쳐 위, 십이지장에서 소장으로 이어지는 소화기도 흠집 하나 없이 깨끗했다. 어떻게 인간의 몸이 공장에서 바로 찍혀나온 것처럼 이렇게 완벽할 수 있을까. 김은 J의 복부를 한 바퀴 돌고 있는, 커다란 물음표 모양의 대장을 들여다보며 의아해했다.

김은 J의 청을 거절했다. J가 자신의 자리로 돌아가기 전에 몸을 돌려 그녀를 외면했다. 컴퓨터의 전원 스위치를 눌렀다. 손가락 끝에 짜릿짜릿한 감각이 지나가서 정전기가 일었다고 생각했다. 갑자기 발작적인 기침이 솟구쳐 나왔다. 온몸에 열이 솟아올랐다. 겨드랑이와 가랑이의 림프절이 풍선처럼 부풀어 올랐다. 잠시 괜찮은 듯싶더니 배가 몹시 아팠다. 피부에 붉은 반점이 솟더니 헤르페스, 카포지 육종 등의 각종 피부병이 온몸에 퍼졌다. 혀에 버섯 모양의 칸디다들이 잔뜩 자라나 입 밖으로 터져 나왔다. 가슴속에서 폐렴이 발생하더니 몇 초 만에 진행되어 결핵이 되었다. 간과 대장의 악성 종양이 뒤따랐다. 피부병이 걸린 곳의 피부가 급속도로 썩어들어갔다. 김은 몇 분 만에 치유 불가능한 상태가 되어 자신의 의자 위에 널브러졌다. 김의 컴퓨터에서 에러 경보가 울려 퍼졌다. 사무실 안의 직원들이 작업을 멈춘 채 일제히 김을 응시한 사이, 그들의 모니터 모두에 다음과 같은 문장이 떠올라왔다.

경고: 너는 감염되었다.

비행접시는 사내의 머리를 떠난다. 오늘 할 일은 다 마친
것 같다. 도시의 곳곳에 네온사인이 들어오고, 수많은 불빛
이 앞뒤를 다투어 반짝이기 시작한다. 세상은 아름답다

비행접시

화창한 날, 서울로 향하는 지방도로는 하얗게 탈색되어 있다. 길 위에 어지럽게 드리워진 가로수 그늘이, 하얀 도화지 위에 불규칙적으로 흩어져 있는 퍼즐 조각 같다.

　검은색 고급 승용차가 그 길 위를 달린다. 파마머리를 한 40대 여자가 핸들을 잡고 있다. 뒷좌석에는 파마머리보다 조금 더 나이 들어 뵈는 남자와, 20대 중반쯤의 생머리 여자가 나란히 타고 있다. 파마머리가 고개를 바짝 쳐든 당당한 자세인 반면, 생머리 여자는 잔뜩 주눅이 들어 있다. 남자 역시 풀이 죽은 것 같다. 가끔씩 두 여자를 번갈아 보며 어설프게 앉아 있는 모습이 몹시 불안해 보인다.

　파마머리가 컵홀더에 꽂혀 있던 생수를 들어 벌컥벌컥 마신다. 한동안의 침묵을 깨고 생수통을 뒤쪽으로 내밀며 생머리에게 묻는다.

비행접시

"마시겠어요?"

생머리는 모기만 한 목소리로 괜찮다고 말한다. 생수는 다시 컵홀더로 돌아간다. 차 안은 다시 침묵.

사실 생머리는 어제의 과음으로 주체할 수 없는 갈증을 느끼고 있다. 입속이 온통 모래로 채워진 것처럼 깔깔하다. 예의상 사양했지만 한 번 더 청해온다면 고맙게 받아야만 할 것 같다. 그러나 파마머리는 좀처럼 다시 물어볼 눈치가 아니다. 먼저 말을 꺼내야 하나 고민하는데 남자가 파마머리에게 먼저 묻는다.

"내가 좀 마시면 안 될까?"

파마머리가 언성을 높인다.

"뭘 잘했다고 물까지 달라는 거죠? 내려서 직접 사 먹어요."

남자는 입술을 움씰거리더니 입을 멋쩍게 다문다. 생머리는 이제 물 먹기는 다 틀렸다고 생각한다. 생머리는 남자가 몹시 원망스럽다. 이럴 줄 알았다면 염치 불고하고 일단 받아먹고 보는 건데.

남자는 정말 눈치가 없다. 모텔 숙박부에 진짜 이름을 적어냈다는 것도 그랬지만, 누군가 노크를 했을 때 굳이 자신에게 문을 열어보라고 한 것만 봐도 그랬다. 더더군다나 여자가 들어오자 변명은커녕 덮어놓고 비는 그 꼴이라니. 아무리 분노가 머리끝까지 치밀어 올랐다 해도, 누구나 눈으로 확인해 보기 전까진 혹시나 하는 마음이 있게 마련이다. 설사 눈으로 확인되었다 해도, 여자라면 설마 피치 못할 사정이 있었겠지, 내 눈앞에 드러난 것만이 진실의 전부는 아니겠지 하고 자기 위안을 하게 마련이다.

그런데 남자는 너무 잔인했다. 차라리 아무 일 없었노라고, 술을 너무 많이 마셔 어떻게 된 노릇인지 모르겠노라고 잡아떼는 편이 훨씬 더 나았다. 뭐라 물어보기도 전에 이실직고하는 것은 아내에게 바보처럼 속아줄 기회마저, 모른 척 용서해 줄 아량마저 빼앗는 짓이다. 더더욱 나쁜 것은 추한 꼴을 보였다는 거다. 아무리 궁지에 몰렸더라도, 남편이 다른 사람 앞에서는 당당한 모습이기를 바라는 게 아내다. 머릿속을 들쑤셨던 추악한 상상을 현실로 확인시킨 것도 모자라, 남편이 다른 여자 앞에서 엉덩이를 치켜들고 개처럼 비는 꼴을 보인다는 건 참을 수 없는 일일 것이다. 아무리 생각을 해봐도, 남자가 선택한 행동은 최악이었다고 생머리는 결론짓는다. 생머리는 갑자기 측은한 생각이 들어 파마머리의 얼굴을 살핀다. 그러다 얼굴이 마주치자 얼른 눈을 내리깐다.

"아침은 먹었어요?"

파마머리가 차분하고 냉정한 목소리로 묻는다. 의외의 질문이다. 생머리는 가만히 도리머리를 할 뿐 아무 말도 하지 않는다.

"지금은 젊으니까 괜찮겠지만, 계속 그렇게 살면 나중에 고생해요. 우리, 어디 가서 북엇국이라도 먹고 가요."

"아, 아니에요. 전…… 괜찮아요."

"왜요? 북엇국 같은 거 싫어하나 보죠? 그럼 다른 데로 갈까요?"

파마머리의 목소리가 조금 날카로워진다. 생머리는 이럴 땐 어떻게 해야 하는 건지 쉽게 결정할 수가 없다.

"아뇨……, 그런 게 아니라……."

생머리가 더듬거리는 사이에, 파마머리는 또박또박 떨어지는 말투로 말 맺음을 한다.

"그럼 북엇국으로 해요. 조금만 더 가면 유명한 집이 있으니까."

차는 속도를 빨리한다. 창 옆을 스쳐 지나가는 가로수의 숫자가 는다. 정말 밥을 먹으러 갈 생각인 모양이다. 대단한 여자다. 확실히 성공한 사업가의 아내답게 품위가 있다. 아침에도 그랬다. 모든 장면을 남김없이 목격하고도 얼굴빛 하나 변하지 않았다. 조금 이따 다시 올 테니까 두 사람 다, 그때까지 옷 갈아입으세요. 한마디만 남기고 여자는 총총히 걸어 나갔다. 15분쯤 지났을까. 다시 돌아온 여자는 생머리의 위아래를 찬찬히 뜯어보더니 말했다. 생각보다 훨씬 예쁘게 생긴 아가씨네요. 인기가 많겠어요.

차라리 한차례 몸풀이를 하는 게 나을 것 같다. 손찌검이라도 하면 고스란히 맞으면서, 얼마든지 때려, 난 한 남자를 사랑한 죄밖에 없어, 하면 그만이지만, 인내심과 증오심 사이에서 힘겨운 전쟁을 벌이고 있을 그녀에겐 아무런 비난도 되돌려줄 수 없다. 그 대가는 견디기 힘들다. 생머리는 그녀에게 어쩔 수 없이 끌리고 있는 자기 자신을 발견한다. 모든 게 너무 일방적이다. 자신은 너무 일방적으로 가해자고, 그녀는 너무 일방적으로 피해자다.

차는 어느새 북엇국 집에 도착한다. 정면에는 커다랗게 '방송국 출연'이라는 문구가 붙어 있다. 여자 둘이 먼저 들어가 마주 앉고, 남자는 화장실에 간다. 뒤늦게 온 남자가 엉거주춤하게 서서 어디에 앉아야 할지 고민한다. 파마머리는 남자를 생머리 쪽으로 떠민다. 남자는 그녀가 미는 대로 힘없이 털썩 주저앉는다.

"둘이 어울리는군요."

파마머리가 생머리 쪽을 바라보며 말한다. 생머리의 얼굴이 모닥불을 끼얹은 듯 순식간에 달아오른다. 따듯한 북엇국이 나오지만 먹는 둥 마는 둥 숟가락질이 더디다. 자기 같은 죄인이 차마 어떻게 밥을 넘길 수 있겠냐는 듯한 태도다.

가증스러운 여자애다. 이런 애들은 언제 봐도 뻔하다. 뻔한 정도가 아니라 이젠 아주 지긋지긋하다. 대학 나오고 웬만한 남자 못지않게 연봉을 받는 커리어 우먼이 뭐가 아쉬워서 유부남을 꼬드기고 돌아다니는지 도무지 이해가 닿지 않는다. 이런 여자들은 자신이 세상을 잘 알고 있다고 생각한다. 아까만 해도 그렇다. 남자 가슴팍에 파묻혀 온갖 아양 떠는 걸 번연히 봤는데도, 난데없이 태도를 바꾸어 요조숙녀처럼 구는 꼴이 얄밉다. 파마머리는 갑자기 부아가 치밀어 오른다. 자신은 남자의 마음이 떠나갈 때마다 신세 한탄을 해야 하는데, 이런 여자들은 그렇지 않다. 배웠다는 애들일수록 남자 배반하기를 밥 먹듯 한다. 자기 잘못을 따지기보다는 남자의 모자람을 탓하기 일쑤고, 일단 들키고 나면 비운의 여주인공 역을 자처한다. 차라리 천한 년들은 솔직하다. 삿대질에 욕지거리 섞인 대거리를 일삼아도 모든 일을 남 탓으로 돌리지는 않는다. 들키는 것을 두려워하지도 않고. 더구나 단지 즐기기 위해서 남의 남자를 만나는 일도 없다.

생머리는 일찌감치 밥에서 손을 놓아버린다. 그와는 대조적으로 남자는 북엇국으로 속을 풀고 온갖 반찬으로 배를 채우느라 정신이 없다. 제발 용서해달라고 빌었던 게 언제냐는 듯 후루룩 짭짭, 소리마저 요란하다. 그 생뚱맞은 소리 때문에 생머리의 입술이 자꾸만 춤을 춘다. 입을 가로막는다. 이럴 때 웃음이 나오다니 참 주책도 없다는 생각이 들었을 땐 이미 이빨을 보인 뒤다. 생머리는 민망하다. 파마머리의 얼굴을 힐끗 살폈다가 남자를 쳐다본다.

정말 이 남자가 내가 사랑했던 그 사람인가. 아직 술기운이 남아 얼굴 곳곳에 열꽃이 피어있고, 뜨거운 국을 먹느라 코에는 식은땀까지 잔뜩 맺혀 있다. 살이 오른 뺨은 음식을 씹느라 연신 위아래로 덜컹거린다. 예전에는 관록이라고 여겼던 뺨인데 이제는 탐욕스러운 살덩이로 보인다. 생머리의 가슴속에서 화르르, 쥐불 같은 혐오가 일어난다. 그 불은 마른 들을 질주하는 화마가 되어 남자에 대해 품었던 애정을 순식간에 쓸어버린다. 남편의 여자 친구를 관대하게 용서하는 저 여자에 비하면 남자의 삶은 얼마나 가벼운가. 생머리는 남자가 싫어진다. 처음부터 만나는 게 아니었다고, 좀 더 다른 사람의 마음을 헤아릴 줄 아는 사람을 만나는 거였다고 후회한다. 그렇게 남자를 깎아내리고 나니 마음이 한결 편해진다. 파마머리가 식사를 마치기를 기다려 냅킨을 건네준다. 파마머리는 묘한 웃음을 지으며 냅킨을 받는다.

차는 다시 출발한다. 남자가 이젠 자신이 운전하겠다며 키를 들고 있는 파마머리의 손을 부여잡자, 파마머리는 조소를 보일 뿐 가볍게 남자의 손을 쳐내더니 싸늘하게 웃는다. 파마머리는 시동을 걸고 음악을 튼다. 남자와 서울을 떠나오면서 생머리에게 들려주었던 엘튼 존의 〈필라델피아의 자유〉라는 노래다.

'만약 당신이 혼자 사는 삶을 선택한다면, 어떤 사람들은 도시를 선택하겠죠. 다른 사람들은 훌륭하고 오래된 가족을 택할 거예요. 나는 가족의 속박 따위 없는 삶이 좋아요. (……) 필라델피아의 자유를 나는 사랑해요. 정말 사랑해요……"

남자가 갑자기 생머리의 손을 잡는다. 생머리는 재빨리 손을 웅크려 뺀다. 수만 가지 생각이 벌떼처럼 머릿속을 어지럽게 날아다닌다. 도대체 무슨 의미일까. 차 안에서 자주 함께 들었던 음악이 당신과의 추억을 상기시킨다는 것일까. 아니면, 비록 상황이 이렇게 되기는 했지만 당신과 헤어지는 일은 결코 없으리란 것을 암묵적으로 전달하려는 의도일까. 생머리는 손을 피한다. 다른 이유가 아니다. 아내에게 바보처럼 얻어맞은 손이 왠지 싫다. 더구나 손 한번 잡아주는 것으로 뜻대로 움직여 주는, 쉬운 여자로 생각되고 싶지 않다.

거절당한 남자는 땅이 꺼질 듯 한숨을 쉰다. 창밖으로 먼 눈을 판다. 관자놀이에 손을 올리고 동상처럼 몸을 굳힌다. 그러자 생머리는 그가 불쌍해진다. 그는, 사랑하는 사람과 헤어져야 한다는 사실에 슬퍼하고 있는 것이다.

생머리는 그와 있었던 일을 하나둘 떠올린다. 춘천으로 여행 갔던 일이 잘 꾸며진 액자 속 화폭처럼 떠오른다. 청평사로 오르는 계곡, 갖가지 빛깔의 단풍이 색 전등을 켜놓은 것처럼 일제히 반짝거리던 어느 가을의 중턱이었다. 그녀는 그와 손을 잡고 황홀경에 빠져 그 길을 걸었다. 얼마를 오르다 보니 아주 오랜 세월을 웅크리고 있었을 것 같은 맑은 웅덩이가 커다란 나무 뒤에 숨어 있었다. 그다지 크지 않은 그 웅덩이 속에는 산속의 모든 색깔들이 풍덩풍덩 빠져 있어 잠깐만 쳐다보아도 얼굴에 물감이 묻어날 것만 같았다. 그녀는 그와 한참 동안 그곳에 앉아 있었다. 한쪽에는 빠른 계곡수가 쏴아 소리를 내며 미끄러져 내리는데, 그 웅덩이는 아주 조금씩의 물결만을 받아들여, 또 아주 조금씩만을 밑으로 흘려보내고 있었다. 그녀는 꼭 그 웅덩이가 그녀와 그의 사랑 같다고 생각했다. 빠른 계곡수가 세상이라면, 그녀와 그는 그곳에서 물러나 웅덩이로 살기를 원하는 것이라고 믿었다.

주위가 어두워진다 싶더니 하늘이 금세 검기울었다. 멀리 밤안개에 휩싸인 산의 실루엣이 검푸른 하늘을 배경으로 드러났다. 그 산자락을 가리키며 그가 말했다.

"저 곡선 좀 봐. 낮에는 울퉁불퉁하게 남자 같은 표정을 짓고 있더니, 이제는 부드러운 여인상 같잖아. 사람들은 내가 강하고 냉정하다고 하지만, 아니야. 나도 저 산자락 같은 사람이야. 낮에는 사업을 하느라 때로는 잔인하고 몰인정한 일도 감수해야 하지만, 밤이 되면 한없이 외로워. 이게 아니다 싶어. 잘못 살았다 싶어."

그때 그의 눈에는 물빛이 어려 있었다. 그녀는 그를 오래도록 안아주었다. 그리고 마음속으로 흐느끼듯 절규했다. 그래요. 당신은 알고 보면 약한 사람이에요. 그러니까 내가 지켜줘야 해요. 이 웅덩이처럼 조금씩만, 아주 조금씩만 당신을 사랑하겠어요.

생머리는 새삼스레 그때의 설움이 되살아나 눈물을 흘린다. 그때, 그 여자는 당신을 진심으로 사랑했었노라고, 지금의 생머리는 그의 뒷모습을 바라보며 생각한다. 손수건으로 눈물을 닦으며 창밖으로 고개를 돌린다. 그때처럼 아름다운 단풍이 산자락마다 걸려 있다. 생머리는 가슴이 터질 것만 같아 눈을 질끈, 감는다.

그러나 생머리의 추측과는 달리 남자는 헤어짐을 슬퍼하고 있지 않다. 남자는 웃고 있다. 다만 조소의 표정을 숨기려고 고개를 돌리고 있을 뿐이다.

처음 호텔에 갔을 때다. 남자는 여자를 안으려다 말고 잠시 머뭇거렸다. 물론 호텔까지 끌고 가서 그냥 돌려보낼 생각은 없었다. 하지만 사회적 신분이 있는 이상 일말의 망설

임이나 내적 고뇌 같은 것을 조금은 비쳐주는 게 피차 편하다는 생각이었다. 그런데 갑자기 여자가 뚱딴지같이 노래를 부르기 시작했다. 그것도 굵은 목소리로, '레이프 미, 마이 프렌드, 레이프 미 어게인, 아임 낫 디 온리 워, 헤이트 미, 두 잇 앤 두 잇 어게인' 하는, 알아들을 수 없는 영어 노래를 불렀다. 무슨 노래냐고 물었더니 너바나의 〈레이프 미〉라는 곡이란다. 세상에. 남자가 당황한 표정을 내비치자 여자는 까르르 웃으며, 너무 멋있지 않아요? 하고 물었다. 남자는 너무 과격하군, 모든 사람이 그렇게 살아서야 되겠어? 했다. 여자는 정색하고 말했다.

그건 당신이 너무 윤리적이기 때문이에요. 어릴 때부터 그렇게 하라고 교육받았기 때문이에요. 그런 고정관념 따윈 뿌리째 뽑아 버려요.

그럼 당신은 윤리 없이도 살 수 있단 말야?

그럼요. 난 윤리 따윈 믿지 않아요. 윤리는 사람들이 만들어 낸 허구에 불과해요. 난 다른 사람들처럼 윤리에 매여 살지 않을 거예요.

그렇게 말하며 그녀는 남자의 옷을 벗기기 시작했다. 침대에 누이며 귓속말했다. 난 당신 아내가 보는 앞에서도 얼마든지 할 수 있어요.

비포장도로. 창밖에 피어오르는 먼지구름을 바라보며 남

자는 설핏 웃는다. 아내가 보는 앞에서도 그 짓을 할 수 있다고 했던 여자가, 손 한 번 잡았다고 불에 덴 듯 놀라는 것 좀 보라지. 아침에 생머리의 당황한 모습은 참 가관이었다. 파마머리가 들어오자 생머리의 얼굴은 하얗게 질리더니, 점차 푸른색으로, 다음에는 붉은색으로 되었다가, 나중에는 아예 두 색깔을 오갔다. 신호등처럼 색깔이 변하는 얼굴로 주위를 재빨리 둘러보았다. 어떻게 하면 가장 짧은 시간에 짐을 챙겨 자리를 피할 것인가를 연구하는 게 틀림없었다. 침대 위에는 남자가 사준 비싼 옷들이 어지럽게 흩어져 있었고, 화장실에는 로션이니 화장품이니 하는 것들이 잔뜩 펼쳐져 있었다. 남자의 차 속에 넣어둔, 어제 강변을 거니느라 물에 젖은 신발은 또 어떻게 하고. 생머리는 결국 포기했다. 그저 처분하시는 대로 따르겠다는 듯, 침대 위에 얌전히 걸터앉았다. 마누라 앞에서 그 짓을 하기는커녕, 얼굴 마주보는 것조차 무서운지 열심히 땅만 쳐다보았다.

한심한 여자 같으니라고. 남자는 생머리의 머리뿐인 일탈을 비웃는다. 생머리 같은 애들은 다 그렇다. 자신이 생각하는 대로, 말하는 대로 순조롭게 세상이 되리라고 믿는다. 자신의 행동을 변호하기 위해 만들어 놓은 말의 그물에 제가 걸려 있는 줄은 모른다.

남자가 생각하기에 세상에는 두 가지 종류의 일탈이 있

다. 한쪽은 머리로 하는 일탈이고, 다른 쪽은 가슴으로 하는 일탈이다. 머리로 일탈을 하면 큰 고통을 받거나 세상의 비난을 받는 일 없이 순탄하게 삶을 꾸려나가지만, 자기 자신이 만들어 놓은 함정에서 벗어날 길이 없다. 그런 인간들은 생각을 하지 말아야 할 때도 끊임없이 자신의 '잘못된' 행동을 합리화시키는 데 온 신경을 집중한다. 그러다 보니 일탈을 충실하게 즐기지 못한다.

반면 가슴으로 일탈하는 사람은 기쁨과 슬픔의 극단을 경험하며 살아간다. 숲가를 노니는 사슴처럼 자유롭게, 바람의 힘만으로 고도를 유지하는 갈매기처럼 가볍게, 세상의 구속 따위는 아랑곳하지 않고 자신의 감정에 충실하면서. 그러나 앞뒤 재지 않고 행동하다가 벼락을 맞거나, 격정의 파도를 가라앉히지 못해 다른 중요한 일을 그르치기 일쑤다. 한마디로 처음에는 즐겁지만 나중에는 피곤한 스타일.

남자는 두 가지 모두 다 싫다. 모범생처럼 사는 것도 싫고 짐승처럼 사는 것도 싫다. 남자는 두 가지 모두를 한다. 절제도 하고, 때로는 일탈도 한다. 그런 점에서 남자는 평범한 사람이다. 하지만 남자는 다른 사람에겐 없는 것을 갖고 있다. 다름 아닌 비행접시다.

우선 남자는 자신이 멋대로 생각하고 행동하도록 내버려 둔다. 그러다가 천천히 머리 위로 비행접시를 띄운다. 남자는 비행접시 안에서 자신의 행동뿐 아니라, 사람들의 거짓된 표정 뒤에 숨어 있는 진의를 관찰하고 파악한다. 비행접시 덕분에 남자는 논리의 함정에 빠질 일도, 방종의 대가를 치르다가 무너질 일도 없다. 말하자면 남자에게는 항상 정확한 상황 판단을 해주고, 일이 생기지 않는 한도 내에서만 방종을 허락하고, 유사시에는 뒤를 봐주는, 그런 든든한 친구 한 명이 있는 셈이다….

아침에도 비행접시는 남자의 머리 위로 부상했다. 남자는 비굴하게 무릎을 꿇고 손이 발이 되도록 빌었지만 비행접시 위에서 보면 그건 '또 다른 나'의 행동일 뿐, 비행접시 안에 머물고 있는 남자의 진짜 모습은 아니다. 평범한 자신이 누가 봐도 자발 머리 없는 짓을 하고 있을 때, 특별한 자신은 비행접시 위에서 모든 상황을 냉철하게 계산할 수 있다.

지금도 남자의 머리 위에는 비행접시가 떠 있다. 남자는 창밖으로 고개를 돌리고 있지만, 생머리가 낭만적인 생각에 가슴 저려하고 있음을 알고 있다. 물론 남자도 인간인 이상, 헤어지고 나면 가슴 한구석에 매일같이 휑한 바람이 불어, 쓰리고 아픈 나날들을 보내야 할 것이다. 그동안 같이 지냈던 시간이 한 꾸러미의 영상이 되어 눈앞에 펼쳐질 것이고, 그녀가 했던 말들이 전과는 전혀 다른 의미가 되어 가슴을 짓눌러올 것이다. 때로, 가까이 있을 때는 곧잘 오해했던 그녀의 진의를 뒤늦게 깨닫고 가슴 칠지도 모르고, 불현듯 몰려드는 그녀에 대한 그리움에 눈물지을지도 모른다. 하지만 상관없다. 그건 모두 다 '평범한 나'가 치를 일이다. 비행접시 속에 있는 남자의 '특별한 나'는 감정으로부터 벗어나 치밀하게 사업을 꾸려나갈 것이고 필요할 때면 언제든지, '평범한 나'에게 웃으면서 사람들을 만나라고, 아무 일도 없던 것처럼 일상을 꾸려가라고 명령할 것이다. 남자는 또 설핏 웃는다. 비행접시가 있는 한, 진정한 자신은 언제나 안전하다.

그러나 남자의 생각과 달리 비행접시는 남자만의 것이 아니다.

차는 어느새 서울에 도착한다. 그런데 시가지에 다다르자마자 도로는 잠시 정체된다. 이상하다 싶어 앞쪽을 바라보니 사고가 난 모양이다. 가벼운 접촉 사고인데, 남자 한 명과 여자 한 명이 언성을 높여 싸우고 있다. 남자는 창문을 내리고 싸움을 구경한다. 남자가 싸움에 정신 팔린 사이, 비행접시는 남자의 머리를 떠나 옆에 앉은 생머리에게로 이동한다.

생머리는 낭만적인 생각만 하고 있지 않다. 다만 남자와 생각하는 순서가 다를 뿐이다.

생머리는 남자와 파마머리의 시선이 창밖으로 쏠린 것을 확인하자마자 앞으로 어떻게 할 것인가를 진지하게 고민하기 시작한다. 자신의 몸은 아직도 울고 있지만, 머리는 전혀 다른 생각을 하고 있다. 상황이 이렇게 된 이상, 별다른 도리는 없다. 생머리는 남자와 헤어져야 한다. 그냥 헤어질 수는 없다. 망신의 대가로 위자료라도 받아 챙겨야 한다.

아니다. 그런 것 따윈 필요 없다. 그건 너무 비열하다. 그래도 사랑했던 남자. 그런 식으로 추억을 모독하고 싶지 않다. 예전에 품었던 남자에 대한 감정이 변할 것이 두렵다. 증오심이 과거로 거슬러 올라가 도미노처럼 쓰러져, 좋은 기억들마저 앗아갈 것이 두렵다. 적어도 몇몇 추억만은 간직하고 싶다. 그러려면 더 이상 추해질 일을 만들어서는 안 된다.

무엇보다 저 여자가 필요 이상으로 친절한 게 아무래도 수상하다. 어쩌면 품위를 잃어가며 티격태격 싸우느니, 나중에 법적으로 처리하는 게 낫다고 판단한 것인지도 모른다. 이쪽에서도 대책을 강구해야 한다. 이 나이에 소송에 휘말리면, 그 자체만으로도 생머리의 인생은 엉망이다. 더 참을 수 없는 건 구설수겠지. 모든 사람이 자신의 얼굴을 바라보는 것 같고, 어디선가 모르는 곳에서 자신의 이야기가 끊임없이 되풀이된다면. 아, 그건 무엇보다 참을 수 없는 일이다.

그때, 파마머리가 생머리에게 묻는다.

"집이 어디예요?"

생머리는 한 박자를 쉰다. 고개를 더 깊숙이 숙인다.

"집까지 데려다 줄 테니 어딘지 말해봐요."

"전, 그럴 자격 없어요. 아무 데서나, 아무 데서나 내려주세요."

파마머리는 약간 고개를 꺾어 강 쪽을 바라본다. 한낮의 햇살이 한강의 물결과 맞부딪쳐 수많은 빛의 사금파리로 부서지고 있다. 푸른 하늘. 높은 곳은 에메랄드빛으로 투명한데, 낮은 곳은 황갈색의 스모그가 겹겹이다. 파마머리는 한숨이 절로 나온다. 남자에게 묻는다.

"설마 집 어딘지 모른다고 할 건 아니겠죠?"

남자는 짧게 대답한다.

"잠실. XX 아파트."

"그만 좀 울 수 없어요? 정신 사나워서 운전 못 해 먹겠네."

생머리는 더 크게 운다. 룸 미러를 통해 생머리의 우는 모습이 보인다. 아침에 급하게 한 화장이 지저분하게 번지고 있다. 눈을 향해 뻗어 있지만 눈물을 닦지도 못하는 손가락들이 여리게 떨리는 게 애처롭다. 파마머리는 갑자기 코끝이 저려온다. 사실 저 아이는 불쌍한 애인지 모른다. 먼발치에서만 사랑하려다 자신도 모르는 사이에 되돌아갈 수 없는 데까지 이르렀겠지. 그래서 저렇게 울고 있는지 모르지. 일부러 그런 게 아니니까, 더 미안해서 아니면 더 억울해서.

더 나쁜 것은 언제나 남자들이다. 지금 저 남자도 창밖을 바라보며 외면하려 할 뿐 티슈 한 장 뽑아주지 않는다. 뭐든

비행접시

지, 고작 눈물 한 방울도 책임지기 싫어하는 남자.

"울고 있는데 티슈도 안 뽑아줘요? 몰인정하기는……."

파마머리는 핸드백 속에 있던 손수건을 꺼내어 남자에게 휙 던져주고는 액셀러레이터를 깊숙이 밟는다. 작열하는 햇살에 어지럼증이 걸릴 것 같다. 생머리의 흐느끼는 울음소리가 온몸의 신경줄을 현처럼 퉁기고 있다. 파마머리는 음악을 튼다. 인순이의 〈착한 여자〉가 나온다. 파마머리는 그 노래가 어느 때보다도 슬프게 들린다.

올림픽대로 위를 달리던 차는 금세 잠실의 한 아파트 단지 앞에 도착한다. 차가 멈추자, 생머리는 갑자기 발작적으로 흐느낀다. 숨이 넘어갈 지경이다. 다 왔다고 말해도 내릴 생각을 않는다. 파마머리는 운전석에 앉은 채로 생머리를 다독인다. 상황이 그쯤 되어서야 생머리는 차 문을 연다. 비행접시는 차 안에 남는다. 생머리 혼자 아파트 단지 안으로 주적주적 걸어간다. 파마머리는 생머리가 단지 안으로 사라질 때까지 눈을 거두지 못한다. 생머리가 완전히 사라지고 나서야 도리머리를 한다. 내가 도대체 왜 이러지. 이럴 때가 아닌데.

차는 다시 출발한다. 이제 차 안에는 두 사람뿐. 차는 순식간에 잠실을 벗어난다. 얼마 되지 않아 다시 멈춘다. 여자는 길 한쪽에 차를 세우고 비상등을 켠다. 잠시 둘은 말이 없다. 그동안 비행접시는 남자의 머리 위에 잠시 머물렀다가, 파마머리에게로 옮겨간다. 파마머리가 먼저 말한다.

"아쉽겠네. 저런 여자 다시 구하기 힘들 텐데."

"또 무슨 쓸데없는 소리를 하려고."

남자가 점퍼 안쪽에서 봉투 하나를 꺼내 파마머리에게 건넨다. 파마머리는 빙긋 웃더니 봉투를 물리친다.

"다시는 이런 짓 하지 마세요. 사모님이 알면 상처받겠어."

파마머리는 끝내 봉투를 사양한다. 남자에게 찡긋 눈을 감아 보이고 차에서 내린다. 머리를 양옆으로 흔들며 걸어가다 다시 되돌아온다. 남자의 눈을 빤히 들여다보며 말한다.

"조만간 놀러 와야 돼. 안 오면 알지?"

"그럼. 그럼. 물론이지. 가야지. 언제 갈까? 며칠 내로 바로 갈게."

여자는 당연히 그래야지, 하는 웃음을 짓더니 바이바이, 손을 흔든다. 그때쯤 비행접시는 여자의 머리를 떠나 남자에게로 다시 돌아온다. 남자는 운전석으로 자리를 옮긴다. 큰 숨을 한 번 들이쉬었다 내쉰다.

영악한 년. 남자는 파마머리가 돈을 받지 않는 이유를 알고 있다. 사모님 운운하면서, 단골로 붙잡아 두려는 심산이다. 뒷말 안 할 테니 알아서 분할 상납하라는 거겠지. 술집 여자일수록 되레 순진한 경우도 많은데 저 여잔 안 그렇다.

하긴 그러니까 그만큼 돈을 모았겠지. 무일푼으로 시작해서 클럽 주인까지 되었다는 것부터가 보통내기는 아니다.

집으로 차를 몰아가며, 남자는 그래봤자 술집 여자는 어쩔 수 없다는 생각을 한다. 그만큼 성공했으면 콤플렉스 따윈 접어둘 때도 됐을 텐데, 일류 대학 나온 여자라니까 교양 있게 보이려고 애쓰는 모습이라니. 남편이 바람을 피우는데 아무리 배운 여자인들 품위가 어디 있으며 예절이 어디 있담. 이제 40줄이면 머리끄덩이 붙잡힌 경험도 적지 않을 텐데 그간의 분풀이나 멋지게 할 일이지.

어쨌든 모든 일이 더할 나위 없이 잘되었다. 남자는 하하하하, 유쾌하게 웃어본다.

아내는 무엇을 하고 있을까. 애들은 아직 학교에서 돌아오지 않았을 시간이다.

아무것도 모르는 아내. 남자는 미안하다. 아내를 위하지 않았다면, 생머리와 이별하지도 않았다. 이제 남자는 순결하다. 생머리와의 불장난으로 열정을 불태웠던 사람은 '가짜의 나'일 뿐, '진짜의 나'는 비행접시와 함께 집으로 돌아간다. 아무 일도 일어나지 않았다. 남자는 비행접시 아래에 있는 또 하나의 자신을 위로해 주기 위해 지난 1년간 멋진 여자 친구와의 데이트를 마련해주었을 뿐이다. 다행히 그는 충분히 만족한 것 같다. 앞으로 얼마간은 남자에게 무리한 요구를 해오는 일은 없을 거다.

　출장을 간다고 했더니 금세 눈시울이 붉어지던 아내. 서운한 것을 참아가며 활짝 웃던 표정도 눈앞인 듯 선하다. 사랑한다 했더니 아내는 이제 40을 바라보는 나이인데도 볼까지 붉혔다. 결혼한 지 10년이 되어가건만 아직도 어린애 같기만 한 아내. 남자는 아내를 정말 사랑한다. 불감증인 것만 빼면 털끝 하나 흠잡을 게 없는 여자. 이제 조금만 더 달리면 그 사랑스러운 아내를 만날 수 있다.

　아내는 집에 있다. 남자의 예상대로 화들짝 놀라 현관을 연다. 어머, 당신 웬일이에요, 내일 온다더니, 하며 호들갑을 떠는 얼굴이 분홍빛이다. 아내는 화장기 없는 얼굴로 활짝 웃는다. 남자는 하루 동안의 신경전에서 얻은 피로감이 일시에 몰려가고, 나른한 행복감이 충만해지는 것을 느낀다.

　"당신 보고 싶어 오래 있을 수가 있어 어디? 애들은 아직 안 왔어?"

　"애들은 밤 10시나 돼야 오잖아요. 큰애는 학원 가고, 작은애는 피아노 치러 가고."

　"잘됐네. 우리 오랜만에 단둘이 데이트할까?"

　"지금?"

　"왜, 바쁜 일 있어?"

　"아뇨. 당신 웬일인가 싶어서요. 잠깐만요. 금방 준비하고 나올게요."

아내가 허겁지겁 방으로 들어간다. 남자는 흔쾌히 웃는다. 얼마나 좋으면 저럴까, 앞으로는 자주 아내를 기쁘게 해주어야겠다고 다짐하며, 남자는 소파로 걸어가 앉는다.

아내가 나온다. 화장도 하는 둥 마는 둥, 촌스러운 원피스를 입고 딸랑 핸드백만 걸쳤다. 남자는 미간을 옹그리지만 이내 웃어넘긴다. 원래 그런 여자다. 갑자기 멋이 부려질 리 없다.

남자는 원래 가려고 했던 풀코스 다이닝을 포기하고, 가까운 곳에 있는 일식집에나 가야겠다고 생각한다. 아내가 애들이 좋아하는 음식이 많다고 이것저것 많이 시켜 싸가야겠다고 할 것이 걱정되기는 하지만.

남자와 아내는 무엇이 그리 재미있는지 쾌활하게 웃으며 밖으로 나간다. 웃음소리가 점점 멀어지더니, 자동차 시동거는 소리가 들리고, 집 안은 고즈넉한 적막에 휩싸인다.

비행접시는 집에 남는다. 잠시 거실 한가운데에 떠서 회전을 하더니, 어느 순간 덜컥 멈춘다. 우우우웅. 비행접시는 건넌방, 벽 하나를 차지하고 있는 벽장 속으로 쓰으윽, 미끄러져 들어간다.

벽장 속의 사내는 숨을 돌리고 있다. 하마터면 정말 큰일 날 뻔했다. 만약에 들켰다면 어떻게 됐을까. 그다음은 말할 필요도 없다. 당장 주먹이 날아오지 않으면 분명히 법정에서 만나는 일이 생겼을 거다. 여자는 항상 남편이 자신에겐 아무 관심도 없는 목석 같은 남자라 했는데, 그래도 그럴까. 사내는 고개를 주억거린다. 그럴 리 없다. 저런 남자는 곁에 있는 모든 것들을 자신의 소유로 여긴다. 어쩌면 사람조차도.

사내는 벽장 속에서 나온다. 여자가 침대 밑으로 밀어 넣은 옷들을 천천히 집어 입고, 혹시 흔적을 남긴 것은 아닌지 꼼꼼히 살핀다. 침대에 머리카락이 묻지 않았는지, 화장실에 음모를 떨어뜨리지 않았는지, 세세한 것에까지 신경을 쓴다. 그리고 모든 것이 완벽하다고 느끼자, 회심의 미소를 지으며 현관으로 다가간다. 여자가 신발장 깊숙이 숨겨 놓은 자신의 구두를 찾아 신고 혹시 누군가 볼세라 민첩하게 정원을 지나 대문을 나선다.

어느 집에선가 개 짖는 소리가 구슬피 들려온다. 땅거미가 지고 있다. 보이지 않던 것들이 하나씩 둘씩 모습을 드러낸다. 달도 떠오르고, 몇 안 되는 별도 반짝이기 시작한다. 골목마다 나트륨 보안등이 켜진다. 비행접시는 사내의 머리를 떠난다. 오늘 할 일은 다 마친 것 같다. 도시의 곳곳에 네온사인이 들어오고, 수많은 불빛이 앞뒤를 다투어 반짝이기 시작한다. 세상은 아름답다. 그러나 비행접시는 한없이 부상해서, 하나의 점으로 사라진다. 다른 비행접시들이 모여있을 곳을 향해, 오늘 입수한 정보들을 교환하기 위해서.

많은 사람이 비행접시가 자기 자신의 것이라고 착각하며 살아간다. 덕분에 이 사회는, 수많은 규칙 위반에도 불구하고 변함없이 유지된다.

영원히, 비행접시의 지배 아래.

살아오면서 그는 두 개 이상의 선택을 해본 적이 없다.
이것인가 저것인가, 아니면 갈 것인가 말 것인가, 인생은
언제나 양자택일이다.

부왕아이르부자르

1

오후 3시. 서울에 있는 7만여 대 택시 중 한 대에 열쇠가 꽂힌다. 3년 남짓 동안 26만 7천 킬로미터를 주행한 소나타 이다. 연료계 바늘은 F 글자를 찌를 듯하고, RPM은 750에 서 800 사이의 안정권에 걸려 있다. 라디오 액정 화면에 'FM 95.1'이라는 글자가 나타난다. 여자 아나운서의 정확한 발음이 날씨를 알린다. …… 현재 기온은 영상 12도, 습도 는 50퍼센트입니다. 주차장을 천천히 빠져나오며 그는 고개 를 끄덕거린다. 모자라지도 넘치지도 않는 50이라는 숫자가 그의 마음에 든다.

그때는 너무 어려서 몰랐던 사랑을…, 그는 알지도 못하는 노래를 따라 부르며 구청이 있는 쪽으로 차를 몬다. 오늘은 그가 기사 생활 3년째를 맞는 날이다. 내일은 '야'의 23번째 생일이다. 정말 기막힌 우연의 일치다. 시침과 분침이 하늘을 향해 겹치는 순간 '야'는 성년자가 되고, 그에게는 개인택시 살 자격이 주어지는 것이다.

그런데 좋은 날인 걸 아는지 모르는지 출근할 무렵 야의 표정은 어두웠다. 새벽부터 끙끙대는 것 같더니 점심때 보기로는 약간 절뚝이는 듯도 싶었다. 어디가 아프냐고 했더니, 뜬금없이 오늘 일을 나가지 말라 했다. 예감이 이상해, 하루 종일 나쁜 일만 일어날 것 같아. 야는 말했다. 야의 생떼에 시달리다 못해 그는 왜 그렇게 생각하느냐고 물었다. 밥 먹은 그의 팔을 움켜쥔 채 야는 입을 앙다물었다. 그는 부드럽게, 차근차근 설명했다. 하루 종일 나쁜 일 일어날 경우보다는 그 반대 경우가 훨씬 확률이 높은 거야. 왜인 줄 알아? 나쁜 일 중에는 죽는 일도 있는데, 죽게 되면 더 이상 아무 사건도 일어나지 않으니까. 혼자 집에 있느라 힘든 거 알아. 하지만 출근하지 않으면 정말 나쁜 일이 생기게 돼.

난 정말 죽고 말 거야. 야는 얼굴을 틀며 울음을 터뜨렸다. 그는 숟가락을 무슨 단도처럼 움켜잡았다. 숟가락의 떨림은 부르르에서 와르르가 되어갔다. 그는 숟가락을 내려놓고 밥상을 들어 오른쪽으로 치웠다. 야에게로 다가가 조용히 잔등을 어루더듬었다. 야는 어린애처럼 발길질까지 하며 울었다. 시계를 보니 교대 시간이 거의 다 되어가고 있었다.

그가 사는 곳은 주차 공간이 없어 시간을 정확히 맞추지 않으면 맞교대가 힘들었다. 할 수 없이 영감에게 전화해 오늘은 약속을 지킬 수 없을 것 같다고, 그냥 회사 주차장에 차를 세워두는 게 좋겠다고 말했다. 영감은 노발대발이었지만 상관없었다. 오늘은 좋은 날이었다. 우는 야를 혼자 두고 나갈 수는 없었다.

좋은 날, 거리에는 생각보다 손님이 없다. 그는 먼눈을 들어 앞 사거리를 살핀다. 정체가 심하다. 구청 앞에 줄지어 서 있는 모범택시들 뒤편으로 슬쩍 차를 갖다 댄다. 차를 치우라는 경찰의 지시를 비굴한 웃음으로 넘기고 그는 시동을 꺼버린다. 언제 어디서 막힐지 모르는 토요일 오후, 30분 이내라면 섣불리 차를 움직이는 것보다 손님이 몰릴 때까지 가스를 아끼는 게 이익이라는 계산 때문이다. 더구나 구청 앞이라면 장거리가 걸릴 확률도 높다. 다행히 그의 계산은 들어맞는다. 얼마 지나지 않아 젊은 남자 한 명이 그의 차를 선택한다. 강남까지 가는 장거리 손님이다.

"6시까지 가야 됩니다. 요금은 상관없으니까 무조건 빨리 가주세요."

젊은 남자는 차에 올라타자마자 말한다. 면바지에 편해 보이는 카디건 차림의 남자는 무슨 로봇처럼 동작이 직선적이다. 왼손으로 안전띠를 잡아당겨 단번에 채운 다음 오른

손으로 가방을 열어 책 한 권을 꺼낸다. 다시 왼손으로 가방을 뒷좌석으로 넘기고 오른손으로 왼쪽 셔츠 주머니의 펜을 뽑아 책에 갖다 댄다. 남자는 그 모든 동작을 단 몇 초 만에 해결한다. 여러 번 시간에 쫓겨 택시를 타본 솜씨다. 그는 곁눈질로 남자가 읽고 있는 책을 훔쳐본다. 한눈에도 낯익은 고등학교 수학 교재다. 반가운 마음에 그는 만학하는 직장인이시냐고 묻는다. 남자는 학생이 아니라 입시학원 강사이며 오전에는 강서에서 재수생을 가르치고 오후에는 강남에서 재학생을 가르치느라 거의 매일 택시를 타고 움직인다고 딱딱하게 대답한다. 그는 어허, 바쁜 분이시군요, 사람 좋게 웃는다. 어느새 차는 올림픽대로로 진입한다. 정면으로 햇빛을 받아 그의 얼굴이 휴지처럼 구겨진다. 차가 속력을 내면서 속도계 바늘이 80을 훌쩍 넘어선다. 그러나 그의 손은 한동안 3단에 머물러 있다. rpm이 4000에 육박한다. 높은 엔진음이 실내로 밀려든다. 그는 뒤늦게 정신을 차리고 기어를 5단으로 바꾼다. rpm이 2000으로 떨어진다.

그의 뇌는 상념의 쳇바퀴 속에 빠져든다. 다시 만날 일 없을 줄 알았던 제자와 다시 만나 사랑에 빠질 확률은 얼마나 되었을까. 제자였던 게 중요할까, 성인이 되어 다시 만난 게 중요할까. 그때 서울에는 16만 1,136명의 여고생이 있었다. 서울에는 약 1,261개의 학교가 있고 그중 여자 학급은

48퍼센트. 선생 네 명이 2백 명씩 나누어 가르쳤으니까 꼭 '야'여야 했을 경우는 2,101만 6,666분의 1이다. 그는 수없이 계산하고 또 계산해 보았지만 언제나 선생일 경우의 확률이 더 낮았다. 아무리 줄여보려 해도 경우의 수는 2만 6,270개 이하로 떨어지지 않았다. 약 0.0038. 소수점 세 자리의 수치를 도저히 그는 납득할 수 없다. 살아오면서 그는 두 개 이상의 선택을 해본 적이 없다. 이것인가 저것인가, 아니면 갈 것인가 말 것인가, 인생은 언제나 양자택일이다. 그렇다면 그에게 할당된 2라는 숫자 외에 수많은 나머지 숫자들은 누가 만들고 선택했을까.

2

또 잠에서 깨어나고 말았다. 누운 채로 고개를 돌려 알람 시계를 보았다. 새벽 5시. 한 시간 전쯤에나 들어왔을 쌤은 벌써 곯아떨어졌는지 규칙적인 숨소리를 내고 있었다. 초침을 들여다보며 쌤의 숨소리를 들어보았다. 여전히 특이했다. 들이쉬는 데 3초, 내쉬는 데 3초. 정확히 6초라는 시간 동안 쌤은 몸속의 나쁜 것을 내버리고 신선한 산소를 받아 채울 줄 알았다. 조금만 지나면 약간씩 어긋나기 시작해 걷잡을 수 없는 엇박자가 되어버리게 마련이었지만.

다리를 끌어당겨 몸을 웅크리고 앉았다. 발바닥이 따끔 따끔한 느낌이었다. 이번에는 압정이었다. 사람이 많은 거리를 쏘다니고 있는데, 하필 압정이 있는 곳에만 발을 디뎠다. 뽑아내면 무슨 끈이라도 매달린 것처럼 압정은 원래 꽂혔던 자리에 되박혔다. 그래도 압정은 나은 편이었다. 쌤이 뭘 해놓고 나갔다 궁금해 주방에 가면 칼이 제멋대로 날아와 가슴을 찌르는 일도 있었다. 빼내면 칼은 다시 날아왔다. 나올 수 없게 냉장고 깊숙이 처박아도 소용없었다. 그럴 때, 주방에는 칼이 수십 개였다.

잠자리를 대충 개켜두고 일어나 방을 나왔다. 자꾸만 발바닥이 찌릿찌릿했다. 냉장고에서 물을 꺼내 마셨다. 목젖에 걸려 있던 투명한 금속 하나가 배 속으로 툭, 떨어지는 소리가 들렸다.

어디 있었더라. 분명히 있었는데, 찬장을 죄다 열어보았다. 쌤이 깨어나지 않게 조심하면서 서랍과 의자 밑, 책상과 책꽂이도 꼼꼼하게 살폈다. 좁은 집은 금세 감추어 두었던 내용물들을 게워 내고 잠잠해졌다. 주위를 천천히 둘러보았다. 그림 한 점, 사진 한 장 없는 흰 벽이 원망스러웠다. 유일하게 걸려 있는, 달력을 적어 넣게 만들어진 화이트보드는 비어있었다. 벽에 박힌 것은 언제까지나 색이 바랠 것 같지 않은 은빛 시멘트 못이었다.

의사는 아빠의 머릿속 혈관 하나가 오랫동안 감당할 수 없는 압력을 받아왔다고 설명했다. 친척들은 의사의 말 따위 아랑곳하지 않았다. 입 밖에 내지 않아도 그들이 무슨 생각을 하고 있는지는 분명했다. 상관없었다. 어쨌거나 아빠의 뇌는 검붉은 핏속에 풍덩 빠져버렸다. 살았건 죽었건, 중요한 건 아빠가 모든 것을 잃었다는 사실이었다.

병실에서도 화이트보드는 벽에 걸린 유일한 물건이었다. 언제든지 지울 수 있다는 게 좋았다. 열두 번이나 지웠다 다시 쓰는 동안 하루도 빠짐없이 아빠의 상태를 간략하게 기록했다. 열두 번째로 달력을 기입한 밤에는 아빠가 다음 날에 깨어나게 해달라고 썼다. 곧 다가올 20번째 생일을 쌤과 함께 보내고 싶어서였다. 그러나 '생일'이라는 붉은 글씨를 한 칸 앞두고 아빠는 더 이상 잠도 잘 수 없게 되었다.

장례가 끝나고 보드 하나만을 달랑 든 채 그를 찾았다. 그는 다행히 집에 있었다. 아무 말 없이 웃더니 따뜻한 차를 끓여주었다. 깜박 잠들었다 일어나보니 숫자를 잃어버린 새하얀 보드가 벽에 걸려 있었다. 1년 뒤에 다시 달력을 만들자. 쌤이 말했다.

보드가 있는 곳으로 가까이 다가갔다. 지우개 받침대에 찾던 물건이 있었다. 여기 있었구나. 손톱으로 조심스럽게 들어 바닥에 앉았다. 양말을 벗고 발바닥의 오목한 부분이 시작되는 곳에 압정을 박아 넣었다. 잠시 두었다가 뽑아내고 상처를 살펴보았다. 피가 나오지 않았다. 다시 집어넣었다. 이번에는 좀 더 오래 기다렸다 뽑았다. 피가 조금 흘러나오는 게 보였다. 마음이 편안해졌다.

다시 방으로 들어가며 압정이었던 것을 다행으로 생각했다. 만약 칼이 날아다니는 꿈이었다면 찔렀다가 빼내는 짓 따위는 할 수 없었을 테니까. 하긴, 더 싫은 경우도 있었다. 죽고 싶은 마음에 손목을 베면 순식간에 생살이 자라 상처를 메워버리는 꿈이었다. 한번 그 꿈에 사로잡히면 밤새 손목을 긋고 또 그어야 했다. 애초에 칼을 든 이유 따위는 까맣게 잊어버린 채.

3

아줌마 한 명이 서울역에 갈 수 있겠냐고 묻는다. 토요일 오후 5시 34분. 시내라면 빨리 빠져나온다 해도 7시가 훌쩍 넘을 것이다. 야를 달래주느라 그는 밥을 걸렀다. 거절하는 게 현명하다는 판단이다. 그러나 그가 머뭇거리는 사이 아줌마는 벌써 택시 뒷좌석에 자리를 잡고 앉는다. 그냥 갈 것인가 내리라고 할 것인가 그는 잠시 고민한다. 뒤쪽 허공에 감시 카메라가 있다. 사거리 건너편, 교통경찰이 서 있는 게 보인다. 그는 룸 미러로 아줌마의 얼굴을 훑어본다. 일자로 닫힌 입이 어딘가 모르게 신경질적이다.

저녁을 포기하고 차를 출발시킨다. 마침 전화가 온다. 그는 보건소임을 직감한다. 아니나 다를까, 저쪽은 그의 가명과 본인 여부를 확인한 다음, 통화가 가능한지 묻는다. 지난주 9월 24일에 하신 엘라이자ELISA 검사 결과 음성입니다. 양성으로 나와도 정상인 경우 많으니까 거의 정확하다고 생각하시면 되고요, 그래도 걱정되시면 병원에 가서 정밀 검사 받으세요. 여자는 녹음기처럼 준비된 말들을 풀어놓고 전화를 끊는다. 감사하다고 말하며 그는 휴대폰 액정 화면에 찍힌 00:36이라는 숫자를 본다. 이토록 중요한 내용을 전달받는 데 1분이 걸리지 않았다는 사실이 그를 어지럽게 한다. 그가 손님의 존재를 깨달은 것은 현기증이 가시고 나서도 10초쯤이 더 지나서다. 엔진 소음이 다른 때보다 크다고 생각하고 있는데 갑자기 아줌마가 큰 동작으로 손뼉을 치며 호들갑을 떤다. 아이구, 아이구, 그걸 깜박 잊고 빼먹고 왔네, 아저씨, 요 앞에 그냥 내려주소, 빨리빨리.

집에 간다던 아줌마는 금방 다른 택시를 잡아탄다. 음성이라는데 뭐가 그렇게 무서운 걸까. 사이드 미러로 아줌마의 도망치듯 걷는 모습을 훔쳐보다가 그는 화창하게 웃는다. 혀를 끌끌 차며 하늘을 올려다본다. 정말 좋은 날, 더할 나위 없이 좋은 날씨다.

그가 피 검사를 한 것은 순전히 야 때문이다. 야는 자신이 에이즈에 걸렸을 거라고 입버릇처럼 되뇌었다. 그렇게 걱정이 되면 병원에 가보면 될 게 아니냐고 그는 여러 번 말했다. 야는 검사 얘기만 나오면 싱크대와 냉장고 사이의 좁은 틈에 들어가 나오지 않았다. 그럴 때마다 그는 야의 말이 사실일지도 모른다는 불안감에 빠졌다. 최근에야 그것이 에이즈 공포증이며, 섹스를 단 한 번 해보지 않은 사람에게도 나타날 수 있는 증상임을 알게 되었지만, 근거 없이 불길한 말을 뇌까리는 야에게 드문드문 증오가 이는 것까지는 어쩔 도리가 없었다.

어느 날 집에 들어갔더니 야가 주사기로 피를 뽑아놓았기에 홧김에 그 피를 자기 팔에 주사해 버린 적이 있었다. 덕분에 그는 밤새 아팠고 야는 밤새 울었다. 야의 혈액형이 O형이기에 망정이지 죽을 수도 있는 일이었음은 꽤 나중에야 알았다.

수혈로 에이즈에 걸릴 가능성은 90퍼센트. 감염되지 않을 확률은 10퍼센트. 10분의 1이라면 무시해도 좋을 만한 숫자라고 그는 생각한다.

강북으로 넘어가기에 앞서 그는 단거리 손님을 세 명 더 태운다. 기본요금을 받아 밥값을 마련하기 위해서다. 메타는 주행 거리와 요금은 물론이고 택시에 관련된 26가지 사항을 기록한다. 사비를 들여 끼니를 때우지 않으려면 조금 손해를 보더라도 메타를 꺾지 말아야 한다.

기계를 속여 마련한 4천8백 원에 2백 원을 보태 가래떡과 돼지고기가 든 5천 원짜리 김치찌개를 주문하고 그는 야가 떡볶이를 먹고 싶다고 했던 것을 기억해 낸다. 고작 먹고 싶은 게 그런 것밖에 없을까. 떡볶이를 새벽 4시에 어디서 구하란 말인가. 야는 꼭 야간 근무일 때만 이것저것 먹고 싶은 게 많아진다. 주간일 때는 아무것도 먹고 싶지 않으니 일찍 들어오라는 말뿐이다. 부글부글 끓어오르는 찌개에 멍한 시선을 던지며 그는 가슴속을 뒤흔드는 자기 자신의 분노를 본다. 기포가 솟아오르기 무섭게 숟가락을 국물에 갖다 대며 그는 빠른 속도로 밥을 먹는다. 머리끝까지 찌릿찌릿 찔러대는 짜증을 찌개 국물과 함께 삼켜버린다. 오늘만 넘기면 된다. 오늘만 지나면 모든 것이 다시 시작될 것이다.

두 번째로 찾아왔을 때 야는 스무 살이었다. 스무 살이 된 야는 예전처럼 집에 돌아가지 않아도 좋았다. 며칠 만에 명랑함을 되찾은 야는 좁은 집 안을 꾸며볼 생각에 즐거운 눈치였다. 어쩌다 그가 나가지 않는 날이면 쌤, 우리도 사진

한 장 찍어 걸어요. 쌤, 커튼 바꿀 건데 무슨 색이 좋아요? 쌤, 집에만 있지 말고 나가서 놀아요. 졸졸 쫓아다니며 쉴 새 없이 종알거렸다. 야, 줄일 게 따로 있지 겨우 세 글자가 귀찮아서 '쌤'이라 하냐? 괜히 쑥스러워진 그가 은근히 말을 돌렸다. 야는 눈썹을 치켜세웠다. 그럼 왜 선생님은 나한테 야, 라고 해요? 선생이 학생한테 야라고도 못하냐? '야'도 '이 아이야'의 준말이에요. '쌤'이 안 되면 '야'도 안 돼요. 싫으면 선생님도 '학생'하고 불러요. 야는 정색을 하고 말했다.

허공에 야의 얼굴이 갓 인화된 사진처럼 투명하게 걸린다. 그의 양 뺨에 한 모금 미소가 뿌듯하게 물린다. 그는 차에 시동을 걸어놓고 웃음을 담배 연기와 함께 날려 보낸다. 그래도 눈에 남아 있던 미소는 여지없이 흘러내려 그의 볼을 도로 부풀려 놓는다. 황 영감을 일찍 불러내는 한이 있어도 오늘은 집에 일찍 들어가겠다고 그는 결심한다. 보건소 얘기를 꺼내면 야는 어떤 표정을 지을까.

그때 머리를 짧게 깎은 남자 한 명이 그의 택시로 다급하게 다가온다. 다짜고짜 대전에 가자며 왕복 20만 원을 주겠단다. 그는 버릇처럼 시계를 본다. 오후 7시. 경부 고속으로 잘만 쏘면 대목인 11시-1시 사이에 서울에 돌아올 수도 있다. 메타를 잘 조작하고 되돌아올 때 터미널에서 손님 한 명을 잡으면 10만 원은 충분히 남는 장사다. 일찍 들어가겠다던 다짐을 까맣게 잊어버리고 그는 남자에게 차에 타라고 고갯짓한다.

차를 출발시키자마자, 엔진룸에서 쇠를 가는 듯한 소음이 발생한다. 미간을 찌푸리며 그는 차가 장거리를 해도 좋을 상태인지 머릿속으로 점검해 본다. 차 정비는 주간 근무자의 몫이고, 황 영감은 어제 웬만한 소모품들은 모두 교환했다고 말했다. 오래되기는 했어도 지금까지 말썽 한 번 부린 적 없는 차다. 그는 걱정을 떨쳐버리고 액셀러레이터를 깊숙이 밟는다. 가스를 잔뜩 공급받은 엔진은 rpm 3500을 넘기며 순식간에 차를 시속 80킬로미터에 올려놓는다. 그럼 그렇지. 무슨 문제가 있을 리 없지. 중얼거리며 그는 빠른 속도로 사거리를 통과한다. 그러나 그 순간 캠축과 크랭크축을 연결하는 엔진 속 타임 벨트의 모서리가 2밀리미터가량 찢어진다. 황 영감이 교환 주기가 가장 긴 타임 벨트 교환을 깜박 잊은 것이다. 닳아 해진 벨트에 생명을 매단 채, 출발한 지 10분 만에 그는 1백 킬로미터의 속도로 경부고속도로에 닿는다. 오후 7시 15분. 여자 아나운서가 이번 주말은 날씨가 청명할 것이라는 기상대의 예보를 정확한 발음으로 전한다.

4

하지 말았어야 했는데, 화장실에서 나오자마자 또 '부왕아이르부자르' 하고 말았다. 정말 이상한 단어였다. 한번 입밖에 내면 부왕아이르부자르… 부왕아이르부자르… 끊기지도 않고 계속 튀어나왔다. 이상하게도 의식하면 의식할수록 점점 더 심해졌다. 쌤이 오기 전에는 그치지 않았다. 쌤이 나간 지는 얼마 되지 않았다. 정말 어쩌면 좋을까.

얼마 전 오랜만에 외출을 하고 싶다고 했더니, 쌤이 겨우 골라잡은 곳이 서울랜드였다. 버스 안에서 그는, 사람 많은 곳에 가면 우울증도 좀 가시겠지, 했다. 그렇게 말하는 그의 얼굴은 몹시 피곤해 보였다. 요즘 쌤은 왜 예전처럼 밝게 웃지 않느냐고 자주 물어오곤 했다. 집에 혼자 있는 게 힘들면 영어나 컴퓨터 학원에 다니면서 공부도 하고 친구도 사귀어 보라고 권하기도 했다. 그는 요즘 들어 자신의 표정이 어떻게 변해가고 있는지 잘 모르는 모양이었다. 그런 그가 '똥박물관'에서 갑자기 웃음을 터뜨렸다. 각국의 똥 이름을 적어놓은 세계지도 앞에서였다. 그의 손가락은 영원한 서방정토, 인도를 가리키고 있었다. 저것 좀 봐, 똥이 '부왕아이르부자르'래. 발음해 봐, 부왕아이르부자르… 부왕아이르부자르… 무슨 사원이나 성지 이름 같지 않아? 말 때문이 아니었다. 오랜만에 그가 아무 자의식도 없이 천진하게 입을 벌렸기 때문이었다. 활짝 드러난 그의 목젖을 보자 뱃속이 견딜 수 없이 간지러워졌다. 바닥에 주저앉아 횡격막이 저릴 만큼 웃었다.

부왕아이르부자르… 부왕아이르부자르… 아 정말 미치겠다. 쌤의 얼굴이 눈앞에 흔뎅거려 헤벌쭉 웃었다가 똥 생각이 나 튀튀거렸다가….

경기도에 살았을 때 학교에서 채변 봉투를 나눠줬던 적이 있었다. 담임 선생님이 무서워 일주일 전부터 똥 생각을 한다는 게 이상하게도 화장실에만 가면 신문지 위에 변을 봐야만 한다는 사실을 깜박 잊어버렸다. 날짜는 점점 더 다가왔고, 항문은 돌멩이라도 틀어박힌 것처럼 잘 열리지 않았다. 아이들과 물려 다니며 떡볶이며 무지갯빛 쫄쫄이를 구워 먹고, 집에서도 쉴 틈 없이 군것질을 해댔지만 배만 부풀어 오를 뿐이었다. 당일 아침, 결국 선생님께 손바닥을 호되게 얻어맞고 조회 시간부터 화장실로 쫓겨났다. 하필이면 그제야 강한 변의가 느껴졌다. 태어나서 그렇게 크고 굵은 똥은 처음 싸보았다. 바보처럼 불량 식품 먹은 걸 들킬지 모른다고 생각했다. 눈을 크게 뜨고 나무젓가락으로 휘저어가면 배설물을 곰곰 뜯어보았다. 구수하게 익은 고추장과 다시마 냄새, 색소를 날려 보내며 노릇노릇 익는 쫄쫄이 냄새,

박하사탕의 상쾌함이며, 색깔별로 다른 맛이 나는 작은 사탕들의 새침한 향들은 다 어디로 갔을까. 똥 속에서는 단조롭고, 무겁고, 지나치게 자극적인 냄새가 났다. 뱃속까지 온통 코가 돼버린 느낌이었다. 애초에 속절없이 뒤섞인 것들 속에서 깨끗하고 우량한 것만을 골라낼 수 있다고 생각한 게 잘못이었다. 교실로 돌아갔을 때는 벌써 1교시가 시작된 뒤였고, 담임 선생님은 몹시 화가 나 있었다.

다른 생각을 한다는 게 또 똥 생각을 하고 말았다. 부왕아이르부자르… 부왕아이르부자르… 그래도 주문처럼 외우면 활짝 웃는 쌤의 얼굴이 떠올랐다. 그가 웃으면 모든 일이 잘될 것만 같은 안도감이 들었다. 하지만 지금은 그가 집을 나간 지 얼마 되지 않았다. 새벽까지 똑같은 말만 반복하고 있기는 싫었다.

점퍼 한 장을 걸치고, 맨발에 운동화만 대충 구겨 신고, 집 밖으로 나섰다. 공단 사람들과 유흥가 종업원들이 많이 사는 다세대 주택가의 미로 같은 골목을 통과해 가장 가까운 곳에 있는 버스 정류장에 다다랐다. 원피스 한 장으로 버티기엔 날씨가 춥다고 생각했을 때 이미 버스는 맹렬한 속도로 산을 향해 달려가고 있었다.

눈동자로 가득 찬 계곡을 미친 듯이 뛰어 올라갔다. 세 갈래 길 앞에서 멈춘 것은 힘들어서가 아니었다. 어루룽더

루룽한 빛깔들이 눈앞을 막아서였다. 아무리 올라가 봐도 바위마다 줄기마다 잎사귀마다 똑같이 생긴 눈동자들이 주렁주렁 매달려 있을 거라는 절망감 때문이었다. 사각형 평상에 오도카니 앉아 구름다리를 건너오는 사람들을 물끄러미 쳐다보았다. 잎사귀들의 화형식을 구경하러 온 사람 단풍들. 자신의 머릿속에 있는 것만을 보고 가는 사람들. 노부부도 있고 연인도 있고 가족도 있고 삼삼오오 몰려다니는 무리도 있었지만 그들의 뒷모습은 하나같이 나뭇잎으로만 보였다. 비라도 내려 저 빛들을 온통 쓸어가 버렸으면….

　누군가의 시선을 받기 위해 저 나뭇잎들은 얼마나 오랫동안 눈을 홉뜨고 있었던 것일까. 낙엽 한 장이 치마 위에 떨어졌다. 부왕아이르부자르… 부왕아이르부자르… 이제는 눈을 감아도 좋아.

5

　그의 택시는 11시가 되어서야 대전을 떠나 고속도로에 진입한다. 폭우는 점점 더 심해지고 있다. 고속도로에 올라온 그는 마음이 급하다. 주말 대목을 놓친 이상, 야가 잠들기 전에 집에 들어가야겠다는 결심이 섰기 때문이다. 일기예보가 틀린 것이 예감이 나쁘다. 야에게 나쁜 일이 생겼는지도 모른다. 그의 갑작스러운 불안감에는 이유가 있다. 며칠 전 그는 화장실 문틈으로 야가 변기에 얼굴을 처박고 있는 것을 보았다. 문을 젖혀보니 화들짝 놀라는 야의 입술에 똥이 약간 묻어 있다. 부랴부랴 얼굴과 입안을 씻겨내고 호되게 야단을 쳤다. 야는 입에서 똥이 떨어지지 않는 걸 어떻게 하냐고 울먹거렸다. 네가 묻혀놓고 떨어지지 않는다니, 도대체 무슨 생각을 하는지 알 수 없는 아이. 어른이 되기는커녕, 점점 더 아이가 되어가는 아이.

조금만 속도를 내자고, 그러면 1시까지는 집에 들어갈 수 있을 거라고, 그는 생각한다. 5단 기어가 들어간다. 아슬아슬하게 앞차를 비껴가 차선을 가로지른다. 지그재그 차들 틈을 비집어 140킬로미터까지 가속한다. rpm 3500까지 상승. 앞에 저속 차량 한 대가 갑자기 끼어든다. 브레이크를 깊게 밟는다. rpm 2000까지 하강. 가까스로 충돌 피한 후 탄력 주행. rpm 1000. 우측 차선 밟으며 4단 변속. rpm 2500. 자연스럽게 차로 바꾸며 5단 변속. rpm 1800. 클러치 떼자마자 급가속. 다시 rpm 3000. 순간 탕! 소리와 함께 타임벨트가 끊어진다. 차가 갑자기 로켓처럼 튕겨 나간다. 앞차 꽁무니가 눈앞에 바싹 닥친다. 풋브레이크를 차듯이 밟는다. 듣지 않는다. 사이드 브레이크를 당긴다. 내리막길.

10분 뒤, 세 명의 사내가 그를 차 밖으로 끌어낸다. 그중 얼굴에 길쭉한 상처가 있는 사내의 주먹이 그의 왼쪽 입과 오른쪽 눈에 연타로 명중한다. 그의 몸은 오른쪽으로 꺾였다가 왼쪽으로 비틀어지며 땅 위로 추락한다. 중앙분리대의 흙바닥에 힘없는 나무처럼 풀썩 쓰러진다. 찢어진 입술을 질퍽질퍽한 물웅덩이에 처박고 나서야 그는 무슨 일이 일어난 것인지를 비로소 깨닫는다. 중얼거리는 그의 입 속으로 흙탕물이 들어간다. 터진 입가에서 피가 흘러나온다. 젠장, 어디서부터 어긋났을까. 사내 세 명이 그를 발로 걷어차고 있다. 그는 몸을 웅크리며 눈을 감는다. 야가 그의 집에 처음 찾아왔을 때가 선명하게 떠오른다⋯.

　첫 번째로 찾아왔을 때 야는 아직 고등학교 2학년생이었다. 옷이 찢겨 있었고 몸에도 군데군데 멍이 들어 있었다. 무슨 일이 있었냐고 다그쳐도 야는 말이 없었다. 간헐적인 몸 떨림과 초점 잃은 시선만이 대답의 전부였다. 그는 야의 재킷을 벗겼다. 여기저기 오물과 약간의 핏자국이 있었고 주머니에서는 큼직한 립스틱 하나가 나왔다. 립스틱은 책상 서랍 속에 집어넣고 왜 옷가지들은 치우지 않았는지 알 수 없는 일이었다. 집 주소를 어떻게 알았냐고 물어봤어야 했는데 무엇보다 야를 집 안에 들인 것이 가장 큰 실수였다. 잠들어 버린 야를 깨우지 않은 것도.

다음 날 아침, 야의 아버지가 아파트에 들이닥쳤다. 찢긴 옷들이 바닥 한구석을 차지하고 있었다. 2층 베란다에서 뛰어내린 야는 발목을 다친 채 수위에게 잡혀 왔다. 다리에 든 멍이 무지갯빛을 내고 있었다. 아버지의 얼굴이 종잇조각처럼 구겨졌다. 그는 자신이 매우 선생답지 못한 행동을 했음을 그제야 깨달았다. 당황한 그는 변명의 기회를 놓쳤다. 세 번째 실수. 화가 난 아버지는 속옷 차림의 딸을 그대로 끌고 갔다. 차까지 가는 짧은 순간에 동네 사람들이 그 장면을 목격했다. 네 번째 실수.

교감의 귀에 얘기가 들어가는 데 하루가 채 걸리지 않았다. 그는 모든 것을 사실대로 말했다. 선생들은 그를 믿어주었다. 다섯 번째 실수.

덕분에 야를 대상으로 한 은밀하고 잔인한 면담이 시작되었다. 일주일쯤 지나 경찰은 원래부터 알고 있던 원조교제 조직을 뒤늦게 발견했다. 상습적으로 찍힌 학생 세 명이 퇴학당했고 야는 단순 가담자로 인정되어 정학 조치되었다. 얼마 후 입을 다물고 있던 아버지가 학교를 상대로 소송을 걸었다. 비윤리적인 교사를 구제하기 위한 학교의 사기극이라는 주장이었다. 여섯 번째 실수. 그는 발언을 거부했으나 야는 원조교제 사실을 인정했다. 학교가 선임한 변호사는 윤리적인 어투로 야를 잘도 발가벗겼다. 화살은 야의 어린 가슴을 관통해 활을 들고 있는 아버지의 가슴에 명중했다. 학교는 보수적이었다. 야는 피해자였는데도 퇴학당했다. 부모들은 선생들보다 더 보수적이었다. 재판 중에 그는 사표를 썼다. 야가 퇴학당해야 한다면 자신도 그만두어야 한다고 생각했다. 그는 모든 것을 납득하고 이해했다. 다만 야가 어떻게 자기 주소를 알았는지, 야의 아버지가 그의 아파트에 나타났는지는 여전히 수수께끼로 남았다.

　여섯 번의 실수. 그것을 감당하느라 3년이나 걸렸다. 그런데 생각지도 못했던 차의 고장이 그 모든 것들을 원점으로 돌려놓았다. 고개를 돌려보니 중앙분리대가 30미터쯤 끊어진 게 어렴풋하게 눈에 들어온다. 박살 난 택시, 뒤꽁무니가 달아나 버린 승용차와 그에게 종주먹을 대며 욕설을 퍼붓는 사내들의 말짱한 모습이 대조적이다. 곧 견인차와 경찰차와 병원차가 차례로 도착할 것이다. 사내들과 합의를 한다 해도 사고는 공적으로 기록될 것이다. 그는 얼굴을 땅에 놓아버린다. 야에게 줄 선물이 하나 줄었다. 더 젖을 데도 없는 그의 잔등 위로 하얗게 비가 내리고 있다.

6

눈을 뜨니 목에서 비명이 흘러나오고 있었다. 그새 잠이 들었나. 꿈을 꾸었다. 주사기가 날아와 온몸에 꽂히는 꿈이었다. 바지를 벗은 세 명의 사내가 낄낄거리고 있었다. 나비 날개를 단 은빛 요정이 요술봉을 흔들며 욕을 해댔다.

싱크대와 냉장고 사이에 들어가 몸피를 줄였다. 눈도 감고 귀도 막았다. 기억은 오히려 생생해졌다. 몇 발짝 되지 않는 집 안을 미친 듯이 돌았다.

11시 11분. 마치 수명이 다 된 기타 줄처럼, 머리와 발바닥을 간신히 잇고 있던 신경 줄 하나가 퉁, 끊어져 나갔다. 시계 앞에 우뚝 섰다. 쌤이 가장 좋아하는 시각. 거부할 수 없는 두려움이 생살을 저며왔다. 금방이라도 수십 개의 주사기들이 사방에서 날아올 것 같았다.

단 한 번으로 감염될 확률은 0.00002퍼센트밖에 안 돼. 쌤은 말했다. 그는 언제나 숫자만 말했다. 이미 죽을병에 걸린 사람에게 숫자 따위는 아무런 소용이 없다는 것을, 매일매일 모래 위에 성을 쌓는 그는 모를 것이다. 겨우 열여덟 살짜리 여자애가 교무실에서 주소를 알아냈으며, 사춘기 사랑은 바람 같은 것이라 말하는 아빠에게 주소를 적어넣고 나온 것도 그 애라는 사실을 그는 모르겠지. 아니, 안다 해도 이해하지 못할 것이다.

어렸을 때 아빠는 물을 싫어하는 딸을 바다에 던져 넣었다. 일단 경험하면 공포는 사라지게 마련이라며.

아빠 말대로 물에 대한 무섬증은 사라졌다. 물보다 바깥으로 나가지 못하게 하는 아빠가 더 무서워졌기 때문이었다. 엄마를 잃은 후, 아빠는 달라졌다. 아침을 먹을 때면 혹시 식탁 밖으로 떨어질지도 모른다며 밥과 국을 앞쪽으로 끌어다 놓았다. 매일매일 학교까지 데려다 놓고 태우러 오고, 딸에게 무슨 일이라도 생길까 하루에도 몇 번씩 전화를 했다. 도망갈 수밖에 없었다. 막상 아빠가 왔다고 생각하니 속옷 바람으로라도 뛰어내려야 한다는 생각뿐이었다.

오랜만에 샤워를 하고, 성장을 차려입고, 화장을 했다. 책상을 들들 뒤져 포주 언니의 오래된 전화번호를 찾았다. 공교롭게도 사내들이 준 립스틱도 서랍 속에 같이 들어있었다. 나가기에 앞서 잠시 거울을 보았다. 시간이 흐르면 애초에 뭐가 무서웠는지 점점 알 수 없게 되었다. 어떤 일보다 그 일에 대한 상상이 더 두려워지면, 다시 한번 해보는 수밖에 없다. 자꾸만 압정에 찔릴 것 같은 생각이 들면, 압정으로 직접 발바닥을 찔러보는 수밖에 없는 것이다.

현관문을 열었다. 어떻게 된 일일까. 문밖에 또 하나의 방이 있었다. 방 안에서 세 명의 사내가 낄낄거리고 있었다.

부왕아이르부자르

문을 닫았다. 이번에는 등 뒤에서 사내들의 웃음소리가 들려왔다. 넌 오늘 밤 죽게 될 거야. 어둠 속에서 누군가가 말했다. 재킷 속에 손을 집어넣었다. 네모반듯한 립스틱이 손에 뿌듯이 잡혔다.

7

새벽 3시 무렵. 그는 택시를 타고 집 앞에 도착한다. 일은 생각보다 쉽게 해결되었다. 경찰차가 왔을 때 세 명의 사내는 온데간데없이 사라지고 없었다. 사고 현장에는 그의 차만 덩그러니 놓여있었다. 꿈을 꾸었나 터진 입가에 피가 멈추지 않았다. 그들은 도대체 왜 가버린 것일까. 그는 자신에게 무슨 일이 일어났는지를 여전히 깨닫지 못하고 있었다.

하루 종일 일이 꼬여, 하필 그 시간 그 장소 그 도로에서, 그것도 얼굴이 찢어진 사내와 그 일당들이 탄 차를 그가 들이받을 경우의 수는 1/1020. 숫자상으로 존재하는 가장 낮은 확률이다. 수학에서 1/1020은 더 이상 계산할 수 없는 수, 0이다. 그렇다면 그런 일이 일어나지 않았을 확률은 100퍼센트일까. 확률에는 그런 게 없다. 일어날 확률이 0이면 그 반대의 경우도 0이다. 도저히 불가능하지만 얼마든지 일어날 수 있는 사건이 되고 마는 것이다. 더군다나 그 일은 그가 간단하게 무시해 버린 10퍼센트의 확률보다 1019배나 낮은 가능성의 사건이었다.

그는 그런 사실을 전혀 모르고 있다. 오직 다행이라는 생각만 하고 있다.

개인택시 면허를 잃었다. 한 시간여를 돌아다녔지만 생일 케이크도 못 구했다. 하지만 죽지 않았다. 피해자도 사라졌다. 경찰서 옆 꽃집에서 장미꽃 23송이를 구했고, 집 앞 편의점에서 냉동 떡볶이도 샀다. 검사 결과도 아직 유효하다. 어두운 골목으로 접어들며 크게 웃는 바람에 그의 입가는 다시 터진다. 그의 머릿속에서 야도 활짝 웃는다. 수줍은 웃음꽃이 꽃다발보다도 더 찬란하게 피어난다.

흐흐흐, 미소를 흘리며 그는 현관문에 열쇠를 꽂는다. 열쇠가 힘없이 돌아간다. 그의 얼굴에 웃음기가 가신다. 그는 문고리를 돌리고 몇 초간 숨을 죽였다가 빠른 속도로 문을 열어젖힌다. 불이 꺼져 있다. 비릿하고 달콤한 냄새가 어두운 공기와 함께 그의 콧속으로 말려든다. 불을 켠다. 한동안 멍청하게 집을 둘러보다가 분해된 립스틱 케이스와 그 속에서 나온 것이 분명한 조그만 주사용 앰플을 발견하고 나서야 침착한 동작으로 화장실 문고리를 돌린다. 안으로 열리는 문은 10센티미터쯤 움직이다가 무언가 물컹한 어둠에 부덮혀 멈춘다. 조금씩 힘을 주어 문을 연다. 야가 화장실 바닥에 몸을 동그랗게 말고 누워 있다. 욕조가 붉다.

갈라진 손목에 수건을 동여매고, 119에 전화를 하고, 그녀가 아직 살아있음을 확인하고, 그는 운다. 처음에는 슬픔때문에, 잠시 후에는 죄책감 때문에 운다. 그사이 그녀의 손목에서 흘러나온 피는 그의 뺨에 여러 갈래의 길을 낸다. 몇 번의 시행착오 끝에 가까스로 입가에 난 상처까지 닿는데 성공한다. 그렇게, 그녀의 핏속에 녹아 있던 HIV들은 1020의 확률을 뚫고 그들의 자손을 번성시킬 신대륙에 정확하게 착륙한다.

피리새는 남의 노래를 배운대. 어릴 때, 소리를 배울 때,
뻐꾸기랑 살면 뻐꾸기처럼 울고, 카나리아랑 살면 카나
리아처럼 운대. 바에 출근한 마지막 날, 그녀는 느닷없
이 새 이야기를 꺼냈다.

벙어리 ─── 방물새의 ─── 죽음

1

병 하나를 뽑아 올린다. 남자 무용수가 여자 무용수를 공중에 띄우듯 부드럽게, 공중에 스스로 떠 있도록 잠시 두었다가 매처럼 낚아챈다. 베이스는 붉은 빛깔이 도는 그레나딘이다. 다음은 밝은 갈색의 칼루아. 바나나와 미도리는 특히 신중하게 다루어야 한다. 비중이 비슷해서 섞이기 쉽기 때문이다. 섞이면 안 돼. 그럼 무지개가 사라지고 말 거야. 중얼거리고 숨을 고른 다음 지거에 담긴 멜론 빛 액체를 조심스럽게 잔 속에 흘려 넣는다. 점점이 퍼져가는 초록빛 미도리 아래서 뿌옇게만 보이던 바나나 리큐르가 노오란 접시꽃으로 활짝 피어난다.

바에서의 생활은 빛의 반대편을 살아 내는 것을 의미한다. 낮 동안 죽음 같은 잠 속에서 저장해 둔 빛을, 어둠이 깔리면 한 겹 두 겹 풀어내 칵테일 잔에 담는다. 가끔은 유령이 된 것 같은 자괴감에 빠지지만, 죽은 것이나 다름없는 사람에게 바텐더는 좋은 직업이다. 아직 존재하고 있음을 기념하기 위해 씨씨는 매일매일 무지개를 빚는다.

여섯 개의 칵테일이 완성되면 피라미드 모양으로 바 한쪽에 차곡차곡 쌓는다. 칵테일 피라미드는 단순하면서도 기묘한 모양이다. 여섯 개의 역삼각형이 모여, 하나의 큰 삼각형을 이루기 때문이다. 역삼각형 하나를 들고 홀의 창가로 걸어나가 선다. 맞은편 거리에서는 노파가 막 개시 준비를 하고 있다. 주름살투성이의 바짝 마른 얼굴 위로 아무렇게나 자란 곱슬머리 백발이 바람에 흔들린다. 마치 늙은 거미의 터질 듯한 실 주머니 같다. 갑자기, 가슴 한복판에서 시작된 통증이 왼쪽 어깨와 팔을 지나 손가락 끝에까지 뻗친다. 통증은 너무 강렬해서 한동안 숨을 쉴 수조차 없다. 떨리는 손으로 잔에 불을 붙여 노파를 겨냥한다. 역삼각형의 잔 속에서 노파는 불타오른다. 우스꽝스러운 모시 한복이, 아무렇게나 자란 백발이, 주름살투성이 누런 얼굴이, 푸른색 불꽃 속에서 춤을 춘다. 불타는 노파를 한입에 삼켜버린다. 고개를 하늘로 쳐들고 눈을 감는다. 그제야 발작적인 흉통이 가시며 막힌 숨이 시원하게 뚫린다.

텅 비어버린 술잔 속에서 노파는 막 길가에 손님들이 앉을 간이 의자를 다 세웠다. 이제 노파는 오이와 당근을 썰기 위해 능숙하게 칼을 갈 것이다. 문득 궁금해진다. 칼에 물을 뿜는 저 노파가 진짜라면, 방금 마셔버린 노파는 뭐였을까. 배 속이 차갑게 식으며, 가슴이 텅 비어버린다. 해거름. 멀리 보이는 빌딩의 등 뒤로 지는 해가 붉다.

2

나는 씨씨의 동료 바텐더 쥴리다. 나는 지금 홀을 청소하며 씨씨를 바라보고 있다. 오후 6시가 되면 그녀는 여섯 개의 무지개 칵테일을 완성한다. 피라미드처럼 쌓아놓고 맨 꼭대기에 있는 잔에 불을 붙여 창가에 선다. 피라미드의 꼭짓점을 들고 그녀는 기다린다. 불꽃이 충분히 타오를 때까지. 그럴 때 그녀의 눈동자는 창밖의 어느 한 지점을 응시하고 있다.

그녀는 모르겠지만 나는 그녀가 누굴 쳐다보고 있는지 안다. 맞은편 실내 포장마차 주인인 할매. 술집 거리에 있는 사람들 사이에서 할매는 마녀로 통한다. 할매는 시를 잘못 고른 호랑이띠라 주위의 기를 빨아들이는 기구한 팔자를 타고났다고 했다. 남편은 죽고 아들은 정신이 이상해졌다잖

아. 시름시름 앓던 사람이 남편이랑 자식 잡아먹고 나서 생생해진 것 좀 봐. 저 지저분한 술집에 쥐 한 마리, 바퀴벌레 한 마리 안 나온다면 믿겠어? 우리 바는 매일매일 청소해도 흰개미들이 장미 목까지 다 갉아 먹는 판인데. 사장의 목소리는 알아서는 안 될 비밀을 누설하는 사람의 그것처럼 음침했다.

그녀가 처음 이 바에 나타났을 때, 나는 그녀 주위를 감도는 어떤 강한 기운, 어두운 안개 같은 것을 느꼈다. 그녀가 할매와 닮은 꼴이라고 느낀 건 아마 그 때문이었을 것이다. 씨씨는 주변의 것들을 삽시간에 자신의 것으로 만들 줄 알았다. 화가가 물감을 풀 듯 선명한 빛깔을 자아낼 줄도 알았다. 그녀가 바에 적응했다기보다는 바에 있는 것들이 그녀의 존재를 먼저 알아보았다는 게 옳았다. 해거름의 한산한 바, 무지개를 만들기 전에 그녀는 하루 동안 만들 칵테일의 부드러움을 기타 줄 위에 얹어놓곤 했다. 강한 빛깔의 열정을 4기통의 단출한 드럼 위에 옮겨 놓을 때, 채를 잡은 그녀의 손에서는 60도가 넘는 에탄올이 훨훨 타오르는 듯했다.

그녀는 도대체 노파에게서 무엇을 보고 있는 것일까. 설거지한 잔의 물기를 닦아 하나씩 하나씩 선반에 꽂으면서 나는 그녀의 뒷모습을 비스듬히 응시한다. 각진 목과 넓은 어깨, 단단하게 뻗은 다리가 어딘가 모르게 남성적이다. 특히 직선과 곡선이 교묘하게 섞인 얼굴 옆선은 나를 가끔씩 이상한 감정에 빠져들게 만들었다. 하긴 그녀는 외모만 특이한 게 아니다.

나는 그녀에게 '외계인'이라는 이름을 붙였다. 그녀는 자신이 온 별의 기억을 잊고서도 핏속에 흐르는 종족의 습속 때문에 지구인처럼도 살아갈 수 없는 슬픈 이방인 같다. 그녀의 단골들이 그녀에게서 발견한 것도 바로 그 다른 세계에서 온 듯한 느낌이 아니었을까. 하지만 며칠 만이라도 그녀와 일상적인 시간을 보낸다면 그들은 더 이상 그녀를 좋아하지 않을 것이다. 사람들은 진짜를 싫어했다. 사람들이 찾는 진짜는 술뿐이었다. 마찬가지로 손님들이 씨씨에게 찾는 것은 외계인 같은 어떤 것이지 진짜 외계인이 아니었다.

철새 한 명 날아들지 않던 한산한 일요일. 지루함을 이기지 못한 나는 컴퓨터를 가지고 장난을 치기 시작했다. 처음에는 내 아바타를 만들어 보겠다고 시작한 게, 점점 어린 시절의 놀이처럼 되어갔다. 유년 시절, 나의 유일한 낙은 예쁘게 프린트된 종이를 오려 이 옷 저 옷 입혀보는 종이 인형 놀이였다. 나는 예쁜 애가 되었다고 상상도 해보고, 친구를 즉석에서 만들어 보기도 했다. 친구가 한 명이라도 생기면 시들해지고 했지만, 나는 얼마 지나지 않아 다시 종이 인형 놀이로 돌아가야 할 운명이었다. 애들은 그들에 대한 나의 애정을, 한없이 다가가서 그들과 같아지고 싶은 나의 바람을 이해하지 못했다. 애들은 내가 자신과 똑같은 옷차림을 하는 것을 싫어했다. 아마도 내가 못생긴 아이였기 때문이었을 것이다. 만약 예쁜 애가 따라 했다면 사정이 달라졌을까. 나는 내가 종이 인형이라고, 옷만 바꿔 입으면 다른 존재가 될 수 있다고 순진하게 믿고 있었는지도 몰랐다.

그녀를 한번 그려보면 어떨까. 예쁘게 프린트해서 이 옷 저 옷 입혀봐도 재미있겠단 생각이 들었다. 마우스 위에 멈춰 있던 손이 다시 바삐 움직이기 시작했다. 한참 모니터 속에 시선을 빼앗기고 있는데 갑자기 누군가의 숨결이 느껴졌다. 언제 나타났는지 그녀가 와 있었다.

뭐 하고 있어? 그녀가 물었다. 당황한 나는 그림과 그녀를 번갈아 보며 시간을 끌었다. 그림을 그릴 때의 생각과는 달리 모니터 속의 그녀와 내 옆에 서 있는 그녀는 별로 닮은 데가 없었다. 확실히 그녀는 내가 만든 아바타만큼 예쁘지 않았다. 왜 이렇게 달라진 것일까. 나는 그냥 아바타를 만들고 있었다고 둘러댔다. 그녀는 아바타가 뭐냐고 물어왔다. 장황하게 설명했으나 그녀는 이해가 잘 가지 않는 모양이었다. 언니 것도 하나 만들어 볼까? 하고 묻자 그녀는 급기야 적의에 찬 목소리로 날카롭게 쏘아붙였다. 이건 그냥 그림이잖아. 씨씨는 씨씨야. 숨도 못 쉬고 말도 못 하는 그림이 될 순 없어. 나는 움찔 놀라 마우스를 떨어뜨렸다. 누군가가 기억 속에서 빽 소리를 질렀다. 나랑 너는 달라. 따라 하지 말란 말야.

그 사건은 한동안 그녀와 거리를 두게 만들었다. 시간이 좀 흐르고 나서야 나는 그녀가 정말 아무것도 모른다는 사실을 깨달았다. 그녀는 정말로 아바타가 자신의 모든 것을 빼앗아 가기라도 할 것처럼 생각하는 모양이었다.

매일매일 창가에 서서 그녀는 도대체 뭘 하는 것일까. 노파를 바라보고 있는 동안 누군가의 눈이 자신의 뒷모습을 안타깝게 바라보고 있음을 그녀는 과연 알고나 있을까.

나는 손님이 주문한 칵테일을 만들기 위해 틴을 흔들면서 그녀에게 넌지시 묻는다.

"언니는 왜 '나'란 말을 안 써? 왜 맨날 남 얘기하듯, 씨씨는… 씨씨는… 그래?"

"씨씨는 씨씨야. 씨씨한테 다른 이름은 없어."

그녀는 입을 내밀고 퉁명스럽게 대답했다. 나는 그녀의 눈시울이 붉어지는 것을 놓치지 않고 보았다.

벙어리 방울새의 죽음

3

나는 정신과 의사다. 수많은 사람의 숱한 삶에 대해 들어왔지만 정작 나는 평탄하게 살아왔다. 덕분에 나의 개인적인 일 때문에 치료에 영향을 받는 일은 거의 없었다. 그런데 최근 나에게는 두 가지 특이한 사건이 생겼다. 한 가지는 익명의 편지였고, 다른 하나는 살인 혐의를 받는 기억상실증 환자였다.

당신의 진짜 엄마를 알고 있습니다. 만나고 싶으면 답장하세요. 컴퓨터로 출력된 편지는 단 두 줄이었다. 주소까지 써놓은 사람이 왜 자신의 필체를 숨겨야 했을까. 나의 부모가 양부모라는 사실에 대해 몰랐던 것은 아니었다. 하지만 이제 40대 중반, 나 또한 한 아이의 엄마가 된 마당에 친모를 찾은들 그게 무슨 소용일까. 그러나 이상하게도 그 환자와 상담할 때마다, 나는 내 존재의 근원에 대해 곱씹어 보게 되었다. 자기 자신이 누구인지 모르는 남자. 어느 날 잠에서 깨어나 자신이 누구인지도 모르는데 살인 용의자가 된다면 어떤 기분이 들까.

남자는 한 달쯤 전 여관방에서 애인으로 추정되는 여자와 함께 발견되었다. 남자는 혼수상태였고, 여자는 손목을 가른 채였으나 결정적인 사인은 협심증에 의한 심장마비였다. 자살일 가능성이 높았지만 검찰에서는 살인일 가능성도 배제하지 않는 듯했다. 결국 남자는 사건의 유일한 목격자이자, 가장 유력한 용의자인 셈이었다. 문제는 남자가 아무것도 기억하지 못한다는 데 있었다. 정신적 충격에 의한 장기 기억상실증으로, 언어 능력이나 지식은 보존되지만 사적인 기억은 소실되는 증세였다. 근데 최근 들어 환자는 저녁 무렵만 되면 자신이 기억 능력을 잃는다고 주장하고 있었다.

"꼭 필름이 끊기는 것 같아요, 분명히 길거리를 걷고 있는데, 일어나보면 어느새 집인 식이죠. 저녁 5시 이후로는 아무것도 기억할 수 없어요. 자도 잔 것 같지 않고, 꼭 밤을 새운 것 같은 기분이에요. 덕분에 체중도 많이 빠졌습니다."

나는 환자가 관찰당한다는 느낌을 받지 않도록 조심하면서 환자의 얼굴이며 몸짓을 꼼꼼히 살펴보았다. 대개의 기억이상 환자가 그렇듯, 말할 때의 초점은 불안하게 흔들렸고 표정이나 손놀림은 어색했다. 그는 내 얼굴을 훔쳐보듯 하고 있다가, 오른쪽으로 눈알을 굴려 내 왼쪽 뒤편의 무언가에 시선을 던지는 일을 반복했다. 물론 나는 그의 시선을 확인하기 위해 뒤돌아보는 짓 따윈 하지 않았다. 나는 그의 눈동자가 나에게 돌아오는 것을 기다렸다가, 혹시 꿈을 꾸지 않느냐고 물었다.

"매일 악몽을 꾸면서 일어나요. 매일 똑같은 내용인데도,

항상 처음인 것처럼 참혹해요."

"어떤 내용인가요?"

"좀 황당한 꿈이에요. 나는 발가벗고 있는데, 내가 어떤 어린 여자애가 되어 있어요. 열여섯이나 일곱쯤 되었을까. 방구석에서 벌벌 떨고 있으면, 조금 이따 흉측하게 생긴 노파 한 명이 들어오죠."

그는 눈을 이리저리 굴리며 말을 멈추었다. 은은한 햇살을 받고 있는 그의 얼굴은 투명했다. 다소곳이 다리 사이에 두 손을 모으고 앉아 있는 폼이 어딘가 모르게 여성적이었다. 여리고 부드러운 뺨과 목, 팔과 다리의 자연스러운 곡선이 아름다웠다.

"꿈은 꿈일 뿐입니다. 현실과는 다르죠."

그는 고개를 들어 나를 똑바로 쳐다보았다.

"그렇지 않아요. 눈에 보이고 몸으로 느껴지는 게 너무나 생생해요. 공포, 수치심, 온몸을 낱낱이 쪼개는 것 같은 지저분한 감각이 꼭 내가 경험하고 있는 것처럼 아주 구체적이에요. 잠에서 깨어나면 내가 더 이상 소녀가 아니라는 게 이상할 정도로. 기괴한 건 나를, 아니 소녀를 괴롭히는 여자가 내 어머니라는 사람이라는 거예요. 아주 기분 나쁜 백발을 하고 있어요. 눈에서는 이상한 빛이 뿜어져 나와요. 무슨 마녀처럼."

무슨 말을 하고 싶은 걸까. 자신 곁에서 죽은 여자의 기억을 물려받았다고 말하고 싶은 건가.

노파 얘기를 하면서는 그의 눈동자가 더 이상 흔들리지 않았다. 흐릿했던 동공이 커지고 검어지면서 가뜩이나 투명했던 흰자위에 푸른빛이 돌았다. 그 색채의 대비는 너무나 강렬해서, 나는 눈동자가 아니라 차라리 한 폭의 강렬한 판화를 보고 있는 듯했다. 기억을 잃어버린 사람의 마음속 어디에 저토록 깊은 존재의 뿌리가 박혀 있는 것일까. 나는 환자의 환상을 차단할 필요를 느꼈다.

"이상한 기억이 자신의 머릿속에 있다고 호소하는 기억상실증 환자들이 많아요. 갑자기 비어버린 공간을 채우기 위해서 무의식이 급조된 환상을 만들어 내는 거죠. 급조된 것이다 보니 비현실적인 것도 꽤 있고요. 시간이 지나면 자연스럽게 사라질 겁니다."

눈에 띄게 실망을 내비치는 환자를 위로하기 위해 나는 한마디를 덧붙였다.

"하지만 당분간 소녀의 이야기를 들어보는 것도 나쁠 것 같지는 않네요. 종종 있는 일인데 환자 머릿속에 있는 사람의 억압을 풀어주면 본인도 함께 치료되곤 합니다. 신기한 일이지만 그렇다고 해서 소녀의 기억이 당신 것이라고 말할 수는 없겠죠. 당신은 분명 남자니까요."

벙어리 방울새의 죽음

그는 원래의 태도로 돌아가 눈동자를 양옆으로 흔들다가 고개를 숙였다. 환자가 진찰실을 떠난 후에야 나는 고개를 돌려 그가 쳐다봤음 직한 곳을 어림해 보았다. 낡은 알루미늄 라디에이터와 창문이 있을 뿐 그곳에는 시선을 잡아끌 만한 물건이 없었다. 환자가 앉는 의자에 몸을 옮기고 나서야 나는 그가 쳐다본 것이 무엇인지 알 수 있었다. 창문에는 은은한 빛과 함께 내 얼굴이 비쳐 보이고 있었다. 조금씩 위엄과 여유가 생겨나기 시작한 한 여의사의 모습. 그 모습은 오늘따라 무척 생소해 보였다.

4

여느 때와 마찬가지로 그가 잠들고 나서야 비로소 눈을 뜬다. 시계는 오후 2시를 가리키고 있다. 그는 왜 이렇게 일찍 곯아떨어졌을까. 주위를 둘러본다. 책상 위에는 편지지며 봉투, 각종 서류 따위들이 잔뜩 펼쳐져 있다. 서류를 들춰보니 모두 한 여의사에 관한 기록들이다. 아마도 요즘 그가 치료받으러 다니는 정신과 의사인 모양이다. 그가 왜 의사에게 관심을 가지는지는 알 수 없다. 다만 그는 자신이 누구인지 아직 알아내지 못한 게 분명하다.

다른 때보다 세 시간쯤 일찍 깨어났지만 씨씨는 갈 곳이 없다. 해가 완전히 고개를 숙여 방 안에 짙은 어둠이 깔리고서야 외출할 마음이 생긴다. 정성스럽게 화장을 하고, 오래도록 옷을 갈아입고, 집을 나선다. 머리는 계속해서 다른 곳에 가자고 했으나 몸은 어느새 카페 골목을 걷고 있다. 이상한 일이다. 다른 곳으로 가려고 노력할수록 오히려 카페 골목은 강력한 자석처럼 마음을 잡아끈다. 가지 말아야겠다는 생각을 떨치지 못하는 한, 휴일의 방황은 항상 카페 골목으로 발 맺음을 하고 말 것이다.

겨우 마음을 다스려 갖가지 종류의 상가들이 밀집해 있는 옆 골목으로 발걸음을 돌린다. 원래 이곳은 재래시장이었다. 예전에는 주단, 도자기, 건어물, 약재, 그리고 머리 고기, 순대 떡볶이 등속을 파는 포장마차들이 좁은 골목을 빽빽이 채우고 있었다. 그러던 것이 큰 거리 쪽에서부터 생긴 상점들이 점점 골목 속으로 파고들어 지금은 작은 분식집과 주단 집, 구멍가게 하나가 남아 있을 뿐이었다.

골목의 가장 오래된 곳으로 걸어 들어가는데 어디선가 짧고 날카로운 새소리가 들린다. 걸음을 멈춘다. 찌리릭 찌릭, 하는 단조로운 비명은 물고기와 새, 거북이 따위를 파는 작은 애완동물 가게에서 들려오는 소리다. 새집에 들어가 검은머리방울새를 파냐고 묻는다. 젊은 주인은 눈을 가늘게 뜨며 방울새가 뭐냐고 되묻는다. 작은 가게에 있는 새라고는 앵무새, 구관조, 카나리아뿐이다. 앵무새나 카나리아를 사 가면 그는 몹시 싫어할 것이다. 앵무새는 따라 할 줄밖에 모르고, 카나리아의 목소리는 선천적인 것이기 때문이다. 그에게 검은머리방울새를 사주고 싶었다. 검은머리방울새는 여러 번 노래를 배우고 작곡도 할 줄 아는 유일한 새라고 언젠가 그가 말해주었기 때문이다.

성인이 되면서 그는 새에 미쳤다. 바에 올 때마다 그는 새로운 새를 잡아 왔다. 그는 언제나 새에 관해 말했다. 대부분은 새의 조잘거림처럼 무의미했지만, 피리새와 전설의 새 이야기는 지금까지 기억이 난다. 아마도 지금쯤은 그도 자신이 한 말을 깨끗이 잊었을 것이다. 사람은 새와 달라. 자신이 가장 증오하는 사람을 닮게 마련이지. 그는 피리새와 전설의 새가 살고 있는 갈라파고스 군도에서 떨어져 나와 어둡고 좁은 바의 한구석에서 말했다. 정말 새가 되고 싶다는 열망 이외에는 껍데기밖에 남지 않은 사람 같았다. 그러나 그는 불행하게도 아름다운 노래는커녕 욕설밖에 내뱉을 줄 모르는 늙은 마녀의 아들이었다. 그는 마녀를 증오했다.

한참을 걷다 보니 어느새 또 카페 골목이다. 중심부 쪽으로 가지 않으려고 애쓰며 골목 바깥쪽을 몇십 분째 서성거린다. 할매에게 가지 않기 위해서다.

저쪽 골목의 터줏대감들이 이방인이 된 것과는 달리 이쪽 골목의 할매는 명물이 되었다. 할매의 집은 바깥쪽으로부터 포위해 들어오는 상가들의 숲속에서 꿋꿋하게 본래 모습을 지켰다. 땅값은 계속해서 올랐고 망나니 남편은 언젠가 큰돈이 들어온다며 술주정으로 세월을 보냈다. 10년 전 원수 같던 남편이 심장마비로 죽자, 할매는 목의 마지막 하나 남은 주택이었던 자신의 집을 깨끗이 밀어버렸다. 그러나 할매의 집터는 점령당하지 않았다. 5년 전쯤 할매는 그 공터에 가건물을 세우고 실내 포장마차를 열었다. 이름이 없는 집이었지만 언제부터인가 사람들은 그곳을 '백발마녀집'이라 불렀다.

유흥가의 한복판, 희미한 불빛에 와자지껄하는 소리들이 묻어나온다. 고급 승용차들이 소리의 진원지를 철옹성처럼 둘러싸고 있고, 넘쳐나는 사람들은 바깥에 내다 놓은 간이 의자까지 꽉 채우고 앉아 있다. 네 평 남짓이나 될까. 회색 시멘트 바닥에 알루미늄 슬레이트를 벽지 대신 둘러친 작은 실내가 머리와 팔과 다리들로 빽빽하다. 술과 안주가 어지럽게 널려있는 탁자며 간신히 손님의 엉덩이를 떠받치고 있는 의자들은 성한 게 없고 모양도 각각이다. 천장에 발라 놓은 방수 페인트는 누렇게 얼룩진 채 여기저기 벗겨졌고, 납작한 아이스크림용 냉장고는 녹이 슬어 붉은 테를 둘렀다. 그 속에 온갖 상표들로 무장한 젊은 남녀들이 삼삼오오 모여 앉아 소주를 마시고 있다. 차 안에 에어컨을 켜놓고 앉아 자리가 나기를 기다리는 무리도 있다. 정말 수상한 집이다. 혹, 마약이라도 파는 건 아닐까.

노파는 젖은 걸레처럼 늘어진 어떤 남자를 두들겨 깨운다. 남자는 술에 많이 취했는지 손을 뒤로 내저으며, 아이 씨발 누구야, 귀찮게, 소리를 지른다. 노파는 이마를 응그리더니 허리춤에 꽂아두었던 불집게를 뽑아 손에 쥔다. 곧 불집게는 사정없이 남자의 잔등 위로 떨어진다. 이런 좆만 한 눔아, 누구긴 누구야 할매지. 이눔이 할매 면상도 못 알아보게 술을 처묵어? 집에 가라 이눔아. 집에 가서 엎어져 자라 이눔아. 남자는 깜짝 놀라 스프링처럼 퉁겨져 일어선다. 손님들은 진풍경을 바라보며 일제히 웃음을 터뜨린다. 뛰어서 달아나는 남자의 등 뒤에 대고 노파는 소리 지른다. 술 깨고 다시 와 이눔아. 꼭 다시 와 이 씨발눔아. 와아~~ 하고, 술집에 또 한 번 웃음소리가 번진다.

오지 않겠다고 해놓고, 또 오고야 말았다. 아니, 어쩌면 매일매일 가겠다고 결심하고서도 이제야 온 것인지 모른다. 먼 발치, 전신주에 기대어 서서 할매는 노려본다. 노파는 누구에게나 욕을 한다. 설사 대통령이 온다 해도 불집게며 빗자루 휘두르기를 멈추지는 않을 것이다. 그녀에게 군림하던 유일한 폭군은 오래전에 죽었다. 그때부터 그녀는 자기 자신이 폭군이 되었다. 소녀가 그녀의 집으로 들어갔을 때 그녀는 가슴을 부여잡고 끔찍한 욕설을 퍼붓고 있었다. 저건 엄마가 아니라 아버지야. 아버지가 엄마 몸속으로 들어갔나 봐. 소년은 문을 걸어 잠근 어둡고 좁은 방 안에서 말했다. 소년은 아직 엄마를 증오하지 않았다.

　야 이 씨발늠아. 너는 손이 없어 발이 없어. 직접 갖다 먹어 이늠아. 노파는 그새 또 소리를 지른다. 소주 한 잔을 더 시켰다가 면박을 당한 중년 신사는 그저 허허허, 웃는다. 다른 술집이라면 1분도 못 버티고 일어섰을 것이다. 할매의 욕설이 심해질수록 할매집의 손님은 점점 더 늘어만 간다. 혹 사람들은 노파로부터 학대받기를 바라는 것일까. 그래서 점점 더 많이 카페 거리의 한복판으로 이끌려 오는 것일까. 고개를 가로젓는다. 사람들이 원하는 건 진짜가 아니다. 그들은 돈으로 살 수 있는 가짜 불친절을 원한다. 정말로 학대받는다면 저들은 과연 즐거워할까. 자신이 미친 노파에게 학대받는 어린 소녀라도 저들은 저렇게 웃고만 있을 수 있을까. 무엇에 홀린 듯 포장마차를 향해 걸어간다. 머리는 그가 깨어나기 전에 집으로 돌아가야 한다고 외치고 있지만 몸은 자꾸만 노파를 향해 다가가고 있다. 눈이 감기며 의식이 흐트러진다. 그가 막 깨어나려 하고 있음을 직감한다. 그

벙어리 방울새의 죽음

러나 다리는 단호한 걸음을 멈출 것 같지 않다. 수백 마리 백사를 바람에 흩날리는 노파의 얼굴은 점점 더 거대해지고 있다. 이제 어른이 된 소녀는 한없이 노파를 향해 흘러가며 불현듯 궁금해진다. 노파는 남편을 사랑했을까, 아니면 증오했을까.

5

"내가 여장을 하고, 마녀의 술집 앞에 서 있더군요. 정말 어처구니없는 일이었어요. 마녀는 고래고래 소리를 질렀어요. 썩 물러가지 못할까 이년, 어서 물러가라 이놈의 잡귀, 하면서."

그는 흐르는 물에 손을 씻듯 양손을 만지작거리고 있었다. 여전히 시선이 불안하게 흔들렸다. 처음 이곳에 왔을 때부터 그는 자신의 엄마를 '마녀'라고 불러왔다. 어떻게 안지 얼마 되지 않는 사람에게 저토록 서슴없이 경멸을 표시할 수 있을까. 물론 기억을 잃었다 해도 무의식 속의 엄마에 대한 증오가 남았을 수는 있었다. 섣부른 추측은 금물이었다. 나는 관찰의 끈을 유지하면서 최대한 부드럽게 말했다.

"지금 생각할 수 있는 건 분리성 장애에요. 다중 인격이라고도 합니다. 쉽게 말하면 인격이 하나 더 생긴 거죠. 낮에는 당신이 활동하고 밤에는 여자가 깨어 있는 것 같아요. 그래서 잠도 못 자고 저녁 무렵부터 기억도 끊어지는 겁니다. 누구나 여러 개의 인격을 갖고 있어요. 다만 하나의 주 인격으로 통합되어 있어야 하는데 그게 분리되면 문제가 생기는 거죠."

그의 눈동자가 일시적으로 강한 빛을 내뿜었다가 점차 초점을 잃었다. 마치 홍채 속에서 작은 은하계 하나가 폭발해 버린 것 같았다. 의외의 결과를 듣고 충격을 받은 것인지, 어쩌면 의사가 자신의 의도대로 끌려가고 있음을 자축하는 것인지 알 수 없었다.

"그러니까 원래의 나는 기억상실증에 빠져 있고, 그녀는 내 몸속에 들어와 살고 있단 말이죠. 그렇다면 도대체 나는 누구죠? 나인가요, 그녀인가요? 아니면 그녀의 몸인가요?"

그는 비아냥거리고 있었다. 사랑하던 사람이 죽으면 그 사실을 인정하지 않기 위해 머릿속에서 그 사람을 살려내기도 한다고, 그건 조금도 이상한 일이 아니라고 그를 위로할 수도 있었지만 이건 일반적인 정신 상담이 아니라 용의자 분석이었다. 나는 그의 분노를 이끌어내기 위해 어투를 조금 강하게 바꾸었다.

"그녀는 죽었어요. 그녀가 당신 속에 들어간 게 아니에요.

오히려 당신이 그녀 속에 들어갔죠. 가끔 상대방의 죽음을 받아들이지 못해서 머릿속에서 되살리는 경우가 있어요. 지금 당신의 반을 살고 있는 여자는 진짜가 아니라 당신이 머릿속에서 만들어 낸 가짜랍니다."

그는 곧 항의했다. 정말 화가 난 것인지, 자신의 심리를 들키지 않으려고 일부러 연극을 하는 것인지, 구분이 서지 않았다.

"내가 그녀를 만들어요? 그녀가 죽기 싫어서 내 머릿속으로 들어온 게 아니고? 난 이제 그녀가 누구인지 기억도 못 해요. 그런데 어떻게 기억도 나지 않는 여자를 만들 수 있다는 거죠? 더군다나 내가 그녀의 세세한 경험을 어떻게 안단 말입니까?"

그의 말에는 일리가 있었다. 지난번 최면 요법 때 그의 머릿속에서는 소녀의 기억이 인출되어 나왔다. 기억 과잉을 주도한 것은 그가 되살려낸 여성 인격이었다. 그녀는 자신이 근 10년간 노파에게 학대받았으며, 그 결과 노파가 앓고 있던 협심증을 대신 가지게 되었다고 주장했다. 노파는 어린 소녀와 살을 섞으면 남편에게 빼앗긴 음기를 되찾을 수 있다는 무당의 말을 듣고, 처음부터 자신의 병을 치료할 목적으로 그녀를 집 안에 들였다는 것이었다. 체험은 지나치게 생생해서 허구라기에는 너무 정교했다. 아무리 다중 인격이라도 타인의 기억까지 만들어 낼 수는 없는 법이었다. 그렇다면 정말 그녀가 그의 몸속으로 들어갔나?

그러나 나는 딱딱한 침묵을 유지해 그로 하여금 현실을 받아들이도록 유도했다. 그의 저항은 한낮의 소나기처럼 쉽게 기세가 꺾였다. 혹 거짓말일 경우 실수할 만한 대목을 짚어 눈치채지 못하게 중복 질문을 해보았으나 그의 대답은 그물망을 멀찌감치 벗어나는 것이었다. 노파의 이야기도 헤집어 보았으나 처음 찾아왔을 때처럼 광기 어린 푸른빛이 망막에 떠오르는 일은 없었다. 그는 내 등 뒤의 창문을 뚫어지게 쳐다보다가 눈에 붉은 물기를 드러내고 말았다. 그는 완전한 혼란, 자아에 대한 깊은 회의에 빠진 것 같았다. 흔들리는 자아에게 철저하게 일관된 연극은 어울리지 않았다. 상담실을 나서며 그는 말했다. 선생님의 삶이 부럽군요, 선생님은 다른 사람의 기억도 볼 수 있으니까요.

그가 떠나고 난 후 나는 환자석에 앉아 그가 바라봤음 직한 곳을 확인해 보았다. 강렬한 오후의 햇살이 유리창을 비스듬히 통과하여 바닥에 짙은 명암을 그리고 있었다. 창문에 비쳐 보이는 것은 아무것도 없었다.

나는 창가에 서서 이것도 저것도 아닌 환자의 애매한 증세를 판가름하려 애썼다. 물론 죄를 저지른 인격이 죄책감을 잊기 위해 다른 인격으로 건너뛰는 범죄형의 다중 인격을 의심할 수도 있었다. 하지만 기억 과잉 내용을 조작하는 것이 불가능하다는 점을 감안하면 소녀의 체험담이 거짓이라고 보기는 힘들었다. 반면 진실이라면 타인의 원귀가 씌우는 현상인 빙의를 부분적으로 인정해야만 했다. 한 명의 정신과 의사로서 나는 그런 초자연적인 논리를 수용할 수 없었다.

내 고민은 채 5분을 넘기지 못했다. 나의 지식이 참으로 초라하고 어처구니없다는 생각 때문이었다. 때로는 내가 아니라 내 머릿속에 입력된 수많은 책들과 지식들이 환자들을 치료하고 있다는 생각이 들었다. 가끔씩은 나의 전대를 살아온 수많은 정신분석의의 망령이 내 몸을 망원경 삼아 환자의 머릿속을 들여다보고 있다는 꺼림칙한 느낌을 지울 수 없었다. 어차피 정답은 없다. 결국 모든 것은 남자가 만들어 낸 환상에 불과할 것이었다. 사랑하는 사람을 소생시키기 위한 정교한 꿈, 한 편의 완벽한 드라마. 나는 소견서에 '분리성 정체 장애'라는 병명을 기재하고, 환자의 상태로 보아 범죄를 저질렀을 가능성은 희박해 보인다고 적어 놓았다. 그리고 5분쯤 후, 묵은 쓰레기를 내다 버리는 마음으로 책상 서랍 속에 넣어두었던 익명의 편지를 꺼내어 휴지통 속에 던져 넣었다. 나는 그 편지를 보낸 사람이 누구인지조차 궁금해하지 않기로 했다. 자신이 누구인지 진정으로 아는 사람이 과연 몇이나 있을까. 어쩌면 '나'라는 관념이야말로 인류가 발명해 낸 가장 치유 불가능한 정신병일지도 모른다고, 나는 잠시 생각했다.

6

그녀가 떠났다. 그가 자신의 존재를 눈치챘다는, 더 이상 그와 함께 지낼 수 없게 되었다는 비밀스러운 말을 남긴 채. 독백하듯 말하며 그녀는 설핏 웃었다. 그 자조적인 웃음이 그녀에 대한 마지막 기억이 될 줄은 정말 몰랐다.

오후 6시. 나는 그녀 대신 푸스 카페를 만든다. 바나나와 미도리의 막이 흐트러져 자꾸만 다시 만든다. 간신히 쌓아 놓은 여섯 개의 역삼각형은, 빛들의 두께가 맞지 않아 삐뚤빼뚤, 엇갈린 무지개다. 엉성하게나마 피라미드를 쌓아놓고 삼각형의 꼭대기 잔에 불을 붙인다. 나는 기다린다. 불꽃이 충분히 타오를 때까지. 그러나 나는 그녀처럼 단숨에 불꽃을 털어 넣지 못한다. 채 기울이기도 전에 불꽃의 날카로운 혀에 입술을 데고 만다. 잔은 탁자 위에 떨어져 두 조각으로 갈라진다. 쏟아진 내용물들은 한데 합쳐져 흰 천 위에 오점을 새긴다. 속절없이 뒤섞인 무지개는 핏빛이다. 생명의 배아가 파괴된 첫날의 끈적거리는 생리혈처럼, 무겁고 탁한 붉은색. 그 잔인하고 음울한 죽음의 빛.

피리새는 남의 노래를 배운대. 어릴 때, 소리를 배울 때, 뻐꾸기랑 살면 뻐꾸기처럼 울고, 카나리아랑 살면 카나리아처럼 운대. 바에 출근한 마지막 날, 그녀는 느닷없이 새 이야기를 꺼냈다. 나는 그녀가 먼저, 그것도 그토록 길게 무슨 말을 하는 것을 처음 보았다. 순진하게도 나는 기분이 좋아져, 정말? 그럼 피리새를 키우면 앵무새처럼 나를 따라 하게 만들 수도 있겠네? 하고 호들갑을 떨었다. 앵무새와는 다르지, 앵무새는 항상 새로운 것을 따라 할 수 있지만, 피리새는 한번 노래를 부르면 평생 그것만 따라 해야 하니까. 그녀의 눈동자는 초점을 잃고 은은하게 햇빛이 스며드는 창가의 어딘가를 먼 눈빛으로 응시하고 있었다. 누군가에 대한 감격과 슬픔이 뒤섞인 그 눈동자를 들여다보며, 나는 그녀의 새 이야기가 그녀의 존재를 눈치챘다는, 그래서 떠나야 한다는 '그'에게서 들은 이야기임을 직감했다. 사랑에 빠진 사람은 사랑에 빠진 사람의 얼굴을 알아보는 법이다. 나는 그녀의 말이 무슨 뜻인지 알아들었다. 그녀가 그의 말을 반복하는 이유도 다 이해했다. 그러나, 내가 언젠가 다른 누군가에게 해줄지도 모르는 이야기가 그녀가 아닌 얼굴도 모르는 다른 누군가의 입에서 나온 것이라는 사실이 나를 비참하게 만들었다. 그럼 남과 똑같은 노래를 부르지 않으려면 어떻게 해야 돼? 나는 물었다. 그녀의 눈빛이 갑자기 검어졌다. 괴물의 입처럼 커진 눈동자는 나를 통째로 삼킬 것 같았다. 처음으로 노래를 가르쳐준 새를 죽여 없애면 되지. 그럼 그 노래는 유일한 노래가 될 테니까. 그녀는 옅게 웃었다. 그 웃음의 끝은 깨진 유리잔처럼 날카로웠다. 깨진 잔을 들어내고 걸레로 쏟아진 술을 닦으며 나는 흠칫, 어깨를 떤다.

이제 이 바에 무지개를 빛을 바텐더는 나밖에 없다. 그동안 머릿속으로만 상상했던 모든 것들을 나는 다 할 수 있다. 나는 그녀 대신 기타도 쳐보고, 드럼도 두들겨 볼 것이다. 이제는 내가 그녀인 것이다. 그런데 레몬이 자꾸 삐뚜름하게 잘린다. 스피커에서 흘러나오는 쿵쿵거리는 리듬에도 칼날이 종이처럼 흔들린다. 이상하게도 제일 쉬운 위스키 콕조차 오늘은 제대로 만들어지지 않는다. 단골손님들은 하나같이 씨씨의 행방을 묻는다. 나는 몇 번이고 똑같은 말을 반복한다. 언니는 관뒀어요. 외계인이 언제까지나 지구에서 살 수는 없는 법이죠.

그렇게, 그녀 없는 하루가 간다.

철새들이 다 떠나버린 바는 한산하다. 혼자 남은 텃세인 나는 레몬이며 마른안주 등속을 한데 모아 버리고, 잔과 접시를 모두 씻고, 냉장고와 아이스 메이커를 제외한 모든 기

벙어리 방울새의 죽음

계들의 전원을 내린다. 문 닫을 준비를 마치고, 의자에 멍청히 앉아 시계를 본다. 기다리다 지친 시간의 요정은 발을 하늘로 쳐든 채 완전히 나자빠져 있다. 불붙지 못하는 칵테일들은 피라미드 모양을 유지하느라 땀을 흘리고 있다. 그녀는 오지 않을 것이다. 나는 그녀가 '그'를 떠나야 했던 이유를 안다. 그녀는 내가 모르는 줄 알았겠지만, 나는 그녀의 몸이 남성임을 알고 있었다. 어차피 내가 사랑할 수 없는 사람이었다. 그런데, 내 마음이 왜 이토록 허전한지 알 수 없다.

나는 홀로 걸어나가 그녀가 했던 것처럼 맞은편 포장마차의 할매를 내려다본다. 할매의 장사도 끝난 모양이다. 할매는 혼자서 어지럽게 널려있는 10여 개의 술상들을 치우고 있다. 죽음을 앞둔 나이라기엔 동작이 너무 재빠르고 정확하다. 눈을 가느다랗게 뜨고 할매의 고운 목덜미를 더듬는다. 솜사탕처럼 사방으로 뻗친 흰머리 밑으로 검은 귀밑머리가 여러 쌍의 더듬이처럼 비죽비죽 튀어나와 있다. 최근 노파의 흰머리 밑으로는 검은 머리가 부쩍 늘어났다. 더 이상 구부정하지도 않은 걸 보면 노파는 정말 점점 더 젊어지는 것 같다. 혹 마녀의 세월은 거꾸로 흐르는 게 아닐까. 그녀가 노파에게서 발견한 것도 저 비현실적인 시간의 거스름이었을지 모른다. 어쩌면 그녀는 무언가 되돌리고 싶었나 보다. 빛이 거울을 만나 지나온 곳으로 되돌아가듯, 과거의 어느 순간에 다시 한번 살고 싶었나 보다.

　나는 바에서 성냥과 푸스 카페 한 잔을 가져와 창가 앞에 다시 선다. 훅, 소리를 내며 성냥 끝에서 일어난 오렌지색 불빛은 칵테일 잔에 옮겨붙으면서 푸른빛으로 변한다. 검은 창문 한가운데 그녀와는 대조적으로 둥그스름하고 개성 없는 얼굴이 서서히 떠오른다. 창문에는 노파의 모습과 나의 모습이 동시에 비쳐 보인다. 두 영상은 모두 다 선명해서 안과 밖을 구분할 수 없다. 불타는 잔을 들어 노파와 나를 번갈아 겨냥하며 나는 생각한다. 그녀가 이곳에서 본 것은 노파였을까, 그녀 자신이었을까. 과연 나는 누구를 사랑한 것이었을까.

7

　세안을 깨끗이 하고 수분을 적당히 남긴 다음 왼손을 사용해 이마의 피부를 위아래로 늘인다. 오른손으로 고무 거품 파우더를 들어 액체 라텍스를 재빨리 바르고 공중에 매달아 놓은 헤어드라이어를 켠다. 이번에는 양손을 다 사용하여 힘껏 잡아당긴 다음 골고루 말린다. 손을 살짝 놓아본다. 이마는 약 10년쯤 나이를 먹었다. 다시 똑같은 작업을 반복한다. 이마는 어느새 중년이 된다. 한 번 더, 다만 이번에는 좀 더 꼼꼼하게. 그제야 거울에는 80이 훌쩍 넘은 늙은 할미꽃이 생생하게 피어난다.

팽팽하게 잡아당길수록 주름은 더 깊어진다. 원래대로 돌아가려는 피부의 탄성이 그만큼 더 짙은 세월을 자아내는 것이다. 눈 부위의 주름을 잡을 때는 특히 주의해야 한다. 피부가 늘어난 각도와 강도, 액체고무의 양이 맞아떨어지지 않으면 비대칭이 되기 때문이다. 거울 속 얼굴은 반만 나이를 먹었다. 오른쪽은 죽음이 깃든 노파의 낯이고, 반대쪽은 활짝 피어나기 시작한, 남자인지 여자인지 알 수 없는 젊은 얼굴이다. 왼쪽을 완성하기에 앞서 씩 웃어본다. 거울에는 삶과 죽음이, 사랑과 증오의 표정이 동시에 나타난다.

피부를 웅그리고 접착제를 발라 굵은 주름을 잡고, 반투명 화장품을 사용해 건강한 혈색을 가릴 정도로만 엷게 메이크업하고, 마지막으로 마스카라와 붓을 사용해 눈썹과 속눈썹, 머리카락 안쪽에 은회색 칠을 한다. 화장을 마친 다음 환하게 웃어본다. 웃는 것인지 우는 것인지 구분할 수 없는 얼굴이 이쪽을 건너다보고 있다. 거울 속의 얼굴은 완벽하다. 처음에는 다섯 시간이 족히 걸렸지만 지금은 두 시간이면 충분하다. 피부는 실제로 나이를 먹어서, 조금만 지나면 고무 거품 따윈 필요 없을지도 모른다. 어쩌면 머리에

눈썹에 아예 흰 터럭이 무성하게 자라날지도 모르지.

흰 모시 한복을 입고 컨테이너를 개조해 만든 간이 숙소의 문을 연다. 길 쪽으로는 포장마차가 있고, 컨테이너의 뒤쪽으로는 텅 빈 마당이 있다. 컨테이너의 옆에는 여자 화장실만 있으므로 남자 손님들은 마당의 아무 곳에나 적당히 볼일을 보아야 한다. 덕분에 마당을 관통하여 컨테이너로 흘러드는 바람 속에는 온갖 분뇨 냄새가 뒤섞여 있다. 그 속에서도 나는 노파의 체취를 맡을 수 있다. 노파는 오래 끓었다. 손아귀 속에서 꿈틀대던 목덜미의 거센 저항을 아직도 잊을 수가 없다.

내가 유일하게 사랑했던 여자를 죽음으로 이끈 사람. 그녀의 소녀를 고스란히 빨아먹은 사람. 이제 당신은 땅속 깊이 누워 매일매일 젊은것들의 암모니아를 받아 마신다. 노파의 육체는 곧 하찮은 미생물들에게 생명의 고리를 모조리 빼앗기고 무의미한 홑원소로 낱낱이 흩어지겠지만, 몸은 문드러져도 노파는 죽지 않을 것이다. 노파는 지금 화장을 마치고 거울 앞에서 서서 국화 같은 웃음을 활짝 피워내고 있다. 노파는 드디어 그토록 원하던 젊은 육체를 가졌다.

밖은 벌써 해거름이다. 이제 슬슬 할매집의 문을 열고 마약을 팔아야 할 시간이다. 나는 컨테이너의 문을 잠그고 주방으로 들어가 칼을 간다. 씨씨에게 물려받은 정확하고 재

빠른 손놀림으로 50접시분의 오이와 당근을 먹기 좋게 썰어 놓는다. 아직 그녀일 때는 알지 못했지만, 이제 나는 내가 누구인지 안다. 나는 아무도 아니다. 아무도 아니므로 누구든 될 수 있다. 더 이상 나는 내가 누구인지 고민하지 않는다.

빛이 완전히 사라지고 검은 어둠이 내려앉으면 나는 묘비도 없는 무덤에서 걸어 나와 젊은 아들의 몸속으로 들어간다. 그리고 곱게 단장한 아들의 몸을 빌려 술집 문을 연다. 오늘은 아주 특별한 손님이 왔다. 하얀 가운을 벗으면 누군지 못 알아볼 줄 알고? 여자는 내가 자신을 알고 있는지조차 모르겠지만, 나는 여자가 왜 이곳에 왔는지 안다. 보나마나 정말 이 할매가 자신의 진짜 엄마인지 확인하고 싶어서 왔겠지. 여자는 자기 자신에 대해 얼마나 알고 있을까. 불현듯 나는 여의사에 관해 알고 싶다. 한없이 다가가 그녀의 삶을 속속들이 캐보고 싶다.

카멜레온을 거울방 안에 집어넣으면

카멜레온이 과연 무슨 색으로 변할까?

내 ——— 사랑 ——— 카멜레온

1

　나는 지난 새벽에도 철학자들과 밤을 새웠다. 언제부터인가 나는 그들과 밤새도록 논쟁하지 않으면 잘 수 없었다. 배양액 속에 담긴 세균처럼 무섭게 증식하는 사유의 속도를 혼자서는 감당할 수 없어서였다. 나는 꿈속에서도 그들을 만났다. 칸트가 자신의 저녁 만찬에 초대할 때도 있었고, 차라투스트라로 변신한 니체와 미지의 땅을 여행한 것도 여러 번이었으며, 푸코와 함께 뉴욕에 있는 게이 바에 놀러 가기도 했다. 즐거운 시간을 보내다가 눈을 떠보면 어느새 점심 무렵이었다. 나는 한동안 미적거리다 일어나 세수를 하고, 친구들의 작고 네모반듯한 관들을 베갯머리에 조심스럽게 쌓아놓고, 햇살이 스며들지 않는 어두운 원룸에서 아침 겸 점심으로 라면이나 우동을 끓여 먹었다. 그러고 나면 우울해졌다. 음식 봉지가 잔뜩 버려진 쓰레기통과 텅 빈 냄비들이 포개져 있는 개수대를 보면, 천박한 자본주의 사회에 내던져진 지식인의 고독한 실존이 뼈저리게 느껴지기 때문이었다.

나는 200X년 1월 1일 자 신문을 밥상 위에 펼쳤다. 내가 푸코와 함께 뉴욕에 있을 때쯤 배달된 신문은 나의 미래의 연인 바람녀가 드디어 신춘문예에 당선되었음을 뒤늦게 알리고 있었다. 그녀는 이미 5일 전에 작품이 첨부된 메일을 나에게 보내왔다. 내용은 단 한 문장이었다. '저의 바뀐 영혼을 가장 먼저 보여주고 싶었어요.' 물론 나는 그동안 철학자 친구들과 대화하느라 몹시 바빴으므로 그녀의 작품을 검토해 볼 짬이 없었다. 하지만 그렇다고 해서 그녀의 메시지에 담긴 중의까지 못 알아들은 것은 아니었다.

시계를 보았다. 1시가 조금 넘어 있었다. 그녀에게 갈 것인가 말 것인가. 나는 니체의 『차라투스트라는 이렇게 말했다』의 문장을 조금 바꾸어서 읊조려 보았다. '너희들도 또한 이제 떠나서 혼자서 가라! 그것이 내가 바라는 바다.' 하지만 몇 분이 더 흐르자 내 머릿속에는 '나는 나의 친구들을 잃어버렸다. 나는 내가 잃은 자들을 찾아야 할 때가 온 것이다'라는 문장 또한 떠올랐다.

그녀에게 간다 해도 급할 것은 없었다. 나는 우선 사우나에 들르기로 했다. 한낮의 사우나는 한산했다. 온탕 속에 혼자 앉아 있다 보니 나의 소설가 친구들이 그리워졌다. 녀석들은 지금쯤 신문을 보고 어떤 표정을 짓고 있을까.

그녀에게 메일을 받은 다음 날 나는 그들을 만났다. 나는 바람녀가 등단하면 어떤 작품을 쓸까? 흘리는 말로 물어보았다. 위대한 모더니스트 시오는 시니컬한 미소로 내 질문의 우둔함을 탓한 후에 심드렁하게 말했다. 걔한테 그만큼의 내면의 깊이가 있을까?

우리의 위대한 리얼리스트 제우에게 고개를 돌렸다. 제우는 리얼리스트답게 민중의 언어를 즉각적으로 차용하여 말했다. 야 이 부르주아 새끼야, 너는 문학의 잣대가 신춘문예냐?

나는 그들에게 건배를 청하며 마음이 간지러웠다. 그들은 곧 바람녀에 대한 것인지 자신에 대한 것인지 알 수 없는 논쟁을 시작했으나 진실을 알고 있는 나는 맹목적인 투견들의 공허한 세력 다툼을 그저 묵묵히 지켜보았다. 진실은 말해지고 나면 더 이상 진실이 아니라는 라캉의 가르침 탓도 있었지만, 자고로 진실이란 개 먹이로 던져주라고 있는 고깃덩어리가 아니기 때문이었다.

한참 친구들을 생각하다 보니 나는 그들이 미워졌다. 온탕의 화끈한 열기도 풀이 죽은 것처럼 느껴졌다. 미지근한 매운탕을 먹는 것처럼 텁텁하고 싱거운 기분이 들기 시작했다. 나는 열탕으로 몸을 옮겼다. 한동안의 워밍업을 거친 내 몸은 열탕에 들자 급속도로 달아올랐다.

열탕 속에서 나는 먼발치에서 그녀를 바라볼 때면 항상 일어나곤 했던 감정을 다시 느꼈다. 술자리에서 그녀를 처음 발견했을 때, 나는 벌써 내가 그녀를 사랑하게 되리란 걸 다 알았다. 내가 나의 사상을 일부 피력하자 그녀의 맑은 눈동자에 섬광이 이는 것을 놓치지 않고 보았다.

그녀와 나 사이에는 닿을 수 없는 간격이 벌어져 있었다. 그녀가 나의 심오한 철학을 이해한다면 반드시 사랑에 빠지게 되리란 것을 나는 믿어 의심치 않았지만, 도대체 그녀가 잘생기지도 않고, 경제적인 능력도 없고, 더구나 나이도 여섯 살이나 많은 나를 왜 좋아하겠는가. 정리하자면 이랬다. 그녀가 나를 사랑하게 하려면 먼저 나를 이해시켜야 했다. 나를 이해시키려면 먼저 나를 사랑하게 만들어야 했다. 딜레마Dilemma였다.

나는 우연한 기회에 그녀에 대한 정보를 입수했다. 글을 쓰고 싶다는 후배와 술을 마시고 있었는데 술이 오르자 녀석은 묻지도 않았는데 '자신의 짝사랑'을 고백하고 싶다고 했다. 그리고 혼자서 밤이 새도록 떠들어댔다. 대부분은 그녀와 상관없는 얘기였지만 간혹 관련된 것도 있었다. 나는 그녀가 권위적인 아버지 밑에서 컸다는 사실을 알았다. 장교인 그녀의 아버지가 젊은 사병들은 무슨 짓을 할지 모르는 놈들이라며 초등학생인 그녀를 방학 내내 관사에 가두어 놓는가 하면, 중고등학교 때는 그녀를 따라다니는 놈이 있는지 없는지 틈틈이 감시하여 걸리는 놈에게는 공갈과 협박, 약간의 폭력까지 행사했다는 것이었다. 덕분에 그녀는 자신이 특이한 삶을 살아왔으며, 특이한 삶을 살아온 사람은 소설을 써야만 한다고 믿고 있다 했다. 한참 후에 녀석은 그녀가 어느 날 갑자기 데이트 신청을 하거나 사랑 고백을 하는 등의 저돌적인 남자를 좋아한다고 자신에게 말했다고 했다. 녀석은 그녀가 그런 말만 하지 않았더라도 자신이 그렇게 했을 것이고, 그랬다면 지금쯤 자신은 그녀의 남친이 되어 있을 거라며 눈물까지 비쳤다. 나는 녀석의 얼굴을 곰곰 뜯어보면서 그녀가 말한 '남자'란 생물학적 범주가 아니라 미학적 범주일 거라고 말하려다 말았다.

어쨌든 나는 녀석에게 얻은 정보를 바탕으로 내 과거를 다시 썼다. 그리고 그것들을 읽고 수정하고 다시 읽는 과정을 반복했다. 일주일쯤 뒤 나는 '새로운 남자'가 되어 있었다. 그녀와 비슷한 성장 환경을 지닌, 그녀가 가장 잘 이해할 수 있는 남자. 그 남자는 어느 날 그녀에게 전화해서 느닷없이, '너와 시내를 정처 없이 걸어 다니고 싶어'라고 말했다. 오랫동안 그런 종류의 대사를 기다려 왔다는 듯 그녀는 흔쾌히 남자의 청을 받아들였다.

남자는 그녀를 시내 한복판에서 만났다. 세 블록을 걸어가는 동안 남자는 고개를 숙인 채 무언가를 생각할 뿐, 단 한마디도 여자에게 건네지 않았다. 그녀 또한 몇 번 입을 떼었다 붙였을 뿐, 별다른 말 없이 걸었다. 인사동 거리에 도착했을 때였다. 그녀가 그에게 물었다.

"선배는 사랑이 뭐라고 생각해요?"

남자는 느리게 생각하는 척, 머릿속 문장을 바쁘게 찾아 대답했다.

"사랑은 떨림이야. 사랑의 줌이 거절되지 않을까 하는 떨림이자, 사랑의 받음이 대리물을 이기지 못할까 하는 떨림."•

나는 진지하게 말했다. 그녀는 미간에 주름을 잡고 한동안 생각하더니 물었다.

"그게 무슨 뜻이죠?"

남자는 고개를 숙인 채로 대답했다.

"사랑은 자기 자신이면서 동시에 자기 자신일 수 없는, 자아와 망아 사이의 격렬한 진동이란 뜻이지. 하나이면서 둘, 둘이면서 하나."••

남자는 나지막하게 말했다. 그녀는 남자를 말없이 쳐다보았다. 남자는 그녀의 눈동자 속에서 작은 혹성 하나가 폭발

한 것 같다고 생각했다. 그 수많은 파편들이 정면으로 날아오는 듯 보여서, 남자는 잠시 몸을 떨었다. 나에게 묻는 그녀의 목소리도 떨리고 있었다.

"당신과 나 사이에는 무엇이 떨고 있죠?"

나는 한기를 느껴 어깨를 움찔거렸다. 비록 몇 초에 불과한 짧은 순간이었지만, 뜨거운 물 속에서 추위를 느낀다는 것은 불쾌한 일이었다. 나는 열탕에서 벗어났다. 냉탕을 향해 발을 옮기다가 비누 조각에 미끄러져 넘어질 뻔했다. 존재와 부재 사이에서 흔들리던 와중에 나는 사랑에 관한 단상 하나를 얻었다. 그 갑작스러운 영감은 내 엉덩이가 바닥에 부딪히는 순간 선명한 삼단논법이 되어 머리 위로 튀어올라왔다. 정말이지 유레카! 라도 외치고 싶은 심정이었다. 냉탕 안에서 나는 나의 천재적인 문장을 읊고 또 읊었다. 나는 내가 존재하지 않는 곳에서 사랑한다. 나는 내가 사랑하지 않는 곳에서 존재한다. 그러므로, 나에게 사랑은 없다.•••

•   헤겔
••   뤼스 이리가라이
•••   데카르트＋라캉＋줄리아 크리스테바

내 사랑 카멜레온

2

나는 정말 오랜만에 한낮의 서울 거리를 걷고 있었다. 대낮에도 볕이 들지 않는 나의 원룸은 한낮의 일상을 알지 못했다. 나는 어둠이 깔린 후에야 책을 읽거나 소설을 쓸 수 있었으므로 낮에는 내리 잠만 잤다. 텔레비전 속에 있는 세상은 진부한 것들뿐이었다. 서울은 똑같은 삶이 똑같이 반복되고, 서로가 서로를 끊임없이 모방하는, 한없이 투명한 거울들의 숲이었다. 사악한 짐승들과 해충들이 매일 같이 숭고한 의미들을 살육하는 무의미의 정글을 이해하기 위해서라면 하루에 한 시간씩 〈동물의 왕국〉을 시청하는 것으로 족했다. 흥미로운 것들은 모조리 책 속에 있었다. 나는 세상을 알기 위해 책을 읽지 않았다. 나는 책을 이해하기 위해 세상을 보았다.

전철 안은 한산한 편이었다. 좌석은 거의 다 메워지고, 서너 명 정도가 서 있었다. 나는 잠시 문 안으로 들어갈 것인가 말 것인가 망설였다. 도시라는 게 워낙 그렇지만 특히 전철은 보이는 게 많을수록 지루하기 짝이 없는 공간이었다. 전철 안에 있는 사람들의 숫자를 세는 데는 채 1분이 걸리지 않았다. 왜냐하면 객차 한 칸당 좌석 수는 33개였고, 지금은 경로석이 두 자리 비었고 세 사람이 서 있으므로 모두

34명이 있다는 계산이 나오기 때문이었다. 나는 광고지의 숫자도 1분 정도면 헤아릴 수 있었다. 한 칸에 게재할 수 있는 광고의 개수를 36칸, 비어있는 곳이 두 곳 있으니 34개, 손잡이 54개, 형광등 24개, 선반 10개, 환풍기 6개, 출입문 8개. 나머지는 세어볼 필요도 없었다.

막 하품이 나오려는 순간, 맞은편 문으로 여자 한 명이 들어왔다. 짧은 치마를 입은 여성이었다.

정면에 앉은 중년 남성이 노골적으로 여자의 뒷모습을 쳐다보고 있었다. 나는 남자를 뚫어져라 쳐다보았다. 얼마 안 있어 남자의 눈은 내 눈과 정면으로 마주쳤다. 의기양양하던 남자의 시선이 잠시 흔들리더니 밑으로 툭, 떨어졌다. 나는 그 짧고 미묘한 표정의 변화를 충분히 즐겼다.

'바람녀'가 처음 우리 앞에 나타났을 때, 제우는 바람녀와 그녀의 친구 정면에 앉았다. 적당히 나약하고 적당히 자존심이 센 치들은 정해진 시간 내에서 자신이 가진 '무엇'을 신속, 정확하게 전달하는 것을 최고의 목표로 삼게 마련이었다. 제우는 자신의 위대한 경험을 특유의 말발로 포장하여 염가 제공하기 시작했다. 물론 그의 이야기는 언제나 그랬듯이 대성공이었다. 두 명의 호의적인 청자는 어느 장면에서는 재미있어하다가 다음 대목에서는 곧 심각해지고, 금방 울 것 같은 표정이 되는가 하면 나중에는 배꼽을 잡고 웃는다는 식이었다. 하지만 말은 하면 할수록 모자란 법. 이미 카타르시스를 경험한 두 명의 관객은 점차 제우에게서 흥미를 잃었다. 제우는 관심을 되돌리기 위해 말을 더 많이 했고 그 결과는 치명적이었다. 참다못한 그녀의 친구는 자리를 옮겨버렸다. 그녀는 노골적으로 제우를 외면했다.

시오는 제우보다 한 수 위였다. 그는 그녀와 적당히 떨어진 곳에, 하지만 충분히 그녀의 시야에 잡힐 정도의 거리에 자리를 잡았다. 그는 제우의 재롱을 지켜보며 가끔씩 미소를 지을 뿐 별반 말이 없었다. 그의 꿈꾸는 듯한 얼굴과 간혹 보이는 날카로운 눈매, 작은 포즈 하나하나에서도 느껴지는 섬세함은 처음 보는 사람들의 주목을 끌기에 충분했다. 나는 여자들이 시오에게 눈길을 던지는 것을 수십 번은 보았다. 물론 시오는 관중들의 성원에 결코 보답하는 법이 없었으므로 그를 둘러싼 '무엇이 있을 것 같은' 이미지는 시간이 지날수록 배가되는 경향이 있었다. 하지만 시오의 환상은 그의 진심이 입 밖으로 튀어나오는 순간 마침표를 찍게 될 운명이었다.

하지만 그날은 그럴 기회조차도 없었다. 바람녀가 가방을 챙겨 들고 자리에서 벌떡 일어난 것이었다. 묻고는 싶지만 차마 자존심이 허락지 않아 다들 침묵하던 중에 다행히 제우가 적절한 질문을 날려주었다.

"화장실 가는데 왜 가방을 들고 가십니까?"

바람녀는 곤혹스러운 표정을 지으며 대답했다.

"집이 엄해서요. 10시 통금이거든요."

나는 그저 피식 웃었다. 이미 띄엄띄엄이나마 내 사상의 골자를 피력한 후였으므로 나는 그녀의 떠남이 별반 아쉽지 않았다. 그러나 아직 자신의 영광스러운 과거를 되찾지 못한 제우나, 대망의 2차를 위해 암흑기를 버틴 시오의 입장은 그렇지 못했던 모양이다. 아니나 다를까, 그녀가 떠나자마자 제우와 시오는 술자리를 종횡무진 옮겨 다니다 술에 취해 뻗어버렸다.

어쨌든 그 술자리 이후로 그녀는 '바람녀'라 불렸다. 말 그대로 '바람처럼 나타났다 바람처럼 사라진다'는 의미였다. 더구나 그녀는 신입생답지 않은 명문을 던져놓고 사라지기 일쑤여서 마치 회오리가 숲을 휩쓸고 지나간 것처럼 그녀가 머물다 간 자리에는 낙엽들이 잔뜩 떨어져 있게 마련이었다. 그녀는 닿자마자 증발해 버리는 신기루 같았다.

그녀와 비슷한 성장 환경과 취향을 가진 남자는 단기간에 그녀의 환심을 얻는 데 성공했다. 남자의 유일한 잘못은 바람녀에게 사귀자는 말을 한 것이었다. 당연히 제안을 받아들일 줄 알았던 바람녀는 남자의 청을 거절했다.

"선배를 사랑하지만, 선배와 사귈 수는 없어요."

"그건 왜지?"

"나는 나와 전혀 다른 사람을 사랑해야만 하니까요."

"그건 또 왜지?"

"왜냐하면 진정한 사랑은 하나이면서 둘, 둘이면서 하나가 되는 것이니까요. 선배는 너무 하나같기만 해요."

3

그녀가 내 제안을 거절한 후, 나는 그녀와의 관계가 끝났다고 생각했다. '그 남자'는 내가 만들어 낸 존재이며 원래의 나는 너와는 '다른 남자'라고 아무리 주장해 봤댔자 무슨 소용이 있겠는가. 그녀는 내가 그녀를 더 만나고 싶어서 거짓말을 하고 있다고 여길 것이었다. 설사 그녀가 믿어준다고 하더라도 나는 이미 그녀에게 거짓말을 한 셈이었다. 따라서 나에게는 두 가지 가능성이 남아 있었다. '거짓말쟁이 나'로 혼자 남는 방법과 '진실한 그 남자'로 떠나는 방법. 내가 선택한 것은 당연히 후자였다. 나는 그녀를 뒤쫓던 가속력을 이용하여 그녀를 앞질러버렸다. 다시는 그녀를 따라갈 수 없는 위치에 나를 놓는 것이야말로 그녀에 대한 미련을 꺾는 가장 현명한 방법이라고 생각했다. 그런데 기적 같은 일이 일어났다. 나도 모르는 사이에 그녀가 내 뒤를 열심히 추격해 오기 시작했던 것이다. 나는 내가 의도하지 않았던 방식으로 그녀와는 '다른 남자'가 되었다.

몇 년 뒤 나는 소설가가 되었다. 그리고 다시 1년 뒤, 그녀가 예고 없이 내 원룸을 찾아왔다. 내가 현관문을 열자마자 그녀는 다짜고짜 나에게 물었다. 마치 언젠가 내가 뜬금없이 전화를 걸어 길거리를 걸어 다니자고 했던 것처럼.

"빨리 말해봐. 좋은 소설을 쓰려면 어떻게 해야 하지? 문장을 바꾸면 돼, 생각을 바꾸면 돼? 아니면 삶을 통째로 바꾸면 되나?"

나는 잠시 뜸을 들여 바람녀의 흥분을 가라앉힌 다음 말해주었다.

"영혼을 바꿔야지."

그녀는 심각한 표정으로 고개를 주억거렸다. 그리고 몹시 다급해진 표정으로 몸을 돌려 계단을 뛰어 내려갔다. 그녀는 30분쯤 후에 다시 돌아왔다.

"나 좀 봐줘요. 어떻게 보여요?"

그녀는 머리 위에 장난감 비행접시 하나를 얹고 있었다. 나는 그 의미를 단박에 알아차렸다. 그것은 내가 발표한 「비행접시」의 '비행접시'였다. 모든 사람은 머리 위에 자신을 바라보고 통제하는 비행접시를 얹고 산다는, 뭐 그런 내용의

단편이었다. 그녀는 작은 소품을 이용한 놀라운 둔갑술을 보여준 셈이었지만, 그건 영혼을 바꾸는 일이 아니라 일종의 코스프레 아니었던가.

나는 하루 종일 그녀와 걸어 다니면서 작품에 나왔던 곳들을 보여주었다. 그녀의 둔갑술은 단지 코스프레만은 아니었다. 내가 산자락을 흘러가는 작은 웅덩이를 가리키며, '여기가 바로 거기야'라고 말하면, 그녀는 주인공의 대사를 그대로 흉내 내어 '이 여울처럼만 당신을 사랑하겠어요.'라고 대답했다. 그러면 나는 그녀가 정말 소설 속 주인공인 것처럼 여겨져서 사랑에 빠지지 않을 수 없었다. 하지만 우리는 연인 관계가 아니었다. 그녀는 헤어질 때마다 우리가 사귀는 사이가 아님을 못 박곤 했다.

하지만 연말쯤이 되면 어김없이 나를 찾아왔다. 한 해 동안 발표한 것 중에서 가장 맘에 드는 작품의 주인공을 골라 변장하고 나타나는 것은 어느새 그녀의 전통이 되어 있었다. 그녀는 「너는 감염되었다」의 인물들처럼 투명 인간도 되고(사실은 투명한 우비를 입고 와서 속이 비치게 되었다고 우긴 거지만), 「벙어리 방울새의 죽음」의 줄리처럼 어설프게 칵테일 만들기에 도전하기도 했다. 나는 그녀의 특이한 취향이 아마도 직업에서 기인했을 것이라고 생각했다. 그녀는 용돈을 벌기 위해 어느 인터넷 회사에서 일하고 있었는데, 학생들의 리포트나 입사 원서, 이런저런 용도로 쓰이는 글들을 인터넷에 있는 자료를 긁어모아 하나의 완성된 글로 써주는 것이 그녀가 맡은 일이었다. 현대사회의 정신병적 징후임에 분명한 그녀의 행동은 관객인 나로서는 여간 흥미진진한 퍼포먼스가 아닐 수 없었다.

어느 순간 그녀의 방문은 점점 잦아졌는데 나는 1년 동안 그녀가 여러 번 나를 찾아올 수도 있다는 사실을 알고 무척 놀랐다. 그녀는 맘만 먹으면 한 달에 한 번씩 작품을 응모할 수도 있다고 나에게 말했다.

그런 동안 그녀의 모방은 점점 더 능수능란해지고, 내 필력은 점점 더 빈약해져갔다. 그녀는 내가 쓴 것이라면 무엇이든지 삼켜 일련의 영상과 반복되는 대사로 바꾸어 놓는 파트너 로봇이었고, 나는 더 이상 그 사이보그를 통제할 수 없게 되어버린 무력한 기술자였다. SF의 공식대로, 어느 날 나의 동반자 로봇은 나에게 정면으로 도전해 왔다.

"요즘엔 왜 글을 보여주지 않아?"

"쓰긴 썼는데… 실패작이 많아서."

"그렇담 실패작을 보여주면 되잖아."

"완성되지도 않은 글을 뭐 하러 보지?"

발표되는 글들은 모든 사람이 읽을 수 있는 거지만, 그렇지 않은 것들은 아무나 읽을 수 없는 거니까. 나는 아무도 읽지 않는 선배를 보고 싶어. 난 선배의 유일한 독자가 될 테야!"

그리하여 바람녀는 자신의 유전자 지도와, 수많은 실패한 자신의 분신들마저도 수중에 넣었다. 내가 컴퓨터 모니터 앞에서 머리카락을 쥐어뜯고 있는 동안, 그녀는 내 침대에 앉아서 간간이 키득거리며 미발표 원고들을 읽었다. 나는 그녀가 내 소설이 재밌어서 웃는 건지, 어설퍼서 웃는 건지 알 수 없었다. 분명한 건 그녀의 왕성한 식욕으로 보건대 남아 있는 원고들도 머지않아 바닥을 드러내리라는 사실이었다. 신작은 여전히 쓰여지지 않았다.

나는 전철을 갈아타기 위해 지하 통로를 걸어가다가 제자리에 우뚝 서버렸다. 어느새 퇴근 시간이 되어버린 건지 아까보다 사람들이 늘어나 보였다. 도대체 이 많은 사람은 무엇을 위해 어디로 걸어가고 있는 것일까. 나는 너무나 많은 비슷한 사람들을 보다가 지하 통로에서 여러 번 길을 잃곤 했다. 그건 거리 위에서도 마찬가지였다. 술을 마시고 나면 내가 어느 동네에 와 있는지 분간하기가 어려워지곤 했는데, 왜냐하면 서울은 어느 곳이나 비슷한 모양을 하고 있기 때문이었다. 때로는 다른 동네에서 본 것과 똑같은 간판을 발견하는 일도 드물지 않았다. 사람들도 마찬가지여서 처음 보는 사람을 만나는 일은 거의 없었다. 북적거리는 길 위에는 언젠가 본 것 같은 외모와 옷차림들뿐이었다. 대도시에서는 사람들도 모조리 간판이었다. 모든 것이 표면의 이미지로 환원되는, 스펙터클의 사회.

나는 거울에 내 모습을 비춰보았다. 거울 속에는 충혈된 눈으로 나를 응시하는 허름한 옷차림의 사내가 있었다. 처음에는 생전 처음 보는 듯한 사람을 발견했다고 생각했으나 곰곰 뜯어보니 사내에게는 '백수건달'이란 간판이 걸려 있었다. 나는 그 사내가 미워져 다시 걷기 시작했다.

모든 게 이놈의 시대 때문이었다. '시대성'은 없고 '전통'만 많은 이놈의 시대가 내 목을 조르고 있기 때문이었다. 제우는 저항성의 부재라고 말하고, 시오는 내면의 천박함 때문이라고 말하는, 바로 그 '시대성의 부재'가 우리로 하여금 소설을 쓸 수 없게 만들고 있었다. 우리는 사상이나 철학 따위는 찾아볼 수도 없는, 공허한 환상이나 진부한 일상의 이야기들을 혐오했다. 우리는 우리가 살고 있는 시대의 폐부를 관통하는 완벽한 서사를 꿈꾸었다.

하지만 우리의 진부한 일상 속에는 시대라고 부를 만한 것들이 없었다. 이 대도시의 어디에 시대가 살고 있었을까. 이 나라의 어디로 가면 시대다운 시대를 만날 수 있었을까. 우리들은 마음의 공허를 달래기 위해 문인들을 찾을 수밖에 없었다. 그러나 그 술자리에는 거리에서보다 진부한 것들이 얼마든지 있었다.

우리는 셋만의 문단을 자처했다. 그런데 문제는 또 간판이었다. 제우와 시오는 항상 어떤 술집에 갈 것인가를 두고 치열하게 다투곤 했다. 한번은 오랜만에 원고료를 받은 시오가 바에 갈 것을 제안했다. 조용한 바에 가서 양주를 마셔야만 새 작품을 구상하는 데 도움이 될 것 같다는 것이었다. 제우는 언제나 그랬듯이 자고로 이 땅의 진정한 소설쟁이는 소주나 막걸리를 마셔야만 위대한 소설을 쓸 수 있다고 소리 높여 외쳤다. 내가 '그럼 맥주를 먹으러 가면 되지'했더니 제우는 '물 건너온 술은 다 양주'라고 억지를 부렸다. 나는 '국산 양주나 국산 맥주도 있고, 그것도 싫다면 소주 바에 가면 되지 않느냐' 등등 갖가지 대안을 내놓았으나 제우의 고집은 완강했다. 시오에게는 그런 제우의 신념을 한마디로 꺾을 수 있는 무기가 있었다.

"네가 돈 낼래?"

시오와 제우의 말다툼은 어쩌면 전조였다. 그날 우리는 바에 있는 TV 화면을 통해서 그토록 바라던 '역사적인 사건'을 목격했기 때문이었다. 바야흐로 그날은 사람 구하는 숫자 911이 엄청난 규모의 학살과 입을 맞춘 날이었다. 영화에나 등장할 법한 압도적인 스펙터클이 지구 반대편에서 실제로 일어난 일임을 알게 되자 내 머리는 잠시 판단 중지 상태에 들어갔다.

"이런 유쾌, 통쾌, 상쾌한 일이!"

위대한 리얼리스트 제우는 당시 유행하던 메가패스 CF 카피를 인용해서 말했다. 녀석은 바에서 벌떡 일어나 큰 소리로 박수를 치며 대사를 읊었는데, 덕분에 바 안에 있는 모든 사람들이 우리를 날카로운 눈초리로 쳐다보았다. 테러로 수많은 사람이 죽었다는데 쾌재를 부르다니. 시오와 나는 사람들이 우리를 제우와 일행이 아닌 것으로 보아주기를 바랐으나 바 위에 깔린 양주 컵들 때문에 그것은 불가능했다.

"인간이 어떤 존재인지 알아? 바로 이게 인간이야."

우리의 위대한 모더니스트 시오는 텅 빈 술잔을 손가락으로 가리키며 짐짓 심각하게 내뱉고는 우수에 가득 찬 뒷모습을 보이며 바에서 나가버렸다. 나는 그 멋들어진 말이 어떤 시인의 기행을 흉내 낸 것이라는 사실을 모르지 않았다. 다들 한마디씩 하고 나서도 나는 그럴듯한 단어 하나 내놓지 못하고 있어서 약간의 수치심을 느꼈다. 제우는 미제 타도, 미군 철수까지 구호로 외쳐 다른 손님들의 눈총을 충분히 산 다음 이런 날은 포장마차에서 소주를 마셔야 한다며 나에게 술집을 옮기자고 말했다. 이미 계산은 시오가 다 한데다가 술도 반 이상 남아 있었으므로 나는 술집을 옮기고 싶은 마음이 없었다. 내가 침묵하자 제우는 자본주의의 상징이 공격받은 날 미제 술집에서 미제 술이나 마시는 것은 자본주의의 개나 할 짓이라며 다시 한번 나를 부추겼다. 유레카! 그제야 내 머릿속에는 이 모든 상황을 한꺼번에 해결할 수 있는 명문이 떠올랐다.

"소비하라, 소비하라, 소비하라. 그러면 자본주의는 안으로부터 붕괴될 것이다."

나는 연거푸 양주를 마셔 내가 자본주의를 무너뜨리기 위해 노력하고 있음을 분명히 보여주었다. 제우는 한동안 망설였지만 결국에는 내 방식을 받아들였다. 우리는 마시고 마시고 또 마셨다. 그리고 그날, 무너지지 않는다던 쌍둥이 빌딩은 거짓말처럼 폭삭, 주저앉아 버렸다.

나는 차창에 비친 내 얼굴을 보았다. 양쪽 뺨에 희미한 웃음이 매달려 있었다. 나는 표정을 굳히고 입구의 전광판으로 시선을 돌렸다. 이런저런 생각을 하는 사이에 전철은 어느새 목적지에 가깝게 와 있었다. 이제 10분 정도만 지나면 나는 지하철에서 내릴 것이고, 나의 미완성 소설에서 그랬던 것처럼 그녀와 우연히 길 위에서 만날 것이다. 나는 나와 그녀의 새로운 만남이 '시대적인 것'임을 믿어 의심치 않았다.

오늘을 위해 그녀와의 데이트를 남겨둔 것은 잘한 일이었다. 우리는 정말 현명한 선택을 한 것이다.

나는 그녀가 내 원룸에 와있던 어느 날 그녀에게 두 번째로 사귀자고 말했으나 그녀는 역시 거절했다. 하지만 그 의미는 그녀가 첫 번째로 나를 거절했던 때와는 다른 것이었다.

　"왜지? 도저히 나를 사랑할 수 없어서?"

　"아니야, 나는 선배를 사랑해."

　"그럼 도대체 뭣 때문이지?"

　내가 서운한 표정을 내비치자 그녀는 잠시 뜸을 들인 다음 대답했다.

　"선배는 이미 소설가지만, 난 아직 영혼을 바꾸지 못했잖아. 내가 영혼을 바꾸게 되는 날, 나는 오빠와 첫 데이트를 하게 될 거야."

4

　나는 그녀를 우연히 만나기 위해 우리가 만나기로 한 길을 반복해서 걸었다. 날씨가 추웠다. 내가 등단작 「캔」에 써놓았던 것처럼, 꼬리가 긴 바람이 뺨과 목덜미를 날카롭게 훑고 지나갔다. 소설 속의 인물은 매우 꼿꼿한 자세로 바람을 가르며 걸어가고 있었으므로, 나 역시 손을 비비거나 얼굴을 어루만져서는 안 되었다. 두 블록이나 되는 거리를 다

람쥐 쳇바퀴 돌 듯 길을 건너가며 한참을 걷다 보니 온몸에 한기가 끼쳐 동상에 걸릴 지경이었지만 비슷하게 흉내 내지 않으면 그녀가 돌아가 버릴지도 몰랐으므로 나는 나의 경직된 자세를 흐트러뜨릴 수 없었다. 시간이 꽤 지났는데도 그녀의 모습은 보이지 않았다. 도대체 그녀는 어떻게 변신했기에 알아볼 수조차 없는 것일까. 드디어 투명 인간이 되는 데 성공했나. 그러다가 나는 긴 트렌치코트를 입고 모자를 깊게 눌러쓴 호리호리한 남자 한 명을 발견했다. 나는 그 남자를 맞은편 길에서 다시 만났다. 순간 나는 깨달았다. 그녀가 바텐더 '씨씨'를 정반대로 흉내 내고 있다는 사실을. 그녀는 이제 단순한 모방을 넘어 창조적인 재현에까지 그녀의 예술을 발전시킨 것이었다.

나는 막 웃음이 나올 것 같았으나 냉정한 표정을 하고 그녀에게로 다가가 어깨를 툭, 쳤다. 그녀가 몸을 돌리며 나를 향해 천천히 고개를 들었다. 나에게는 그 짧은 순간이 마치 영원인 것처럼 여겨졌다.

"너… 너… 여기 웬일이냐?"

그녀가 말했다. 그녀는 놀랍게도 시오로 변장해 있었다. 잠시 후 그녀 한 명이 더 왔다. 새로 온 그녀는 더욱더 놀랍게도 제우를 닮아 있었다. 우리에게 무슨 일이 일어난 것인가를 깨닫는 데는 그다지 오랜 시간이 걸리지 않았다. 내가 물었다.

"너도?"

시오가 되물었다.

"그럼 너도?"

제우가 의미심장한 질문을 던졌다.

"그럼 너희 소설에도 길거리에서 사람 만나는 장면이 나와?"

우리는 그제야 우리가 서로의 작품은 물론이고, 바람녀의 작품 또한 전혀 읽지 않았음을 알았다. 우리는 누가 먼저랄 것도 없이 신문 가판대로 뛰어갔다. 그리고 나란히 신문을 펼치고 열심히 그녀의 소설을 읽기 시작했다. 「거울과 카멜레온」, 나에게 보낸 것과는 다른 제목의 소설이었다. 잠시 후 제우가 먼저, 어, 이건 내가 쓴 문장인데? 하고 말했다. 잠시 후 시오도, 어라, 이건 내 실패한 소설인데? 했다. 나는 아무 말도 하지 않았다. 우리에게 베낀 것은 고작 한두 문장에 불과하고 그녀의 소설에는 우리가 결코 쓸 수 없는 문장이 대다수라는 사실을 굳이 밝히고 싶지 않았다. 다만 나는 우리 모두를 위해 말미에 쓰여진 문장을 소리내어 읽어주었다.

'그들은 시대성을 담은 소설을 꿈꾸었지만 결코 그런 소설을 쓸 수 없었다. 그들은 선배들의 이미지를 이것저것 모방하면서 자신들이 대단한 문학가라고 착각하는 한심한 댄

디들이었다. 그들이 목격한 유일한 시대는 바람녀였다. 하지만 그들은 그 사실을 알지 못했으므로 언제나 시대의 바깥에 머물러 있었다.'

그리하여 바람녀의 말 한마디에 시대의 바깥으로 밀려난 우리들, 제우와 시오와 나는 시내 한복판에서 방향을 상실하고 말았다. 빌딩 숲 사이로 저물기 시작하는 태양을 멍하니 바라만 보았을 뿐 우리는 한동안 아무 말도 하지 않았다.

이번에는 내가 먼저 입을 열었다.

"카멜레온을 거울방 안에 집어넣으면 카멜레온이 과연 무슨 색으로 변할까?"

나는 처음으로 그 누구의 말도 인용하지 않고 말했다. 그러나 친구들은, 또 시작했군, 하는 듯한 심드렁한 표정으로 나에게서 고개를 돌려버렸다.

전나무 시계로 11시. 백지처럼 하얀 햇빛으로 가득 찬 마
당은 고즈넉하다 못해 공허하다. 시곗바늘이 송이버섯처럼
작아지고, 나무들과 벤치와 산책로의 윤곽을 뚜렷이 구분
했던 빛과 어둠의 경계가 무너진다

시계 ─── 없는 ─── 방

1

창밖을 내다본다. 마당 한복판에 외따로 서 있는 전나무 잎사귀가 붉다. 그루터기 밑으로 드리워진 그림자는 길쭉한 느타리버섯을 닮았다. ㅁ자 병동의 창문들은 꼭 그 그림자 하나만을 지켜보기 위해 모인 것처럼 하나 같이 권태로운 표정이다. 나는 나무에 매달린 그림자의 각도로 시간을 짐작해 본다. 7시 40분쯤 되었을까. 20분이면 나무 하나 그리기에는 충분한 시간이다.

텅 빈 화면 위에 두 개의 선분을 긋는다. 부드러운 켄트지의 생살을 찢으며 새겨진 수직선과 수평선이 화면을 네 개로 분할하며 황금 비율의 교차점에서 만난다. 그 중심에 이등변 삼각형으로 기본선을 잡고 나무를 그린다. 연필을 세워 틔어 올린 튼튼한 밑동을 두 갈래의 가장귀로 찢어버리고, 종이에 홈을 파며 고통스럽게 뻗어나간 전나무의 날카로운 가지 위에 선다. 날아갈 듯, 화폭 위에 도드라진 침엽수가 불쾌하다. 이번에는 연필을 눕힌다. 그루터기 왼편에 짙은 음영을 잡아 내린다. 그제야 나무는 풀썩 주저앉는다. 검은 그림자에 발목이 묶인 채 하늘을 향해 온몸을 뒤틀고 선다. 입가에 저절로 미소가 맺힌다.

눈을 들어 창밖을 다시 내다본다. 정면으로 날아드는 햇빛 때문에 맞은편 병동의 모습을 볼 수 없다. 시선을 내려 마당 위의 전나무를 본다. 사금파리처럼 끼어드는 햇살 때문에 확신할 수는 없지만 그림자는 8시 방향을, 그러니까 내 방이 있는 곳을 똑바로 가리키고 있을 것이다. 나는 입구에서 잘 보이게끔 이젤의 위치를 수정하고 침대로 돌아와 눕는다. 이불을 머리 높이까지 끌어당기고 눈을 감는다.

또각 또각 또각. 언제나 세 발짝이다. 초침처럼 정확한 구둣발 소리와 함께 그는 내 방에 온다. 그가 문을 열고 내 침대 옆까지 오기까지는 3초면 족하다. 차트를 점검하고, 간호사에게 질문을 하고, 이런저런 처방을 내리는 데도 그는 30초 이상을 쓰지 않는다. 그는 해시계보다 빠른 속도로 움직인다. 그렇지 않으면 병실을 도는데 하루 종일이 걸릴 것이다.

오빠가 오기로 한 게 오늘이었지? 그가 묻는다. 물론 나에게 묻는 것은 아니다. 그는 언제나 나에게 전할 말을 간호사에게 물음으로써 그와 나 사이의 거리를 은근히 과시하곤 했다. 카운슬링받기로 한 게 오늘이었죠? 오늘 잡힌 산책 누가 나가기로 했어요? 언제나 한마디뿐이다. 오늘도 그는 오빠가 왜 오는 것인지, 몇 시에 올 것인지에 대해서는 말하지 않는다. 그림을 그렸어요, 이번에는 나무에요. 저 마당에 서 있는 전나무 말이에요. 혹시 그 나무에 빨간 잎사귀들이 매달린 것 보셨나요? 빨간 물감이 있으면 멋지게 그려볼 텐데. 그림자가 시곗바늘 모양인 건 알고 계세요? 선생님께서 절대 내주지 않는 바로 그 시곗바늘 말이에요. 녀석 때문에 시계가 없어도 난 하나도 무섭지 않답니다. 혹시 뜻대로 되지 않아 실망하셨나요? 나는 불현듯 이불을 젖히고 그에게 수다를 떨고 싶어진다. 하지만 그는 언제나 해보다 빨리 움직인다. 입을 열기도 전에 또각 또각 또각, 다른 환자의 33초를 향해 내 방을 떠난다.

시위하듯 아침을 거르고, 나는 시기하는 눈을 들어 건너편 건물에 먼눈을 판다. 해의 날카로운 시선마저 방을 떠난 시각, 전나무의 시곗바늘이 9시 방향을 가리킬 때쯤이면 햇살이 고운 입자로 사방에 퍼져나가 무엇이든 분명히 볼 수 있게 된다. 내가 제일 먼저 그 투명한 미립자의 베일 뒤로 시선을 고정시키는 곳은 바보가 살고 있는 303호실이다. 그곳에는 올해로 서른세 살이 된 열두 살짜리 꼬마가 매일 매일 텔레비전을 보고 있다. 바보는 미래 기억상실증이다. 초등학교 5학년 때 사고를 당한 뒤로 영영 자신의 미래를 기억하지 못하는 병에 걸렸다고 했다. 그러니까 바보는 21년째 열두 살이다. 아니 열두 살의 어느 하루를 벌써 21년 동안 살아내고 있다.

반쯤 열린 커튼 사이로 내보이는 바보의 머리는 삭발인데다 뒤통수가 잔뜩 튀어나와 언뜻 보면 화성인이나 수성인 따위의 외계 생명체처럼 보인다. 더구나 날이 어두워져 텔레비전의 불빛이 바보의 옆얼굴에 그로테스크한 빛의 선을 일깨울 때면 더더욱 그렇게 여겨졌다. 나는 그런 광경을 목격할 때마다 어쩌면 모든 것은 위장에 불과하고, 바보는 지구인들의 기억을 훔쳐 가기 위해 어떤 진화된 별에서 파견된 진짜 외계인일 거라고 자못 심각하게 확신하곤 했다. 나는 언젠가 밤의 정적을 틈타 나의 두뇌를 팔겠다는 비장한 결심을 품고 그를 찾아간 적이 있었다. 그의 말 없는 옆얼굴에 흐르고 있는 신비로운 섬광에 손 한번 대보기도 전에 남자 간호사의 억센 손아귀에 붙들려 나오면서 나는 그에게 물었다. 기억도 사라지면 고통도 사라지나요? 자신의 기억은 모조리 지워버리고, 다른 사람의 기억만으로도 살아갈 수 있는 건가요? 그는 아무 대답 없이 나를 바라보며 웃었다. 정말 바보처럼, 한여름의 해바라기만큼이나 징그럽고 노골적인 미소로 나의 난데없는 심각함을 일소해 버렸다. 그리고 다시 CF나 뮤직비디오 따위의 호들갑스러운 조각 그림 속에 얼굴을 묻었다. 앞이마와 정수리를 거슬러 올라가 볼록한 뒤통수를 감싸고 떨어지는 빛의 실루엣이 매끈한 물음표를 닮아 있었다.

왜 아침을 걸렀담. 이렇게 좋은 날 기분이 나쁘신가?

경쾌한 목소리가 공기를 가른다. 몸을 돌린다. 주삿바늘에 부딪힌 빛이 홍채 속으로 날카롭게 파고든다. 빛에 대한 자신의 예리한 감각을 뽐내며 담당 간호사가 홑눈으로 주삿바늘의 끝을 겨냥한다. 활시위를 재듯 정확한 동작으로 손잡이를 한껏 당겼다가 조금 앞으로 놓아 공기를 제거한다.

내가 링거병의 비밀을 알아챈 뒤부터 저들은 나에게 천천히 스며드는 약물 대신 소량의 주사약을 하루에 두 번, 빈차에 기름을 주유하듯 한꺼번에 투여하는 방법을 택했다. 나는 손목을 감싸 쥐고 피해 보지만 간호사의 살집 오른 팔뚝을 보자 스르르 힘이 빠진다. 밥을 열심히 먹어둬야 간호사를 이길 수 있다고 생각하지만 그때뿐, 나는 매번 끼니를 거르고 온갖 환각을 일으키는 약을 빈속으로 받아들이게 된다. 아프지 않을 거예요, 편안한 기분으로 오빠를 만나야죠. 간호사는 내 팔뚝을 두들겨 숨겨져 있던 혈관의 긴장을 일깨우며 말한다. 간호사는 무슨 말을 해야 내가 순순히 백기를 들게 될지 알고 있다. 하지만 나 또한 알고 있다. 내가 잠들면 그녀가 침대에 나타나게 되리란 것을. 머리를 풀어 헤치고 내 몸 위에 올라서서 심장 깊숙이 두 번째 바늘을 꽂아 넣으리란 것을. 그녀는 커다란 주사기의 활을 당기며 헐떡이는 숨결로 나에게 말할 것이다. 너한텐 너무 피가 많아,

2

그녀가 창문을 두드리는 소리에 나는 잠에서 깨어난다. 눈을 뜨면 희붐한 햇살 속에서, 끝난 게 아니야, 아직 안 끝났어, 희미한 목소리로 사라지는 그녀가 말한다. 그녀가 나를 데려가려는 것일까. 허공으로 심장이 둥둥 떠오른다. 온몸이 굳어 무엇을 붙잡을 수 없다. 노인은 오래전에 죽었다. 그녀도 이제는 세상에 없다. 이빨을 악물어 그들의 죽음을 되새긴 후에야, 현기증 속으로 빨려드는 두통과 함께 나는 침대 위로 돌아온다. 몸을 반쯤 일으켜, 밝고 고즈넉한 방 안을 둘러보다 어리둥절해진다. 도대체 뭐가 끝나지 않았다는 것일까.

모든 게 약 때문이야. 나는 의사에 대한 원망을 지그시 누르며 창가에 앉는다. 어렵사리 초점을 모아 내가 그린 그림

을 꼼꼼히 살펴본다. 선이 거칠었던 거야, 신경이 예민해졌다고 생각한 거겠지. 고개를 끄덕이며, 직각 삼각형으로 잘라낸 지우개로 무질서하게 튀어나온 선들을 하나둘 정리한다. 그는 예리한 것을 싫어한다. 내 방에 있는 모든 날카로운 것들을 거둬가 버렸다. 그래서 나에게는 시계가 없다. 바보의 방에도 있는 시계가 내 방에는 없다. 이곳에 있는 모든 시계가 제 몸속에 날카로운 칼을 세 개나 품고 있음을 그가 나보다 먼저 알아버렸기 때문이다. 그래도 거울의 비밀은 내가 먼저 알았다. 거울은 시계가 가진 것보다 날카로운 칼을 수백 개쯤은 더 품고 있었다.

노인이 죽자 그녀는 자신의 방에 있던 앉은뱅이 화장 거울을 깨버렸다. 속절없이 번진 눈 화장이 그녀의 얼굴에 얼룩덜룩한 무늬를 새겼으나 그것은 슬픔의 흔적이 아니었다. 나는 그 새끼를 그냥 보낼 수 없어, 아직 나는 그놈한테 물어볼 게 많아. 그녀는 깨진 거울을 노려보며 낮게 읊조렸다. 하지만 그건 거짓말이었다. 기껏해야 2년이라던 그녀의 말과 달리 노인은 5년을 버텼다. 빨리 죽어버렸으면 좋겠다고 입버릇처럼 말하면서도 그녀가 단 하루도 빼놓지 않고 내 의무를 상기시켜 온 세월이었다. 50대의 장년이었던 그가 암세포의 왕성한 생명력에 기생해 노인으로 늙어가고, 그의 죽음을 빨아들인 내가 매일매일 주검의 내를 풍기며 열일곱 살의 처녀로 자라나는 동안, 그녀는 노인에게 아무것도 묻지 않았다. 그녀의 질문은 노인이 죽고 나서야 비로소 시작되었다.

나는 몹시 바람이 불던 그날을 선명히 기억한다. 노인이 살아 있었다면 분명, 나를 이상한 이름으로 부르고, 내 손에 장롱 밑바닥에서 꺼내온 칼을 쥐어주며, 사람 찌르면 칼이 어찌 되는 줄 아냐? 살이 칼을 콱, 붙잡아서 칼이 안 빠진다, 그럴 땐 칼을 돌려야 해, 두 번 세 번 뽑아서 다시 찔러야 해, 비장한 목소리로 내 귀에 대고 속삭였을 그런 밤이었다. 매일 같이 잠을 설치는 노인은 그런 날 밤이면 아주 잠을 잘 잤다. 노인은 죽고 없었다. 하지만 이제 모든 공포는 어둠 속에 혼자 버려진 나 자신의 몫이었다. 나는 그날도 이불을 뒤집어쓰고 노인이 느꼈을 공포를 마치 내 것인 양 느끼며 떨고 있었다. 그런데 어둠 속에서 나를 부르는 소리가 들려왔다. 마른 손톱으로 창틀을 긁는 소리. 알아들을 수 없는 절박한 음성. 나는 벌벌 떨다 못해 이불을 떨치고 일어섰다. 베란다도 없는 4층 창문에 설마 누가 있을까 싶었다. 나는 창 앞으로 살금살금 다가가 커튼을 획 젖혔다. 나는 커튼을 붙잡은 채로 뒤로 넘어졌다. 커튼이 뜯기는 소리가 총소리 같았다. 나는 방 안을 텅 빈 시선으로 들여다보는 새까만 눈동자를 보았다. 나는 그녀를 가까스로 방 안에 들였다. 내 입을 감싸 쥔 차가운 손에서 피가 흐르고 있었다. 그녀는 그가 나를 만나기 위해 현관에 와 있다고 했다. 안방 문 열리는 소리가 들리면 도망가겠지. 하지만 이쪽 방문을 열고 나가면 네가 나오는 줄 알고 기다릴 거야. 그렇게 말하며 그녀는 흐흐흐, 꼭 마녀처럼 웃었다.

톡, 하고 연필심이 부러진다. 이젤 위에 연필을 올려놓고 창살 밑을 내려다보다가 나는 그만 아찔해진다. 맨발로 창턱을 짚고 손가락을 창문틀에 끼워 넣은 채, 안방에서 건넌방으로 손떠퀴가 사나운 바람과 씨름하며 창문을 넘어왔을 그녀의 집요한 몸짓이 생생하게 그려진다. 그녀는 몇 번이나 그 짓을 반복했다. 허탈한 얼굴로 다시 돌아와 나 때문이라고 말했다. 내가 비명을 질러 노인이 도망간 거라며 나를 때렸다.

나는 불현듯 배에 통증을 느낀다. 한 손으로 배를 움켜쥐고 미간에 힘을 주어 부러진 연필을 바라본다. 칼 한 자루만 있으면…, 단 1cm라도 온전한 날이 내 손에 쥐어진다면 너를 예쁘게 다듬어 줄 수 있을 텐데. 나는 눈을 감고, 연필의 부드러운 목질을 파고드는 칼날의 미묘한 감촉과, 둥글게 말리며 떨어지는 연필밥의 냄새와, 사각사각 소리를 내며 매끄러워지는 연필심의 선명한 빛깔을 상상한다. 하지만 나에게는 칼이 없다. 칼이 없는 나는 부러진 연필 같다. 부러진 상처를 악물고 맨몸으로 손목을 그어대는, 뿌리까지 잘려 나간 커터 칼 같다.

전나무 시계로 11시. 백지처럼 하얀 햇빛으로 가득 찬 마당은 고즈넉하다 못해 공허하다. 시곗바늘이 송이버섯처럼 작아지고, 나무들과 벤치와 산책로의 윤곽을 뚜렷이 구분했던 빛과 어둠의 경계가 무너진다. 가까이 다가서자마자 사라지는 신기루처럼, 눈을 대면 천박한 빛더미로 스러지는 풍경만이 잡히는, 하루 중 가장 무료한 시간이다.

할 일이 없어진 나는 간호사를 불러 세운다. 부러진 연필을 내보이고 당당하게 깎아오라고 명령한다. 연필을 받아 쥐는 간호사의 얼굴에 설핏 미소가 맺힌다. 일부러 부러뜨린 걸로 아는지, 환자들의 속 보이는 투정에는 달관할 만큼 달관했다는 투다. 그녀는 항상 연필을 뭉뚝하게 잘라 온다. 마치 연필의 드러난 심이 절제심이 부족한 내 무의식의 척도라도 된다는 양, 화필은 심이 속살의 세 배쯤 되어야 한다는 나의 정당한 지적을 번번이 묵살한다. 언젠가 빨간색은 많이 쓰지 않는 게 좋다고 의사가 권고했을 때에도 그녀는 내 화구통에서 허락도 없이 빨간색 물감을 치워버렸다. 잘 못했다는 기색이라곤 찾아볼 수도 없었다. 이건 연필이 아니라 화필이에요. 이렇게 심이 짧아서는 눈썹이나 그리면 적당하겠네요, 내가 말하자 그녀는 이번에도, 긴 연필은 쉽게 부러진답니다, 가볍게 받아넘기며 웃는다. 나는 공연히 속이 상해 간호사에게 심술을 부린다.

　창문 밖에 베란다를 놔주세요.

　왜요? 답답해요? 일주일에 두 번씩 산책하잖아요.

　발 디딜 데가 없어서 떨어질 것 같아요.

　어차피 창살이 있어서 나가지도 못할걸요?

　나 말고 어머니 말예요.

　항상 마녀라더니 이제는 어머니라고 하네. 어머니는 돌아가셨다면서요. 그리고 사람은 문으로 다녀야죠.

　귀신은 문으로 안 다녀요.

　귀신은 베란다가 필요 없어요. 귀신한테는 발이 없거든요. 그래서 발 찾으려고 구천을 떠돌아다니는 거랍니다. 발이 없으면 저세상으로 떠날 수가 없거든요. 설마 그렇게 되고 싶은 건 아니겠죠?

　간호사는 미묘한 웃음을 남기고 병실을 떠난다. 간호사의 경쾌한 뒷모습이 방에서 한 발짝도 혼자서는 나갈 수 없는 내 처지를 조소하는 것 같다. 문이 닫히고, 나는 갑자기 담배가 피우고 싶다. 55분마다 한 번씩 열리는 철조망 안으로 가서 나를 이해하는 사람들을 만나고 싶다. 딱 한 개비만이라도. 나는 의사의 권고에도 불구하고 몇 년째 술이나 담배를 끊지 못하는 환자들의 마음을 알고 있다. 그들은 에탄올이나 니코틴 따위에 중독된 것이 아니다. 마지막 한 잔의 술, 마지막 한 개비의 담배가 그들을 사로잡았다. 처음은 소리 없이 사라지지만 마지막은 결코 끝나지 않기 때문이다. 죽지 않겠다는 나의 맹세를 왜 저 하얀 옷의 사람들은 믿지 않는가. 내가 죽으면 나의 죽음도 죽는다. 그러므로 나는 살 것이다. 끝까지 살아남아 언제까지라도 마지막으로 한 번만 더, 죽고 죽고 또 죽을 것이다.

3

홀로 서 있던 전나무 옆에 나무 하나를 더 세운다. 만약 한 그루만을 그린다면 그는 내가 고립감을 느끼고 있다고 생각할 것이다. 나는 그의 마음에 들게끔 섬세한 부분까지 신경을 써가며 그림을 그려나간다. 그루터기는 굵어야 하고 가장귀는 두 개 정도가 알맞다. 땅 위로 드러난 뿌리를 지워 용솟음치는 무의식의 증거를 제거하고, 앙상한 나뭇가지들을 잎으로 덮어 병적인 신경의 징후를 숨긴다. 겨울이지만 나는 잎사귀를 적게 그리지 않는다. 그에게 애정결핍이나 노출증의 흔적을 제공하고 싶지 않기 때문이다. 잎사귀가 많으면 그는 또 무엇을 읽어낼까. 과대망상? 아니면 현실을 거부하는 대리 충족의 욕망?

나는 그렇게 전나무 주위에 세 개의 활엽수를 덧붙였다가 연필을 내려놓는다. 내가 지금 뭘 하는 건가. 한 그루의 침엽수와 세 그루의 활엽수. 꼭 나의 가족들 같다. 나는 피식피식 웃으며 활엽수 한 그루를 지워버린다. 그러고 보니 3이라는 숫자 속에 전나무 한 그루가 도드라진다. 한 그루를 더 없앤다. 그러자 한낮의 햇빛을 받으며 오빠와 내가 마당 한복판에 나란히 선다. 나는 얼굴이 붉어져 몇 번씩이나 지우개의 날을 종이 위에 갖다 댄다. 하지만 더는 손댈 수 없다. 나뭇가지 하나, 잎사귀 하나라도 잘라냈다가는 겨우겨우 균형을 유지하고 있던 화폭의 중심이 무너져 내릴 것만 같다. 대신 나는 두 그루의 나무 사이에 비스듬하게 경계선 하나를 긋는다. 하나의 선은 다른 선들과 겹쳐 나무 의자가 된다. 두 사람 정도가 앉기에 꼭 적당한 그 공간은 그늘에 젖은 채 텅 비어있다.

나는 이젤 위로 시선을 들어 하늘을 바라본다. 오빠는 언제 오는 것일까. 의사는 왜 몇 시에 올지도 알 수 없는 오빠의 방문을 번번이 나에게 예고하는 것일까. 그가 원하는 것은 도대체 무엇일까.

기다리는 것은 어렵지 않다. 하지만 누군가의 부재로 비롯되는 기억의 돌림노래는 견디기 어려웠다. 기다림은 언제나 요술 구두 같았다. 설렘의 유혹에 빠져 일단 한번 신고 나면 끊임없이 반복되는 격렬한 춤에 온몸을 맡겨야 하는 기억의 요술 구두.

오빠는 항상 늦었다. 살인사건이 일어난 뒤에야 나타나 돋보기를 들이대는 탐정처럼, 그는 언제나 한발이나 두 발쯤 늦게 나타나 자신이 할 일을 자책 섞인 포즈로 거두어 갔다. 너한테 그런 일이 있었는지 몰랐어, 네가 용서만 해준다면 뭐든지 다 할 거야. 오랫동안 내 삶을 무겁게 짓누르고 있었던 노인이 죽고 나서야 오빠는 나에게 말했었다. 하지만 그는 몇 년도 지나지 않아 그 약속을 잊었다. 내가 한결같이 그를 믿는 동안, 무언가가 그를 다른 사람으로 만들었다. 어머니가 이상해요, 금방이라도 무슨 일이 터질 것 같아요. 그날 밤, 내가 오랜 세월 체득된 공포에 대한 본능적인 직감으로 그에게 전화를 걸었을 때 그는 침묵을 지켰다. 격앙된 목소리로 말하는 누군가의 목소리와, 복사기나 프린터 따위가 돌아가는 규칙적인 기계음과, 긴장된 분위기 속에서도 쉴 새 없이 움직이고 있는 역동적인 소리의 리듬이, 그가 빠져나올 수 없는 어떤 매듭에 묶여 있음을 짐작게 할 뿐이었다. 잠시 후 그는 나의 짙은 공포가 신경과민에 불과하다는 듯이 한숨 섞인 어조로 말했다. 아버지는 죽었고 어머니는 미쳤어. 다 끝난 일이야. 이제는 잊을 때도 되지 않았니?

나는 화폭에서 나무 벤치를 드러낸다. 두 나무 사이의 온통 검게 칠해진 땅 위에, 새싹 하나를 조용히 그려 넣는다. 흙 속의 어둠을 향해 혈관을 뻗어나가며, 새순은 하늘을 향해 머리를 치켜든다. 나는 연필을 내려놓고 눈을 설핏, 뜬다. 새순이 어둠을 먹고 홀로 자라고 있다. 빛에 다가가고자 하는 열망이 무서운 속도로 그를 키워내고 있다. 하지만 빛은 태양을 닮으려는 떡잎의 기대를 저버릴 것이다. 쪼개고 벌리고 짓밟아, 다시는 만날 수 없는 두 개의 납작한 입술로 찢어버릴 것이다.

　한동안의 방황을 끝내고, 무슨 연맹인가 연합인가 하는 단체에 소속되어 활동하게 되면서부터, 그의 발걸음은 무서운 속도로 빨라졌다. 그는 늘 촌각을 다투었다. 마치 제트비행기를 향해 날아가고 있는 로켓처럼 뒤쫓아야 할 무언가가 항상 그의 앞에 있어서, 그의 머릿속을 채우고 있던 수많은 단어를 좌표나 속도 따위의 숫자로 바꿔놓은 것 같았다. 그의 입에서 통계가 줄줄 흘러나온 때부터 그는 나나 어머니의 얼굴을 마주 바라보지 않았다. 그는 자신이 하고 있는 일 이외의 모든 것을 쉽게 잊었다.

　하지만 나는 기억한다. 그 어떤 것도 잊을 수 없다고 말하던 시절의 그를.

　여자들은 유방을 도려내어 죽이고, 아이들은 토막 내서

불구덩이에 던져 넣었대. 언젠가 그는 나에게 몇 장의 흑백 사진을 보여주면서 말했다. 가족과 민족을 위해서였다고? 개소리. 난 절대로 아버지를 용서하지 않을 거야. 그는 그렇게 말하면서 울었다. 울면서 나한테 미안하다고 말했다. 왜 나한테 미안했을까. 수십 년 전에, 머나면 이국의 땅에서 죽어간 사람들과 내가 도대체 무슨 상관이라는 것이었을까. 그때부터였을 것이다. 그때부터 그는 서서히 미쳐가기 시작했다. 아버지의 죽음이, 그를 타인들의 기억에 미치게 만들었다. 그들은 모두 기억에 미쳤다. 그의 부모가 그랬듯, 그 역시 기억 때문에 죽을 것이다. 나는 간호사의 귀신 얘기를 상기하며 소리 내 웃는다. 나는 귀신들이 구천을 떠도는 진짜 이유를 알고 있다. 귀신에게 발이 없는 것은 그들 스스로 발목을 잘랐기 때문이다. 그들은 더 이상 기억하지 않기 위해 영원한 죽음을 택한 망자[註], 요술 구두의 망령들이다.

노인이 젊은 시절에 사람들을 많이 죽였건 죽이지 않았건 그따위 것은 나와 아무 상관도 없었다. 나에게 오빠의 아버지는 암세포에 기생해 겨우겨우 목숨을 부지하고 있는 힘없는 노인에 불과했다. 그리고 나는 그 노인에게 기생해서 하루하루를 살아가는 어린 살덩이였다. 여자아이를 몸붙이로 쓰면 목숨을 연장할 수 있다는 말을 들었다. 친아버지라고 생각하고 밤에만 끌어안고 자면 된다. 1-2년이면 끝날 거다. 그것만 해준다면 그때부턴 딸 대접을 해줄 게야. 단, 누구한테든 입을 놀려선 안 돼. 특히 내 아들 귀에 들어가서는 절대로 안 된다. 그렇게 말하는 마녀의 눈동자는 곱게 갈린 석탄 같았다. 초점 없이 검은 빛을 머금고 있지만 불이라도 갖다 대면 금방이라도 훨훨 타오를 것 같은 그런 눈이었다. 나는 그녀의 말 때문이 아니라, 그녀의 그 눈빛 때문에 한동안 몸서리쳐 떨었다. 그녀는 그토록 증오하는 노인을 왜 살려두고 싶어 했을까.

나는 둘로 갈라진 떡잎을 지워버린다. 하얗게 뚫린 구멍 위에 작은 둥치를 키워 올린다. 나무의 밑동은 점차 커지고 두터워져 단단한 배를 이루고, 두 갈래로 하늘을 향해 길게 팔을 뻗는다. 그것은 나무가 이루는 첫 번째 가장귀이자 두 번째로 겪는 분리이다. 그리고 언제까지나 마지막 딱 한 번의 분리를 향해서, 큰 가장귀들이 쪼개져 작은 가장귀들을 만들고, 작은 가장귀들은 다시 여러 개의 줄기로 갈려, 나무는 수많은 잎사귀와 꽃망울과 탐스러운 열매들을 만들어내겠지.

활엽수도 침엽수도 아닌 나무 하나가 두 그루의 나무와 어우러져 나무숲을 이룬다. S자로 굽이쳐 흐르는 산책로가 그 옆을 아슬아슬하게 비껴가고, 네모반듯한 마당의 경계에는 키 작은 관목들이 심어진다. 이곳이 이렇게 아름다운 곳이었나.

쓴웃음을 지으며 시선을 내리간다. 금빛으로 찬란했던 마당이 서서히 잿빛으로 가라앉고 있다. 종이를 스치는 화필의 속도가 빨라진다. 나는 마당의 네 귀퉁이에 수직선을 그어 병동의 형태를 잡는다. 정확하게 숫자를 세어 공간을 분할하고, 똑같은 표정의 창문들을 그려 넣는다. 나는 마당에 넓게 퍼진 그림자를 무시하고, 오후 한때의 찬란한 시간을 상상하며, 45도 정도의 적당한 각도로 창문의 턱마다 그림자를 드리운다. 도화지의 4분의 1을 차지하는 뒤집힌 사다리꼴 하늘 아래, 회색 벽과 단조로운 창문들로 포위된 마당의 스케치가 완성된다. 나는 화장실에 가서 물통을 가득 채워온다. 팔레트를 펴고 12호 붓을 깨끗한 물에 적셔 갈색 물감을 담뿍 빨아들인다.

그러나 채 나무를 칠하기도 전에 이쪽 병동에서 자라나간 그늘이 마당을 반쯤 덮어버린다. 마당에 심어진 관목의 절반이 푸른빛을 잃는다. S자 산책로의 허리가 싹둑, 잘려나간다. 마당 구석의 좁은 철조망 속, 담배를 피우고 있는 환자들의 모습이 그림자 파도 속에 잠긴다. 몇 시쯤 되었을까. 전나무의 시곗바늘조차 묻혀버려 정확한 시각을 알 수 없다. 촛불 모양으로 잘 빨아진 예리한 붓끝에서 하얀 물방울이 점점이 떨어지며 수면 위에 규칙적인 파문을 일으킨다.

마당의 시간이 멈춰버리면 오빠는, 똑…똑…똑…, 핏물 떨어지는 소리를 내며 나에게로 온다. 갑자기 나타나는 오빠의 손에는 갓 베어낸 아버지의 목이 들려 있다. 오빠의 손에 들린 아빠는 시커먼 얼굴을 한 병사. 자신보다 젊은 아빠를 손에 든 오빠는 하얀 얼굴의 중년 신사. 그는 매끈하게 다려진 와이셔츠와 양복 깃 위의 반짝이는 금색 배지로 나의 어둠을 밝힌다. 그는 확신에 찬 어조로 나에게 말한다. 아빠는 언제나 엄마를 때렸어, 어떤 때는 정말 짐승처럼 잔혹하게 때렸지, 하지만 그건 다 끝난 일이야, 나는 너를 때리지 않아, 끝까지 너를 보호해 줄 거야, 그러니까 말해봐, 도대체 무슨 일이 있었던 거지?

붓이 물통 속에 빠진다. 갈색 물감이 하얀 물속에 희석되며 자줏빛 소용돌이로 피어오른다. 얼룩덜룩한 핏물이 마루 위에 흥건하게 번진다. 그녀의 텅 비었던 자궁에서 빨간 피가 잘도 흘러나온다. 마룻바닥에 반질반질한 양귀비꽃 무늬를 채워나가며 그녀의 얼굴이 하얗게 질린다. 나는 그 얼굴에서 언젠가 오빠가 보여주었던 흑백사진 속의 여인을 다시 만난다. 열대의 수풀림. A자로 서 있는 군복 바지 아래 석탄 같은 눈빛으로 죽어간 어느 여인의 얼굴. 힘을 주어 눈꺼풀을 닫으며 나는 문득 궁금해진다. 그때 그녀는 무엇을 보고 있었을까. 그녀는 무엇을 기억하기 위해 죽어가면서도

시계 없는 방

눈을 감지 않았던 것일까.

나의 꿈속에서 그녀는 언제나 현관 앞을 서성거린다. 그리고 청력을 잃은 그녀의 부릅뜬 눈 밑에서는 뎅강 잘린 노인의 두 발목이 천천히 춤을 추고 있다. 또그닥, 또그닥, 또그닥, 또그닥….

4

12호 붓을 재게 놀려 팔레트 위에 물감을 풀어놓는다. 오른쪽에는 초록색과 파란색의 계열을, 왼쪽에는 갈색과 황색의 계열을, 색상표를 만들 듯 채도를 달리해 가며 충분한 넓이로 깔아놓는다. 나는 한 번에 모든 것을 표현하려고 조바심 내지 않는다. 수채화는 겹침이 생명이다. 투명한 색과 색이 만나 빛깔을 만들고 명암을 이룬다. 농도가 너무 진하면 겹침이 사라지고, 농도가 너무 낮으면 형태가 희미해진다. 하지만 너무 여러 번 겹치게 되면 모든 것은 그 겹침의 구멍 속으로 사라진다. 4차원의 공간처럼, 주변의 모든 색을 빨아들이는 빛의 공동이 화폭 위에 나타나는 것이다. 그것은 봄빛을 받아 피어오르는 신록의 한복판에서 썩은 누에고치를 발견하는 일만큼이나 섬뜩하다.

나는 이제 그런 실수를 저지르지 않는다. 눈에 보이는 그대로 표현하는 것은 그들이 원하는 바가 아니다. 푸른색도 잘만 버무려 놓으면 그루터기의 한 부분이 된다는 것을, 생뚱맞은 붉은 빛도 나뭇잎 속에서는 따뜻한 햇살처럼 보일 수 있다는 것을 이제 나는 안다. 잿빛으로 칠한 시멘트벽은 어린애의 그림에서나 용서받을 수 있는 미덕임을 회복기에 접어든 내가 왜 모르겠는가. 나는 맞은편 병동의 단조로운 건물 위에 물을 많이 섞어 다채로운 무지갯빛을 선사한다. 칠해진 것은 회색이 아니어도 멀리서 보면 햇살을 골고루 받고 있는 콘크리트의 질감이 생생하게 살아나는 것이다.

　자리에서 일어나 두어 발쯤 물러선 위치에서 그림을 감상해 본다. 채 몇 초가 지나기도 전에 나는 내가 그린 그림의 완벽한 구도와 정확한 음영, 풍부한 질감과 적절한 터치에 감탄한다. 이것 좀 보라지, 내가 얼마나 정상인지, 정상을 넘어 정말 얼마나 훌륭한지. 눈시울에 그렁그렁, 눈물이 맺힌다. 지금이라도 당장 오빠에게 그림을 보여주고 싶다. 오빠의 생각과는 달리 나는 미치지 않았다. 미친 것은 의사들이다. 나무가 심어진 점을 이어 도형을 만들거나, 가장귀나 줄기의 숫자를 헤아리고, 뿌리의 두께나 드러난 정도를 자로 재어 기록하는 사람들이 미치지 않았다면 도대체 누가 미쳤단 말인가. 하지만 이번에는 다르다. 이번 그림만 잘 완성하면 어쩌면 그들이 나에게 시계를 허락할지도 모른다. 그러면 오빠에게 어떤 시계를 사달라고 할까. 이왕이면 목재로 만든 육중한 테두리에 네모반듯한 몸집을 가진 것이었으면 한다. 시간을 정확히 볼 수 있도록 바늘 끝은 날카롭고, 1초 간격까지 세심하게 안배된 정밀한 벽시계였으면 한다. 전나무의 시곗바늘처럼 소리 없이 흘러가는 것은 싫다. 부엉이는 없더라도, 똑딱, 똑딱, 똑딱, 똑딱…, 메트로놈의 추처럼 엄격한 박자를 갖고 있어야만 한다. 나에게 시계가 생기면 그도 나의 결백을, 마녀를 죽이지 않았다는 나의 항변을, 믿어주겠지. 내가 미치지 않았다는 것을, 과거를 잘못 기억하는 게 아니라는 것을, 이번에는 인정할 수밖에 없겠지.

나는 다 알고 있었다. 오빠가 왜 어머니가 창문에 매달린다는 나의 말을 무시했는지, 왜 나의 간절한 경고에도 불구하고 창문에 베란다를 놓지 않았는지. 못 본 줄 알았겠지만 나는 다 보았다. 오빠가 어머니의 약 속에 소량의 불순물을 타 넣는 것을. 어머니의 비참한 죽음을 예견하며 잔인한 미소로 약병을 바라보는 것을. 빛이 닿으면 검게 변하는 맹독성의 금속 액체, 이제는 나에게도 익숙해진 단맛의 환각제. 그것은 아름다운 흑색의 칼로멜이었다.

나는 석양빛을 받아 붉은빛을 머금기 시작하는 창가로 눈을 돌린다. 오늘 밤에도 그녀는 어김없이 내 방 창문에 날아들 것인가. 발목을 잃은 채, 부릅뜬 눈으로만 나를 찾아올 것인가.

나는 햇빛의 꼬리를 뒤쫓다가 맞은편 병동의 303호 창문에 도달한다. 붉게 타오르고 있는 창문 때문에 바보가 무엇을 하고 있는지는 확실하지 않다. 그러나 지금 내 눈 속으로 스며들어 온 바보는 분명히 시계를 올려다보고 있다. 자신이 시계를 보고 있다는 사실을 끊임없이 망각하면서, 과연 바보가 보고 있는 것은 무엇일까. 어쩌면 열두 살의 어느 하루를 21년 동안, 그러니까 7665번쯤 반복해서 살아온 것은 아닐까. 바보의 방에는 거울이 없다. 나에게도 있었던 거울이 바보에게는 한 번도 없었다. 자신의 진짜 얼굴을 보면 바보는 과연 어떤 표정을 지을까. 그렇게 되면 바보의 방에서도 시계가 사라지게 될까. 아니지. 바보는 또 잊겠지. 모든 것을 잊고 12살의 어느 하루로 돌아가 버리겠지.

나는 불현듯 적의를 느껴 아랫입술을 깨문다. 이제 내 계획이 성사될 날이 얼마 남지 않았다. 그림이 완성되면 나는, 전리품처럼 그것을 들고 바보의 방을 방문할 것이다. 이번에는 바보의 머릿속을 상상하느라 시간을 허비하지 않을 것이다. 그는 고작 20초에 불과한 조각 그림에 붙박여 고향으로 돌아가는 길을 영원히 잊어버린 무력한 외계인에 불과하니까. 나는 노련한 사냥꾼처럼 잠행할 것이다. 시계의 모서리

날을 잘 세워 단숨에 끝내야지. 단번에 정수리를 내리쳐 녀석의 두개골을 열어야지. 나는 벌어진 머리에서 솟아오를 희뿌연 김과 비릿하고도 향긋한 냄새와 분홍색 핏물 속에 잠겨 있을 말랑말랑한 회백질을 떠올려 본다.

나는 흐흐흐흐, 하고 그녀처럼 웃는다. 내 앞에 놓인 미완의 그림을 탐욕스럽게 바라본다. 무언가가 허전해 마당을 바라보니 아, 저 붉게 타오르고 있는 수많은 창살들을 아직 그리지 않았다. 나는 또 흐흐흐흐 웃으며 침대 밑에 숨겨두었던 사탄 레드를 꺼내온다. 전나무의 잎사귀처럼 빨간 물감을 팔레트 위에 한껏 풀어놓는다.

아버지는 젊었을 때는 나이트 기도였고, 그 뒤에는 술만 먹는 망나니였고, 나이 들어서는 여전히 술을 끊지 못하는 아파트 수위였다. 이미 50대 중반에 위암에 걸려 죽게 되었을 때 아버지는 나에게 명언을 남겼다. 너는 낮에 먹고, 밤에는 잠자는 직업을 택하거라.

야식 夜食

1

출격했던 비행접시들이 안전하게 모함^{母艦}에 귀환하는 것으로 오늘 하루도 끝을 맺었다. 마지막 접시는 동업자 붕어가 회수해 왔다. 막내 양아치는 일회용 접시로 늦은 배달을 하고 돌아왔다. 주방장과 조선족 아줌마는 자리에 없었다. 그들이 퇴근했다는 것은 우리가 접시를 하나도 빠짐없이 되찾아왔다는 것을 의미했다. 하나라도 비는 물건이 있으면 가게 문을 닫을 수 없었다. 사람이건 물건이건, 모든 것들은 원래 있던 곳으로 되돌아와 있어야만 했다. 제때 제자리에 있지 않은 것들은 상처를 입거나 되찾을 수 없게 되기 마련이었다.

그날도 그랬다. 붕어가 양아치를 붙잡지 못했으면 정말 큰일 치를 뻔했다. 은근슬쩍 바깥으로 새려던 양아치는 문간

을 벗어나자마자 붕어에게 뒷덜미를 차였다. 어찌나 급하던
지 머리는 그대로 둔 채 발만 앞서나가다 뒤로 반쯤 자빠졌
다. 양아치는 대롱대롱 매달리다시피 해서 안으로 끌려 들어
왔다. 붕어의 팔뚝에 우람한 근육들이 불끈불끈 일어섰다.

"니는 다 끝나니까 배달 나가나. 우리 집 오토바이 갖고
딴 집 야리끼리 뛰는 거 아이가."

"그기 아이고요, 마지막 배달에 반찬이 빠져갔고요…."

"지랄! 바쁜 날도 아이고 오늘 쓰끼 내 다 집어넣었다. 아
무래도 니 오늘 무슨 껀수 잡았나 보다. 니 혹시 지금 일심
똘마니랑 야코 뜨러 가는 거 아이가."

"아 시발, 반찬 갖다주러 간다니까요."

"어라! 목소리 높아지는 거 보니까 진짠가 보네."

"저, 정말 아이라니까요."

"이 시끼가 그래도."

붕어의 손바닥이 양아치의 뒷덜미를 마구잡이로 내려치
기 시작했다. 한 대 맞을 때마다 점퍼 안팎으로 들락날락하
는 양아치 대가리가 자라 같았다. 철썩철썩, 살 감기는 소리
가 퍽 경쾌했다. 양아치는 견디다 못해 주먹을 쥐고 일어서
며 소리 질렀다. 아이 시발, 일심 장사 잘되는 게 내 잘못이
에요. 나도 그 재수 없는 새끼들이랑 야코 안 떠요. 붕어가
양아치를 냅다 걷어차며 말했다. 일심이건, 이심이건, 어쨌

건 야코는 맞다 아이가.

　스무 살만 돼도 괜찮은데, 꼭 고등학생들이 일을 치곤 했다. 상대는 저희들끼리 술을 먹고 있는 단란주점 여자들이었다. 수법은 뻔했다. 쓰끼건 숟가락이건 무언가 빠졌다고 거짓말을 하고는 친구와 함께 다시 그곳으로 가는 것이다. 웬만한 배달부들은 쓰끼나 숟가락 하나쯤은 여벌로 갖고 다녔으므로 핑계를 대는 것은 어렵지 않았다. 일을 끝내고 온 여자들은 정에 약했다.

　누나 저희도 이제 끝났는데 소주 한 잔 주세요…, 귀엽고 불쌍한 동생을 어필하면, 열에 하나는 자리를 내주게 마련이었다.

　고객과 술 마시는 것도 안 될 일이지만 그러다가 기둥에게 잘못 걸리는 날에는… 무면허에, 미성년자 불법 고용에, 다른 것까지 줄줄이 걸려든다는 게 더 큰 문제였다.

　붕어는 거의 애를 잡고 있었다. 손바닥으로 후려갈기다가 벽을 맞고 튀어 나오면 다시 발길질을 했다. 나는 말리지 않았다. 붕어는 애들을 다치지 않게 팰 줄 알았다. 저 아이도 이 기회에 정신을 차려야 제 인생 망칠 짓을 하지 않을 것이다. 나는 그저 차갑게 식어버린 주방 앞에 앉아 소주를 마셨다. 소주를 마시면서 접시의 수를 세고 있었다. 20개 남짓이나 될까. 언뜻 봐도 적자나 면하면 다행이었다.

야식

"니기미, 겨우 스물네 발이가. 정신머리가 저러니 이 지랄이지."

양아치를 들여보낸 후에, 붕어는 소주잔 하나를 들고 내 앞에 와 앉았다. 어떻게 했냐고 물어봤더니, 노래방이라도 가라고 돈 몇 푼 쥐어서 보냈단다. 내가 아무 대답도 하지 않자, 붕어는 몸을 꺾어 입구 쪽으로 시선을 던졌다. 문의 오른쪽에는 잡동사니로 꽉 찬 카운터 위에 전화기 세 대가 올라가 있고, 주소를 꽂아놓는 못 박힌 나무판과 누렇게 변색된 지도가 붙어 있었다. 왼쪽에는 오토바이 열쇠를 걸어놓는 고리들이 있고, 그 밑에 키가 조금씩 다른 배달통 일곱 개가 줄을 맞추어 놓여 있었다. 매일 보는 것들인데 왜 갑자기 낯설어 보이는 건지 알 수 없었다. 어쩌면 나는 그것들을 한 번도 유심히 쳐다보지 않았을 거라는 생각이 들었다. 그동안은 정말 무엇을 둘러볼 겨를도 없이 바빴다. 옆 골목에 〈일심〉이라는 새 야식집이 생기기 전까지는, 분명히 그랬다.

"당장 다음 주부터라도 팸플릿 바꿔서 새로 생긴 원룸촌에 다시 꽂자. 어떻게 생각해?"

"됐다. 그쪽은 벌써 일심 쪽에서 시마이 했다 아이가."

붕어는 여전히 바깥쪽으로 고개를 돌린 채 건성으로 대답했다. 뱁새눈으로도 용케 여자를 발견한 게 틀림없었다.

아니나 다를까, 하, 가시나 시마이하네, 하더니 소주 한잔을
마셨다. 별명처럼 붕어는 기억력이 나빴다. 양아치를 왜 때
렸는지 벌써 까맣게 잊은 모양이었다. 너 그러다 인생 시마
이한다, 하고 말하려다 나는 입을 앙다물었다. 그놈의 시마
이. 녀석은 온갖 것에 시마이를 붙였다. 장사가 잘돼도 시마
이, 못돼도 시마이. 예뻐도 시마이였고, 못생겨도 시마이였
다. 나는 갑자기 짜증이 치미는 것을 소주 한잔으로 꾹 눌
렀다. 내가 소주잔을 내려놓자, 붕어가 말했다. 오늘은 이쯤
에서 시마이하자, 이러다 동트겠다 아이가.

2

    배달 가는 곳마다 일심 음식이 맛있다고 난리였다. 일심
一心. 무슨 일식집 같기도 하고, 어쩌면 조직명 같기도 한 살
벌한 제목이 왜 히트를 쳤는지 알 수 없는 일이었다. 음식
맛에 대한 손님들의 불평은 갖가지였다. 맵다, 짜다, 싱겁다,
적다 등등, 제각각 말들도 많았지만, 대개의 경우는 붕어의
시마이 운운처럼 귀에 걸면 귀걸이 코에 걸면 코걸이였다.
사람마다 입맛이 다를 뿐, 야식은 어느 곳이나 거기서 거기
였다. 일손이 바쁠 때는 옆집 음식을 구어서 배달하는 경우

야식

도 적지 않았으니까. 뿐인가. 말이 24시간이지 하루 종일 문을 여는 집은 거의 없었다. 낮 배달은 여러 집이 연합하여 4-5일에 한 번씩, 돌아가면서 맡는 게 상례였다. 말하자면 낮에 서는 불침번 같은 것이었는데 그럼에도 음식의 차이를 눈치채는 손님은 거의 없었다. 결국 맛도 맛이지만 가장 관건이 되는 것은 어필할 수 있는 이름과 외우기 쉬운 전화번호였다. 그런데 왜 하필 일심인가. 나는 그 이름이 주변의 깍두기들이나 웨이터들, 그리고 꼭지들(사채업자 똘마니)을 자극한 게 틀림없다고 판단했다.

그렇다면 방법은 하나뿐이었다. 우리는 남자들 대신 여자들을 타깃으로 삼으면 되는 것이었다. 그래서 나온 이름이 단심丹心. 일부러 전단지 배경도 장밋빛으로 깔고 테두리에 꽃문양도 집어넣어 아기자기하게 꾸몄다. 붕어는 가뜩이나 맘고생 하는 애들이 재수 없어 하지 않겠냐고 그럴듯한 이의를 제기했다. 안 되면 될 때까지 바꾸면 되지, 누가 야식집 이름을 오래 기억한다고, 하고 내가 답하자 그제야 고개를 끄덕이며, 역시 니가 대학물을 먹어 뭐가 좀 다르긴 다르다 아이가, 했다. 전단지는 야식집의 모든 것이었다. 반응이 없으면 한 달에 한 번이라도 바꿔줘야 했다. 재수가 좋아 떴다고 하더라도, 일 년 이상 약발이 먹히는 경우는 거의 없었다.

우리는 시장에서 가까운 원룸촌부터 공략하기로 했다. 근

처의 원룸에는 혼자 사는 여자들이 많았다. 그중 대다수는 논현역, 신사역, 강남역 등지에서 일하는 일명 '나가요'들이었다. 그들은 어디에 가도 환영받는 중요한 고객이었다. 처음 배달부로 취직했을 때만 해도 나는 그녀들이 소위 그 잘나간다는 강남의 오렌지족쯤 되는 줄 알았다. 그녀들은 항상 좋은 옷을 입고 있었고, 택시도 모범만 타고 다녔으며, 유일하게 배달부에게 팁을 주는 손님이었다. 가끔씩 양주 같은 것을 한잔 나눠주는 것도 그들이 유일했다.

예전에는 안 그랬는데, 언제부터인가 원룸마다 자동문이 달려서 들어가기가 어려워졌다. 건물마다 한 명씩 지키고 있다가 누군가가 나오거나 들어가면 잽싸게 따라붙어 문을 붙잡아 두어야 했다. 붕어는 지하부터, 나는 꼭대기부터, 순서대로 문틈에 꽂고 중간 지점에서 만나면 끝나는 일이었다. 그런데 그날은 중간 지점으로 택했던 5층은커녕 3층에 갈 때까지도 붕어가 꽂아 놓은 전단지가 안 보였다. 이게 또 누구를 만나 수다를 떨고 있나. 엘리베이터를 타고 지하로 내려가 보았다. 복도를 반 넘어 돌 때까지 붕어가 안 보이는 것보다 더 이상한 징조는 당연히 집집마다 꽂혀 있어야 할 우리 집 전단지가 단 한 장도 눈에 띄지 않는다는 것이었다. 바닥에 머리를 대고 문 밑을 살펴보아도, 문 앞에 떨어져 있는 신문지를 들춰보아도, 〈단심〉은 없었다. 비상구를 열고

야식

건물 외곽의 비상계단을 통해 3층으로 들어섰다. 복도에 들어서자마자 나는 익숙한 얼굴과 맞닥뜨렸다. 양아치였다. 양아치는 일심 똘마니와 함께 있었다. 나를 발견한 그들의 눈이 둥그렇게 커졌다. 놈들의 가방에는 꽃잎들이 잔뜩 담겨 있었다. 비쭉 튀어나온 꽃잎 문양 위에 붉은 단丹자가 선명했다.

"야 이 씨바…"

벌렸던 입이 채 닫히기도 전이었다. 양아치와 일심 똘마니가 몸을 돌렸다. 나는 그들 쪽으로 엎어질 듯 내달렸다. 하체가 짧은 양아치는 발이 보이지 않을 만큼 필사적으로 뛰었다. 복도에 세워놓은 자전거에 정통으로 부딪쳤는데도 깽깽이 발로 계속 뛰었다. 반면 일심 새끼는 도망가는 와중에도 전단지를 걸어 넣는 여유를 보였다. 장당 쳐서 돈을 받기로 한 게 틀림없었다. 그에 비하면 우리의 양아치는 바보였다. 일심 똘마니는 재빨리 아래쪽으로 튀었는데, 양아치는 당황한 나머지 올라가는 계단을 탔던 것이다. 감정이 앞서 양아치를 택한 나도 참 한심하지만 두 눈 멀쩡히 뜨고도 그 배신자 새끼를 놓친 붕어는 아니나 다를까 붕어였다. 내가 야 이 개새끼야 거기 안 서, 하고 외치자 붕어는 수위한테 걸린 줄 알았는지 어쨌는지 복도 위에 꽁꽁 얼어붙어 버렸다. 그 사이에 양아치는 붕어를 가볍게 통과했고, 그제야 상황을 파악한 붕어는 뒤늦게 양아치를 쫓기 시작했다. 붕어가 뛴답시고 앞을 가로막지만 않았어도, 내가 몇 초 내로 양아치를 붙잡을 수 있었을 텐데. 그래도 붕어가 다리는 길었다. 양아치는 계단에 닿기도 전에 붕어에게 뒷덜미를 채일 운명이었다. 404호에 살고 있는 그녀가 하필 그때 갑자기 방문을 여는 일만 없었어도 확실히 그랬을 것이다.

붕어가 양아치의 가방을 잡았다. 양아치는 뿌리쳤고 그 바람에 가방끈이 풀어졌다. 바닥 위에 꽃잎들이 와르르 흩어졌다. 바로 그때였다. 404호의 문이 활짝 열렸다. 문 안쪽에서 무언가가 나왔다. 처음에 그것은 사람이라기보다는 일정한 형태를 지닌 빛의 덩어리 같았다. 다음에 나는 빛무리를 감싸고 있는 하얀 원피스를 보았고, 그제야 그것이 여자라는 것을 깨달았다. 여자가 신문을 집었을 때, 바보는 용케 그녀와 복도 사이의 좁은 틈을 통과했지만 붕어는 그렇게 하지 못했다. 붕어는 속도를 줄여보려고 상반신을 뒤로 젖히면서 브레이크를 걸었는데 그건 정말 붕어 같은 짓이었다. 붕어가 전단지를 밟았던 것이다. 갓 나온 전단지는 무척 미끄러웠다. 전단지 양탄자를 타고 붕어는 여자를 향해 전속력으로 날아갔다. 여자의 몸이 붕어의 몸 위로 쓰러지고, 붕어는 다시 전단지 더미 위로 쓰러지고, 전단지 더미는 민망하거나 말거나 관성의 법칙에 따라 그들의 몸을 몇 미터쯤 더 행진시켰다. 와중에 나는 보았다. 그녀가 떨어뜨린 신문이 그냥 신문이 아니라《뉴욕 타임스》지라는 것을.

　다행히 붕어를 절묘하게 깔아뭉갠 탓에 다치지는 않은 모양이었다. 그게 더 문제가 될지도 몰랐다. 이 상황을 어떻게 해결하나 머리를 바삐 굴리고 있는데 여자가 아무 일 아니라는 듯 툭툭 털고 일어나더니 붕어를 향해 손을 뻗으며 말했다.

　"괜찮아요? 일어날 수 있겠어요?"

3

　일심 사장은 자기네가 전단지를 떼었다는 증거가 있느냐, 먼저 이름을 베낀 건 너네 아니냐, 도리어 큰소리를 쳤다. 사실 증거라고는 양아치의 가방밖에 없었으니 쪽팔린 노릇이기도 했다. 따지면 따질수록 집안싸움을 자랑하고 다니는 꼴이었다. 나는 더 싸우지 못하고 가게로 돌아왔다. 양아치가 아니라 똘마니를 잡았어야 했다. 그랬다면 두 마리 토끼를 다 놓치는 일은 없었을 거였다. 양아치는 돌아오지 않았다. 우리는 다시 둘이 되었다.

그래도 그날 이후로 전단지를 떼이는 일은 더 이상 없었다. 내 전략이 성공했는지 매상도 상승세를 타기 시작했다. 누구보다 신이 난 것은 붕어였다. 매상 때문이 아니었다.

그 사건 이후로 붕어는 평균 잡아 일주일에 두 번씩 여자의 얼굴을 보게 되었다. 어찌나 수완이 좋은지 404호 배달 쪽지는 신기하게도 꼭 붕어 손에 들어갔다. 그게 우연이 아니라는 걸 모르는 사람은 없었다. 얼마 지나지 않아 404호는 으레 붕어만 가는 곳이 되어버렸다. 알바 애들은 아예 404호 쪽지는 건너뛰고 배달을 나갔다. 나는 나대로 그 쪽지를 바라볼 때마다 가슴이 뜨끔하고 얼굴이 달아오르는 기분이었다.

"대학생 여자들은…, 멀 좋아하냐?"

어느 날, 배달을 마치고 돌아온 붕어가 뜬금없이 물었다. 나는, 걔네들은 대학생을 좋아한다, 하려다가 입을 다물었다. '대학생'은 '시마이' 다음으로 내가 싫어하는 말이었다. 매번 이야기해도 붕어는 금방 까먹고 대학생들은, 대학생들은… 했다.

"왜, 걔가 대학생이래?"

붕어는 한동안 대답하지 않았다. 속마음을 들키지 않으려고 머리를 굴리는 모양이었다. 그러나 은근히 쏘아보는 내 눈초리를 받자마자, 곧 본심을 드러내놓고 말았다.

야식

"뭐…, 그런 걸 물어봐야 아나. 가보면 집에 책꽂이도 있고, 컴퓨터도 있고…. 아, 니 그 아 생긴 거 못 봤나. 우리가 아는 애들이랑은 차원이 다르다 아이가."

웨이터 생활을 한 적도 있지만 밤 생활을 하면 얼굴이 조금씩 변하게 마련이었다. 빛 대신 어둠을, 물 대신 알코올을 빨아먹고 피어나는 야화들. 햇빛 아래에서 그들은 속절없이 시들고 말았다. 낮 동안 그들의 위장은 하나 같이 소화불량에 걸리기 때문이었다. 사람은 누구나 위장이 꿈틀거리고 있을 때 제 빛을 내는 법이었다. 밤에 피는 꽃이 낮에도 아름다울 수는 없었다.

"그런데…, 그런 여자가 왜 야식 같은 걸 시켜 먹는지 모르겠다."

"대학생은 야식 시켜먹지 말라는 법도 있니?"

"그게 아이고… 쟈샤, 솔직히 야식 시켜먹는 여대생들 봤나."

"뭔 소리를 하는 거야. 대학생은 입이 없어?"

붕어는 이 일 하면서 대학생은 한 번도 못 봤다고 우기다가, 도대체 하고 싶은 얘기가 뭐냐고 따져 묻자, 아이다 그냥 뭐…, 말끝을 흐리고 의자에 털썩 주저앉았다. 벽에 등을 대고 잔뜩 숙였던 고개를 천장을 향해 젖히며 한숨 쉬는 일을 반복했다. 나는 담배를 피우는 짬짬이 녀석의 모습을 곁

눈길로 훔쳐보았다. 노랗게 염색한 머리와 귀 뒤로 돌려쓴 선글라스, 반질거리는 검은색 인조가죽 바지 따위를 새삼 뜯어보며 마음속으로 혀를 끌끌 찼다. 한심한 놈, 그런다고 붕어가 잉어 되냐.

붕어는 대학생에 대해 이상한 경외심을 품고 있었다. 붕어 뿐만이 아니었다. 배달부 녀석들 중에는 내 성격이나 행동을 사사건건 대학생과 연관시키는 놈들이 있었다. 덕분에 나의 초보 배달부 시절은 남보다 곱절이나 힘들었다. 먹물이라 머리만 좋지 일엔 젬병이라 해서 죽어라고 그릇 수를 늘려놓으면, 이번에는 서울 놈이라 사장한테 잘 보일 줄만 알지 어울려 사는 유도리를 모른다고 빈정거리는 식이었다. 지금은 동업자를 하고 있는 붕어도 그 시절에는 예외가 아니었다. 나를 싫어했던 것도 '대학생'이기 때문이었고, 나를 좋아하는 것도 '대학생' 때문이라는 것을 나는 잘 알고 있었다. 순간 장난기가 발동했다. 나는 술잔을 비워 붕어에게로 내밀면서 물었다. 친밀한 대화를 할 때의 버릇대로 사투리가 술술 흘러나왔다.

"니 그 여자애랑 사귀고 싶나."

붕어는 눈을 끔벅끔벅하면서 나를 쳐다보다가 술잔을 다시 나에게로 넘기면서 대답했다.

"아이다, 사실은 관심 업따. 대학생이 미쳤다고 날 사귀겠나."

"대학생이라고 대충 구라 쳐라."

"그러다 여자애가 확인하면 어떡하노. 전화 한 통이면 뽀록난다 아이가."

나는 빈 술잔을 다시 붕어 앞에 가져다 놓았다. 소주는 딱 한 잔 정도가 남아 있었다.

"여자애가 어느 대학 다니냐고 물어보면… 가슴 아픈 과거라는 듯 잠자코 있다가 조용히 나한테 와서 물어봐라. 나중에 적당한 때, 내가 말한 대로 대답하면 될 거 아이가."

인마야, 그럼 되겠구나. 붕어의 얼굴이 활짝 밝아졌다. 잔을 단숨에 비우더니 남은 족발 안주를 날름 집어 물고 씹었다. 양쪽 턱이 들쑥날쑥하는 모습이 영락없이 붕어 아가미였다. 녀석의 바보 같은 모습에 나도 막 기분이 좋아지려는 찰나, 반은 씹고 반은 내뱉는 말로 붕어가 말했다. 아무래도 내가 친구 하난 잘 뒀지 싶다. 대학생이 얍삽하긴 해도 짱구 하난 시마이라 아이가.

하마터면 나는 녀석을 칠 뻔했다.

4

물론 붕어가 대학생을 사칭할 만큼 붕어는 아니었다. 하지만 여자가 음식을 시킬 때마다 음식 하나씩을 더 갖다 바치는 붕어 짓을 하기는 했다. 꼭 한 시에서 두 시 사이, 제일 바쁜 시간에 음식을 빼가는 거였다.

"너 정말 그만 안 둘래?"

"은다."

"상대방은 마음도 없는데 뭐가 은다 이 새끼야."

"그길 니가 어찌 아노?"

"뭐?"

"내 갈 때마다 문 활짝 열어준다 아이가."

그건 의외였다. 혼자 사는 여자는 문을 열어주는 경우가 드물었다. 설사 밤에 일하러 나가는 여자라 해도 문을 열어주는 건 여럿이 있을 때나 그런 거였다.

뭐지, 정말 붕어에게 마음이 있는 건가. 그럴 리가. 나는 복도에서 아무 일 없다는 듯이 일어서던 여자의 모습을 떠올렸다. 선천적으로 겁이 없는 사람인가. 아니면 정말 대학생이 아닌가.

그러던 어느 날, 붕어가 나를 가게 밖으로 끌어냈다. 무슨 큰일이라도 당한 사람처럼 다급했다.

"아야, 칭구야, 내 부탁 하나 해도 되나."

"뭔데."

"나 말이다… 금요일에 휴가 하루만 쓰면 안 되나."

붕어는 뻐끔뻐끔 입질을 하며, 히히 히히, 숫제 웃음으로 장단을 넣으면서 말했다. 관자놀이가 얼얼하게 아파 왔다. 약간 비위가 상하는 느낌이 들기도 했다.

"왜, 그 여자랑 데이트 약속이라도 잡았어?"

"그런 거 아이다."

붕어가 정색을 하며 손사래를 쳤다.

"그냥 회사에도 월차 같은 게 있는데 나는 일 년 동안 한 번도 휴가가 없었다 아이가."

공교롭게도 금요일은 아버지의 기일이었다. 매년 그래왔듯 제사상 따위를 차릴 생각은 없었지만 몇 푼 안 되는 돈에 집착하고 싶지도 않았다. 나는 하루만 알바와 야리끼리로 일손을 때우기로 하고 붕어의 휴가를 허락했다. 그래 놓고도 뒷맛이 영 구린 것은 어쩔 수 없었다.

첫 배달을 다녀오던 중에 나는 어느 초등학교 운동장 앞에 오토바이를 세웠다. 미칠 것처럼 가슴이 울렁거리기 시작한 게 먼저였는지, 부메랑을 날리고 있는 조그만 어린아이를 발견한 게 먼저였는지, 아니면 시티100이 아무 이유 없이 제멋대로 서버린 것인지, 더 이상 아무것도 알고 싶지 않았다. 해가 뉘엿뉘엿 이울어 가는 시간이었다. 팔랑 팔랑 팔랑…. 한때는 원시 부족의 무기였을 날렵한 회전날개가 경쾌한 바람 소리를 내며 저물어 가는 1990년대의 하늘을 날고 있었다. 내 시선은 팽이처럼 돌고 있는 비행체의 중심에 꽂혔다. 잿빛 하늘이 원심의 구멍 속으로 빨려 들어가고 있었다. 머리가 어질어질해질 때쯤 날개는 허공에서 방향을 틀더니 먹잇감을 발견한 매처럼 땅을 향해 급강하했다. 부메랑은 곧 땅에 처박혔다. 아이는 부메랑보다 한참 뒤에 서 있었다. 아이의 어깨가 부메랑의 날개만큼 처져 보였다.

칼을 던진다고 생각하고 수직으로 세워서 던져라. 하늘에 과녁이 있다고 생각하면서. 아버지는 내 손에 부메랑을 쥐여주며 말했었다. 아버지는 죽을 때까지 세상 탓만 하면서 살았다. 하지만 나는 그가 부메랑을 제대로 던지는 것을 한 번도 보지 못했다. 아버지는 젊었을 때는 나이트 기도였고, 그 뒤에는 술만 먹는 망나니였고, 나이 들어서는 여전히 술을 끊지 못하는 아파트 수위였다. 이미 50대 중반에 위암에 걸려 죽게 되었을 때 아버지는 나에게 명언을 남겼다. 너는 낮에 먹고, 밤에는 잠자는 직업을 택하거라.

고아가 되고 나서 나는 평생 부메랑 따위는 날리지 않겠다고 결심했다. 나는 그때 이미 좋은 것을 가진 사람에게는 좋은 것만 되돌아가고, 나쁜 것을 가진 사람에게는 나쁜 것만 되돌아오게 되어 있다는 것을 다 알았다. 없는 놈들은 그저 가만히 서 있는 법을 배워야 했다. 뭘 좀 해보겠다고 주제넘게 나섰다가는 부메랑의 예리한 날개에 상처를 입게 마련이었다. 그저 부메랑이 지나가는 길목을 지키고 있다가 칼날이 다른 사람의 몸에 꽂히는 것을 구경이나 하고 있으면 죽지 않을 만큼의 떡고물은 얻어 챙길 수 있는 것이었다.

나는 야식집으로 돌아오는 내내 아버지의 죽음을 생각했다. 아버지가 죽은 것은 하나도 슬프지 않았다. 다만 나는 좀 더 좋은 아버지가 있었더라면 얼마든지 누릴 수 있었을 평범한 대학생의 삶을 가지지 못했다는 것이 한없이 억울했다. 그랬다면 낮에 일하라는 아버지의 유언을 지키기 위해 밤에 일하고 밤에 처먹는 직업만을 여덟 번이나 갈아치울 필요도 없었을 것이고, 지금쯤은 시티100이 아니라 승용차를 타고 다니면서 여자 친구와 데이트도 하고 그랬을 것이다. 좋아하는 여자애가 없었던 것은 아니었다. 하지만 누구를 특별히 좋아해 본 적도 없었다. 나 같은 놈은 큐피드의 화살을 날려봤자 결국에는 그 화살에 가슴을 찔리고 만다는 것을 잘 알고 있기 때문이었다. 분수 모르고 아무에게나 부메랑을 날리는 일 따위는 붕어가 하는 짓이었다. 나는 녀석과 달랐다. 아니, 달라야만 했다.

날은 금세 저물었다. 아이는 끝내 부메랑을 제대로 던지는 법을 알아내지 못한 채 어둠 속으로 사라졌다.

5

붕어는 한창 바쁠 시간에 억병으로 취해서 돌아왔다. 입술 한쪽이 찢어진 게 누구한테 맞은 모양이었다. 붕어는 들어오자마자 소주병을 까고 앉아서는 끌끌끌 웃었다가, 거친 숨소리로 씩씩거렸다가, 배며 가슴을 어루만지며 신음 소리를 냈다가 했다. 싸움도 잘하는 놈이 누구한테 얻어터지고 들어왔을까. 언뜻 봐도 전문가의 솜씨였다. 겉으로 티가 나지 않게 누군가 아주 기술적으로 두들겨 팬 게 분명했다. 나는 붕어를 붙들고 무슨 일이냐고 재우쳐 물었으나 아무리 그래봤자 헛일이었다. 늦은 새벽 내리기 시작한 함박눈을 초점도 없는 시선으로 하염없이 바라볼 뿐이었다.

다음 날도 붕어는 아예 말을 하지 않기로 한 사람처럼 입을 굳게 다물고 있었다. 그러면서도 장부를 들춰 하루 동안 주문 들어온 곳을 꼼꼼히 훑어보았다.

새벽 1시가 넘었다. 먼 곳으로 나갔다 와 보니 404호 쪽지가 나무판에 꽂혀 있었다. 나는 쪽지를 따로 챙겨두었다가 나보다 좀 늦게 들어온 붕어에게 건네주었다. 붕어는 얼굴을 굳히더니 무뚝뚝하게 말했다.

"니 가라. 나 이제 거기 안 간다 아이가."

골목 어귀마다 쌓인 하얀 눈이 가로등 불빛을 받아 눈부시게 빛나고 있었다. 고운 결 그대로인 잔설들이 바퀴가 닿을 때마다 옷자락 스치는 소리를 냈다. 웅덩이 속에서 벌떡벌떡 일어서는 녹은 눈들의 목소리가 샤워기에서 흘러나오는 물소리처럼 상쾌하게 들렸다. 그러나 그녀의 원룸이 가까워지자 처음의 설렘은 점차 두려움으로 바뀌어 갔다. 알바를 보낼 수도 있었고, 다른 가게에 대신 맡기는 수도 있었을 거였다. 그런데 나는 왜 붕어의 은근한 시선을 외면하고 직접 배달통을 들었던 것일까. 나는 도대체 무엇을 확인하고 싶었던 것일까. 나는 현관 앞에서 잠시 망설였다. 몇 번씩이나 들어가려다가 오토바이로 다시 왔다. 나는 오토바이 뒤쪽에 꽂아두었던 쇠파이프를 꺼냈다. 손안에 뿌듯이 쥐인 쇳덩이는 얼음처럼 차가웠다.

404호의 문 앞에서 나는 뻔한 스토리를 떠올렸다. 여자와 술을 한잔 마시고 술을 더 사서 여자의 집에 간다. 험악하게 생긴 사내는 집에 들어간 지 얼마 되지도 않아서 나타난다. 기둥 있는 여자를 잘못 건드리면 골병이 들지 않을 정도로만 맞았다. 정말 혹독하게 얻어맞는 것은 여자였다. 동정심에 이끌려 싸움을 말리는 것은 바보 같은 짓이었다. 웨이터 시절, 여자를 때리다 못해 짓밟고 있는 기둥 한 명을 말리려고 덤빈 적이 있었다. 그런데 말림을 당한 것은 기둥이 아니라 나였다. 다른 여자 한 명이 나를 옆방으로 끌고 들어가더니 앙칼지게 쏘아붙였다. 저렇게 안 하면 쟤네 헤어져, 헤어지면 오빠가 쟤 책임질래?

"안 들어오실 거예요?"

나는 고개를 들었다. 여자는, 항상 오시던 분이 아니네요, 하고 말했다. 찬물에 머리를 담근 것처럼 두개골이 줄어드는 듯한 느낌이 들었다. 나는 여자의 얼굴을 볼 수 없어 시선을 떨어뜨렸다. 대리석으로 조각한 것 같은 다리가 방 안으로 걸음을 옮기는 게 보였다. 재빨리 방 안을 구석구석 훑어보았다. 방 안에는 그녀 이외의 다른 사람이 없어 보였다. 나는 뒤에 숨기고 있었던 쇠파이프를 문턱에 소리 나지 않게 기대놓았다.

그녀는 혼자 술을 마시고 있었던 모양이었다. 식탁 위에는 햄 몇 조각과 양주 한 병, 술잔 하나가 미리 자리를 차지하고 있었다. 그녀의 고급스러운 식탁에 야식을 늘어놓는 데에는 채 30초도 걸리지 않았을 것이다. 그녀의 방에 있는 동안 나는 그녀의 얼굴을 한 번도 쳐다보지 못했다. 다른 것은 다 보았다. 큰 접시를 내려놓으면서 그녀의 침대가 싱글임을 보았고, 국물과 쓰끼를 깔면서 그녀의 방에 정말 컴퓨터가 있는 것을 보았고, 숟가락과 젓가락을 꺼내놓으면서 책꽂이에 영어, 일어뿐만 아니라, 아마도 독일, 러시아 말로 된 어학책이 잔뜩 꽂혀 있는 것을 보았다. 책꽂이에 정신을 팔다가 나는 수저를 바닥에 떨어뜨렸다. 그녀와 나는 거의 동시에 몸을 숙였다. 수저를 내가 집었는지, 그녀가 집었는지는 정확히 기억나지 않는다. 내가 기억하는 것은, 그녀에게서 한 번도 맡지 못한 종류의 비누 냄새가 난다는 정도였다.

15분쯤 후, 나는 시장 입구의 혼다 오토바이 상점 앞에 시티100을 세워놓고 있었다. 악몽을 꾸고 난 다음 날, 불쾌한 감정은 여전히 살아 있는데 꿈의 줄거리는 하나도 기억나지 않을 때처럼 기분이 야릇했다. 담배 한 대를 피우며 나는 쇼윈도에 전시되어 있는 혼다의 날렵한 몸체를 노려보았다. 갑자기 훌쩍 떠나고 싶었다. 어떻게든 이 골목을 떠나서 낮에 일하고 낮에 먹는 사람들의 세상으로 돌아가고 싶었다.

그러나 나는 고급 가구점과 외제 승용차점, 명품점들이 모여있는 불빛의 거리를 지나 시장 깊숙한 곳에 자리 잡은 어두운 전쟁터로 돌아가고 있었다. 하루 종일 수없이 왔다 갔다 한 골목을, 나는 마치 처음 와보는 길처럼 지나치고 있었다. 나는 화려한 빌딩 숲을 끼고 들어가, 한 칸짜리 허름한 치킨집이며 고깃집, 민속 주점이 있고, 이발소와 내복 가게 따위가 있고, 드문드문 천상 직녀성, 나비부인, 선운암 같은 점집들이 모여있는 80년대의 술집 골목을 지나, 다시 대리석으로 입구를 치장한 단란주점들과 호프집들, 최신의 시설을 자랑하는 노래방과 미용실, 피부 관리 센터 따위가 널찍하게 자리 잡은 90년대 말의 번화가를 돌아, 차 한 대가 겨우 지나갈 만한 좁은 골목 안에 천막으로 비를 막고 널빤지로 격벽을 삼은 70년대의 재래시장에 도착했다. 시티100을 타고 수십 년 세월을 광속으로 질주한 나는 정신이 아득해졌다. 나는 도대체 어느 시절에, 어디에 살고 있는 것일까. 어울리지 않는 음식을 섞어 먹은 것처럼 배 속이 울렁거렸다. 나는 수십 년 묵은 고목의 나이테 속에서 수액을 핥아먹고 사는 어린 좀벌레, 아무것에도 영향을 끼치지 못하는 사소한 기생 곤충이 되어 재래시장의 입구에 서 있었다. 그리고 그 좁고 어두운 골목 안에서 서낙한 어린아이 하나가 손에 부메랑을 움켜쥐고 이쪽을 차갑게 노려보고 있는 것을 보았다. 사레가 들려 기침을 하다가 나는 시장 입구에 푸른 위액을 흘리고 말았다.

　나는 오토바이를 돌려 온 길을 되짚어가기 시작했다. 왜 그녀에게 다시 가야 한다고 생각했는지는 모르겠다. 다만 나는 이 어지러운 골목에서 내가 가야 할 곳은 그녀의 집밖에 없다는 듯이 행동하고 있었다.

야식

"누구세요?"

"저…쓰끼가 빠져서 왔는데요…."

뻔한 수작인데도 그녀는 문을 열어주었다. 문을 열자마자 나에게 쇠파이프를 내밀었다. 그녀가 건네준 쇠파이프는 그새 따듯하게 데워져 있었다. 그녀는 쇠파이프의 존재를 어떻게 알았던 것일까. 그녀의 방 안에서 흘러나오는 낮은 음악 소리에도 불구하고, 나에게 복도는 한동안 정적에 휩싸인 것처럼 느껴졌다.

나는 고개를 들어 처음으로 그녀의 얼굴을 쳐다보았는데, 그녀는 한쪽 눈썹을 살짝 치켜올리더니 나에게 말했다.

"쓰끼 안 주세요?"

6

그녀는 한동안 야식을 주문하지 않았다. 다음 주에도, 또 그다음 주에도. 나 역시 그녀가 사는 원룸 앞을 서성거리기만 했을 뿐 4층으로 올라가지는 못했다. 그녀의 방에는 늦게까지 불이 켜져 있었다. 원룸촌에서 새벽녘까지 불이 켜진 방을 발견하기란 어려운 일이 아니었으나 대부분은 밤늦게 나타나서 짧으면 몇 분, 길어도 1시간 사이에 사라지는 짧은 빛들이었다. 그런데 그녀는 일도 나가지 않는지, 저녁부터 새벽까지 오래도록 불을 밝혀놓았다. 야식을 배달하는 동안 내 마음속에도 그 차가운 불빛은 꺼지지 않았다. 나는 점퍼 속에 빛나는 창문을 숨긴 채로 밤의 골목을 말없이 질주하고 있었다.

"우리 같은 놈들을 좋아해 주는 여자도 있을까?"

어느 날 나는 붕어에게 물었다. 붕어는 고개를 끄덕끄덕하더니 말했다.

"민물에서 태어난다고 연어를 민물고기라 하대? 바다에서 살아도 고래는 포유류인기라. 나 같은 놈이면 몰라도 너는 돌아갈 곳이 있다 아이가. 돌아가서 잘만 살면 과거 따위가 무슨 상관이겠노."

나는 그날 밤새 잠을 설쳤다. 아침나절부터 골목에 나가 담배를 피웠다. 한낮의 시장 골목은 낯설게 느껴졌다. 바람이 불었다. 따뜻하게 여겨지다가도, 드문드문 오한을 일으키는 이상한 바람이었다. 나는 온기와 냉기를 동시에 느끼며 바로 옆에 있는 꽃집으로 눈을 돌렸다. 나는 그곳에 꽃집이 있다는 사실을 처음 안 것 같았다.

나는 굽혔던 몸을 펴고 당당히 햇빛과, 바람과, 먼지를 맞았다. 프리지어꽃 한 다발을 사 들고 혼다 상점이 있는 큰 거리로 나왔다. 단정한 양복 차림의 남자 몇 명과 여자 몇 명이 잰 걸음걸이로 길거리를 활보하고 있었다. 자동차로 가득 찬 넓은 도로에서 엔진 소리와 경적과 음악이 교향악처럼 울려 퍼지고 있었다. 멀리 사거리에 교통 정리를 하는 경찰이 한 명, 건물 안으로 들어오는 사람들에게 거수경례하는 수위가 한 명. 빵집에서는 아침을 먹으러 온 손님에게 갓구운 빵을 내다 주고 있었고, 가구점에서는 개점에 앞서 열심히 청소를 하고 있었고, 외제차 대리점 안에서는 파란 셔츠를 입은 남자가 어떤 중년 여성에게 무언가를 열심히 설명하고 있었고, 골프 전문점 안에서는 아저씨 한 명이 골프채 한 벌을 열심히 닦고 있었다. 햇빛 아래 드러난 그 모든 것들이 내 걸음을 점점 더 재게 만들었다. 어떻게든 졸업을 해서 낮에 먹고 낮에 일하는 직업을 택할 것이다. 돈을 많이 벌지는 못하더라도 서로를 이해할 수 있는 부부가 될 것이고, 중고차라도 한 대 사서 주말에는 아이와 함께 소풍도 가고 패밀리 레스토랑에도 가고 그럴 것이다.

나는 오토바이에 꽃을 꽂은 채 배달을 할 때마다 그녀의 집 앞을 지나쳐서 갔다. 그날따라 그녀의 집에는 밤늦게까지 불이 켜지지 않았는데, 나는 열 시쯤 그녀의 집 앞에 세 대의 차가 서 있는 것을 보았다. 고급 세단 두 대와 리무진 한 대. 차들은 시동을 걸어 놓은 채로 한동안 정차해 있었다. 그녀는 그 중 가운데에 있는 리무진에서 내렸는데 그녀가 내릴 때 리무진 안에서 일어와 러시아어가 번갈아 들려왔다. 그녀는 일어로, 러시아어로, 그리고 한국말로 인사를 한 다음 차 문을 닫았다. 그러자 리무진 뒤의 세단에서 검은 양복 두 명이 나와 그녀 뒤에 붙었다.

여자는 남자들과 함께 골목을 가로질러 건물로 들어갔다. 단정하게 틀어 올린 머리와 발목까지 내려오는 검은색 원피스가 그녀를 매우 거대해 보이게 했다. 나는 그녀가 이쪽 세계에 사는 사람도, 저쪽 세계에 사는 사람도 아니라는 사실을 직감적으로 깨달았다.

나중에 안 사실이지만 그녀는 통역관이었다. 말로만 듣던 암흑가의 통역관. 붕어는 그것도 모르고 그녀의 집 앞을 얼쩡대다 보디가드들에게 잘못 걸려 얻어맞은 것이었고.

나는 그저 설핏 웃었다. 프리지어가 실린 시티100을 타고 화려한 빌딩 숲을 지나, 한 칸짜리 상점들과 점집들이 모여 있는 80년대의 술집 골목을 통과하여, 단란주점과 고급 술집이 즐비한 90년대의 번화가를 돌아, 천막과 널빤지로 세워진 70년대의 재래시장으로 다시 돌아왔다. 붕어는 아직 깊은 잠에 빠져 있었다.

야식

제발 그만둬. 난 힘들게 살았어. 그래도 난 내 젊음의
한때를 바쳤어. 적어도 난 내 작은 상처를 정당화시
키려고 다른 사람의 고통을 비웃진 않았어.

태초에 캔이 있었다. 그 캔은 지금의 것과 달라 한없는
공간 속에 열려 있었다. 열려 있는 그 캔의 안과 밖은 그
러므로 평등했다.

— '캔.exe'의 창세기 中에서

1. 캔

해거름이었다. 나는 어둠이 점차 부피를 늘려가는 방 안
에서 결함이 발견된 새 프로그램과 씨름을 하고 있었다. 결
함은 언제나 그랬듯 쉽게 잡혀주지 않았다. 담배 한 대를 피
워 물고 창문 앞에 섰다. 초저녁, 두 주일에 한 번 찾아오는
휴일을 고스란히 컴퓨터 앞에서 보냈다는 사실이 나를 슬
프게 한 모양이었다. 맞은편 원룸에 켜진 네모난 불빛들이

전부 컴퓨터 모니터로만 보였다.

그런 때가 있었다. 모니터에 온 신경을 집중하다가 어느 순간 눈을 떼고 사무실을 둘러보면, 전혀 새로운 장소에 온 것 같았다. 17인치 모니터 앞에 비슷한 일을 하고 있는 사람들의 머리가 하나씩 매달려 있는 것을 보면 뚜렷한 이유 없이 살의가 느껴졌다. 내가 내 일에만 매달리고 있는 사이에도 수많은 모니터가 차가운 눈초리로 나를 쳐다보고 있었으리라는 생각에 더 이상 아무 일도 할 수 없었다. 그럴 때마다 나는 눈을 감았다. 적대적인 눈빛으로 나를 노려보는 모니터들을 외면하는 순간, 나는 어린 시절 아버지의 술주정에 무언으로 저항할 때와 비슷한 쾌감을 느꼈다.

창밖으로 먼눈팔고 있던 시선을 방 안으로 돌렸다. 원룸단지의 풍경은 전산실의 모습과 닮은 데가 있었다.

나는 밤이 되어도 집에 불을 켜놓지 않았다. 내 집 창으로부터 새어 나간 빛이 누군가에게 발견되면, 그 사람 역시 나와 비슷한 살의를 느낄지도 몰랐다. 그리고 내가 그러하듯이, 그 사람 역시 불빛이 새어 나오는 창문을 깨뜨리고 싶은 충동에 돌멩이를 집어 들지 몰랐다. 나는 어느 날 갑자기 집 안에 돌멩이가 날아드는 일 따위는 원하지 않았다. 그것은 놀라운 일이라고 할 수는 없지만, 귀찮은 일임은 틀림없었다.

냉장고에서 캔맥주 하나를 꺼냈다. 책꽂이에 진열된 수많은 캔을 향해 건배를 청했다. 방의 한쪽 면을 차지하고 있는 책꽂이에는 책 대신 갖가지 종류의 캔이 놓여있었다.

어느 때부터인가 나는 책을 읽지 않게 되었다. 아니, 책을 혐오하게 되었다. 어느 날 나는 책들을 한꺼번에 내다 버렸다. 특별히 아끼던 책들은 성냥불을 그어 오랫동안 태워 없앴다. 그렇게 500권 가까이 되는 책들을 처분하고 나니 책장의 빈자리가 눈에 밟혔다. 그래서 그 자리에 캔을 세웠다. 처음에는 어색했지만 시간이 지나고 나니 그리 나쁘지 않았다.

캔 모으기는 사춘기 이후로 지속된 나의 유일한 취미였다. 나는 50년대 미군 부대에서 나온 양철로 만든 버드와이저 스리피스 캔으로부터, 79년 처음으로 생산된 OB 투피스 캔, 아래쪽은 알루미늄이고 위쪽은 플라스틱으로 되어 있는 최신 코카콜라 캔은 물론, 그 외에도 많은 나라에서 생산된 캔들을 가지고 있었다. 한 가지도 같은 것은 없었다. 2백 개에 달하는 캔을 모으기 위해서 술집이나 카페에 갈 때마다 희한한 술이나 음료수를, 그것도 꼭 캔에 담긴 것만을 마셨다. 회사 사람들은 내가 까다로운 취향을 가지고 있다고 생각하는 듯했지만, 나는 단지 새로운 깡통을 얻고자 했을 뿐이었다. 무엇을 마시느냐는 중요하지 않았다. 중요한 것은 새로운 껍데기를 얻는 것이었다.

캔의 구멍을 귀 가까이 갖다 대면 미세하고도 깊은 소리가 들렸다. 영혼의 깊은 숨소리. 어린 시절, 나는 그 소리를 오래도록 들으며 가슴속의 울분을 지그시 누르곤 했다. 캔의 안쪽이 비어있고 또 어둡다는 것이 나에게는 축복이었다. 그 깊은 공간에 귀를 갖다 대고 있으면 나를 옥죄고 있는 삶으로부터 물러 나와 완전히 보호받고 있는 듯한 안도감을 느꼈다. 반면에 빛은 언제나 성가셨다. 세상의 빛은 나뭇등걸을 닮은 아버지의 굽은 등과 붉은 코를 선명하게 비추고, 널빤지로 격벽隔壁을 삼은, 밤이면 신경통으로 늙어가는 어머니의 숨소리 한 날까지도 자유롭지 못한 두 칸짜리 애옥살림과, 언제 갈아입었는지 알 수 없는 스웨터에 흙감탕이 된 손을 아무렇게나 문지르는 동생의 모습을 적나라하게 드러내었다. 빛은 이미 당연해져서 슬프지 않게 된 일들을 낯선 비극으로 만들어, 아직 희망을 배우지 못한 나의 눈앞에 아무렇게나 내던져 버리곤 했었다.

기분이 우울해질 때면, 말없이 방에 처박혀 그동안 모은 캔들을 꺼내보곤 했다. 캔들은 제각각의 모양과 소리와 체적을 지니고 있었다. 어느 것은 우울해 보이고 또 어느 것은 발랄해 보였다. 촌스러워 보이는 것도 있었고 세련되어 보이는 것도 있었다. 모든 캔에는 구멍이 뚫려 있었지만, 그 모양이나 크기는 각각 달랐다. 각각의 구멍은 그 모양과 크기에 적당한 어둠으로 채워져 있었다. 내 인생은 그중에 투박하고 색이 바랜, 반쯤은 형편없이 녹슬어 색깔을 알아볼 수 없게 되어버린 복숭아 넥타 같았다.

캔맥주를 마시며 나의 사랑하는 '캔 꽂이'를 바라보았다. 그러다가 가슴이 철렁 내려앉았다. 나를 닮은 그 복숭아 넥타는 이제 없었다. 몇 달 전부터 내 수집품은 누군가에 의해 도난당하기 시작했던 것이다. 처음 내 수집품 1호가 없어졌음을 깨달았을 땐 물론 도둑이 들었다는 생각은 하지 않았다. 깡통 도둑이라니. 빈 깡통을 훔쳐가서 어디에다 쓴단 말인가. 집에는 그보다 값나가는 물건이 얼마든지 있었다. 펜티엄 투 프로세서가 장착된 아이비엠과 정밀한 그래픽 작업을 위해 들여놓은 25인치 모니터, 두께가 3센티미터에 불과한 초경량 노트패드, 인쇄된 그림도 얼마든지 복제하는 스캐너, 렌즈를 투과한 영상을 곧바로 디스켓에 저장하는 디지털카메라, 그 외에도 3개의 집 드라이브와 시중가로 500만 원에 달하는 프로그램들이 널려있는 방이었다. 그런 방을 털러 들어와서 반쯤은 형체가 없어진 낡은 복숭아 넥타캔만을 집어간다는 것은 우스운 일이었다.

그러나 일주일에 한 번꼴로 캔이 사라지자 의구심은 도둑 쪽으로 기울어지기 시작했다. 복숭아 넥타 이후로 사라진 캔들은 공통점이 있었다. 우선 비슷한 높이였고, 모두 손가락 두 개만 가지고도 간단히 구길 수 있을 정도로 얇게 만들어진 알루미늄 캔이었다. 하지만 이해가 가지 않기는 마찬가지였다. 만약 나같이 비정상적인 놈이 있어 깡통 수집을 하려는 것이라면 시중에서도 쉽게 구할 수 있는 최근의 캔들을 훔쳐갔을 리 없었다. 설사 빈 깡통이 가치가 있다 한들 한 번 들어올 때마다 한 개씩의 캔만을 가져간다는 것 또한 이상했다. 이런저런 생각을 하는 동안 내 머릿속에는 몇 개의 캐릭터가 떠올랐다. 놈은 분명히 정신병원에서 탈출한 편집증 환자이거나, 그렇지 않다면 내가 모아놓은 캔처럼 머릿속이 텅 빈 무뇌아이거나, 아니면… 아니면 유령임에 틀림 없었다.

유령. 생각이 거기까지 미치자 내 머릿속에는 눈빛이 날카로운 한 사내의 얼굴이 떠올랐다. 녀석은 겨우 22살의 나이에 제주도의 해변도로를 달리다가 실수인지 자살인지 알 수 없는 자동차 사고로 실종되었다. 녀석이 떨어졌다는 절벽 밑 해변을 며칠이나 수색했지만 시신은 찾을 수 없었다. 녀석은 정말 유령이 된 것일까. 그래서 이제는 내 방에서 빈 캔을 하나씩 훔쳐내며 소생을 꿈꾸는 것일까. 잡고 있던 캔이 우직, 소리를 내며 구겨졌다.

구겨진 맥주 캔을 기울여 남은 맥주를 한번에 들이켰다. 너무 오랫동안 일을 해서 머리가 이상해진 모양이었다. 유령이라니. 육 년이 지났다. 이제는 녀석이 죽었다는 사실을 인정할 때도 되었다. 설사 죽지 않았거나 구천을 떠도는 원혼이 되었다고 해도 녀석이 내 방에 찾아 들어올 이유는 없었다. 그 죽음은 온전히 녀석의 것이었다.

물론 나는 한 번도 녀석을 죽인 적이 없었다.

2. 보안 시스템

내 일상은 평범했다. 여의도에 있는 컴퓨터 회사에서 열 시간쯤을 근무, 작업한 내용을 저장하고 퇴근, 사람들로 북적대는 지옥철에 승차, 중간에 한 번을 갈아타고 집 앞 전철역에 하차, 역에서 원룸 아파트까지 약 10분쯤 도보로 이동, 집에 도착. 언제나 간략하고 깔끔했다.

그날도 나의 일상은 여느 때와 다름없었다. 원룸 맨션 2층에 있는 내 방에 들어가기 위해 복도를 지나치기 전까지는 분명히 그랬다. 피로감이 막 안도감으로 뒤바뀌려는 찰나, 나는 복도의 구석진 곳에 그림자처럼 서 있는 한 사람을 보았다. 아니, 그 사람에게로 눈길을 돌리지 않았으므로 보았다고는 할 수 없다. 정확히 말하자면 나는 그 사람을 느꼈다. 그리고 그 순간, 차가운 목소리를 들었다.

한주야.

쉽게 성별을 짐작할 수 없는 음성. 그 소리는 마치 빈 캔 속에서 들려오는 바람 소리처럼 긴 여운을 남겼다. 뒤를 돌아보았다. 거짓말처럼, 복도에는 아무도 없었다. 한동안 내 몸은 그 자리에 얼어붙어 있었다.

공포는 즉각적이지 않다. 자동차에 치일 뻔한 사람이 공포를 느끼는 순간은 그 자동차를 용케 피하고 나서인 경우가 많다. 안도의 한숨을 내쉬고 나서, 만약에 그 자동차에 치였다면… 하는 생각이 불현듯 고개를 드는 순간, 공포는 비로소 찾아든다.

복도에 완전하게 혼자 있다는 것을 확인하고 나서 내가 느낀 감정은 바로 그 공포였다.

황급히 문을 열고 집 안에 들어섰다. 아침에 집을 나설 때와 크게 달라진 것은 없었다. 그러나 어렵지 않게 네덜란드산 하이네켄이 없어졌음을 확인할 수 있었다. 내가 가장 아끼는, 나에게는 유서 깊은 캔이었다. 다른 것이라면 다시 구하면 그만이지만, 그것만은 그럴 수 없었다. 가장 힘들었을 때, 가장 많은 눈물을 흘렸을 때, 그 순간 내 손에 쥐어져 있었던 그 캔을 다른 것과 바꿀 수는 도저히 없는 것이다. 어깨에서 힘이 스르르 빠져나갔다. 소파에 아무렇게나 주저앉았다. 미처 대비를 해두지 않은 것이 잘못이었다.

뒤늦은 후회를 하다가 방 안에 정처 없이 떠도는 향기를 맡았다. 아무리 생각해 보아도 누구에게서, 언제 맡았던 냄새인지 기억해낼 수 없었다. 오랫동안 곁에서 함께 생활했던 사람의 체취 같기도 하고, 길거리에서 우연히 스쳐 지나간 사람의 머릿내 같기도 한 그 냄새. 다시 공포를 느꼈다. 누구일까. 누가 이런 냄새를 내 보금자리의 한복판에 함부로 흘려두고 간 것일까. 정말 녀석의 유령이 찾아온 것일까. 아까 복도에 서 있었던 사람은 누구일까. 머릿속의 데이터를 뒤져보았지만 나를 찾아올 사람의 목록은 없었다.

책상머리에 앉아 대책을 강구하기 시작했다. 대학교 앞에 있는 원룸 아파트가 경비가 허술한 건 당연했다. 수위나 정해진 관리자가 없는 것은 물론이고, 건물로 올라오는 현관은 항상 열려 있었다. 잠금쇠 두 개에 행어도 붙어 있었지만, 잠금쇠 정도야 맘만 먹으면 누구나 열 수 있는 것이었고, 안에서만 잠글 수 있는 행어는 외출하게 되면 무용지물이었다.

열쇠를 바꿔 다는 것은 문제가 아니었지만, 좀 더 근본적인 대책이 필요했다. 캔을 숨겨놓는 것도 한 가지 방법일 수 있었다. 그러나, 그런다고 해서 놈이 집 안에 발을 들여놓지 말라는 법도 없었고, 무엇보다도 그 캔들을 매일같이 바라보며 느끼는 즐거움을 포기할 수 없었다. 경찰에 신고해서 지문 채취를 하는 것은 어떨까. 실소를 머금으며 고개를 저었다. 일주일에 한 번꼴로 누군가 빈 깡통을 훔쳐간다고 말하면 경찰관이 어떤 표정을 지을지 쉽게 상상이 되었다.

방법은 하나. 카메라를 설치하는 것이었다. 내 방은 복도의 끝에 있어서, 굳이 들어올 것이 아닌 이상 앞을 지나치게 되는 사람은 거의 없었다. 그렇다면 디지털카메라에 거리센서를 장착해 컴퓨터에 연결한 다음, 사정권 안에 들어오는 피사체를 전부 촬영하도록 프로그래밍하면 될 일이었다.

적외선 거리 센서를 구한다거나, 누군가 접근할 경우 카메라에 비친 영상을 컴퓨터에 자동 저장하도록 프로그램을 짜는 정도는 어려운 일이 아니었다. 그런데 바깥으로 노출될 디지털카메라와 센서를 어떻게 숨기느냐가 문제였다. 고심 끝에 복도 끝에 달린 소화전을 이용하기로 했다. 그 붉고 투명한 플라스틱 상자 속에는 간이 소화기와 비상탈출을 위한 단단한 밧줄이 구비되어 있었는데, 그 상자를 몰래 열고 적외선 센서와 디지털카메라를 넣은 다음 밧줄로 가리자 감쪽같았다. 나를 도둑으로 간주하고 찍은 몇 차례의 시험 촬영은 감시 시스템이 그런대로 쓸만하다는 것을 증명해 주었다. 화면이 필터라도 끼운 것처럼 붉은색으로 뒤덮이고, 입자가 거칠어 선명한 사진을 얻기는 힘들었지만, 신원을 확인하지 못할 정도는 아니었다. 만약에 대비해서 피사체가 접근할 경우 카메라가 5초 간격으로 계속해서 자동

노출되도록 프로그램을 조절해 놓았다.

근 일주일 동안 내 방 앞에 머무른 사람은 없었다. 그 이후에도 상황은 마찬가지였다. 신원은 알 수 없지만 외판원임에 분명한 한 사내와, 개업 딱지를 붙이러 온 중국집 점원을 제외하면 용의자로 보이는 사람은 찍히지 않았다.

방문할 사람이 없다는 것은 익히 알고 있었지만, 실제로 확인하고 나니 그다지 유쾌한 기분은 아니었다. 두 명이나마 사진이 찍힌 것은 그나마 다행이랄 수 있었다. 단 한 장의 사진도 저장되지 않았다면 외딴섬에 홀로 살고 있는 듯한 유폐감에 하루쯤은 야릇한 기분이 되었을 것이다.

한 달쯤 되었을까, 컴퓨터에 저장된 사진을 확인하는 일이 점점 지겹게 느껴지던 무렵의 어느 날, 그날따라 만취하여 늦게 귀가한 나는 무려 50개의 새로운 그림 파일이 하드디스크에 기록되었음을 확인하게 되었다. 순간 술기운이 말끔하게 걷혔다. 페인트 샵 프로를 가동하고 저장된 파일들을 하나하나 열어보기 시작했다. 첫 번째 사진은 흥미롭기는 하지만 기대에 부응하지 못하는 것이었다. 한 쌍의 젊은 남녀가 한데 엉켜 키스를 하고 있는 사진이었다. 다음 파일로 넘어갔다. 그런데 이게 웬일인가. 그 두 남녀의 사진은 끊임없이 펼쳐지고 있었다. 조급한 마음이 되어 사진을 계속 넘겼다. 그리고 얼마 지나지 않아 50개의 사진 모두가 그 두 사람의 사진이라는 사실이 확인되었다.

사진들을 연속으로 돌려보았다. 사진 사이의 시간이 길어 동작이 불연속적으로 느껴졌지만 그것이 약 4분 동안 계속된 진한 키스 장면임은 쉽게 알아볼 수 있었다. 그 사진들은 붉은색의 화면과 조화를 이루어 무슨 상업용 뮤직비디오처럼 선정적으로 보였다. 영상은 남자가 여자의 치마 속으로 손을 집어넣는 데에서 끝나고 다시 앞으로 되돌아갔다. 나는 계속해서 반복되는 키스신을 허망하게 바라보다가 키들키들 웃기 시작했다.

다음 날 나는 보안 시스템을 수정했다. 피사체가 오랫동안 머물러 있을 경우에도 한꺼번에 10장 이상의 사진을 찍지 않도록 조정해 놓았다. 범인은 카메라가 설치돼 있으리라는 것을 까맣게 모른 채 문을 열려고 노력한다. 첫 번째 사진이 찍히고 플래시에 놀라 범인이 고개를 돌리면 계속해서 다음 사진들이 찍힌다. 범인이 아무리 용의주도하다 해도 자기 얼굴을 정면으로 드러내지 않을 방법은 없었다. 프로그램을 완성해 놓자 기분이 좋아졌다. 나의 보안 시스템은 이제 더 진화되었다.

3. 아마존

집으로 돌아드는 골목 어귀에서 그녀를 본 것은 그로부터 며칠 뒤였다. 수은주가 영하 10도까지 떨어진 차가운 날씨였지만 바람 한 점 불지 않아 별반 춥다는 느낌은 들지 않았다. 그날도 나는 다른 날과 마찬가지로 고개를 약간 숙이고 묵묵히 걷고 있었다. 새벽에 맥주가 떨어졌을 때 자주 들르는 편의점을 지나 비탈진 골목길로 접어들었다. 1분 정도만 더 걸으면 집에 도착할 수 있었다.

깃을 바짝 세운, 낡고 추레한 트렌치코트의 여자를 발견한 것은 그때였다. 코트 깃은 그녀가 한 발 한 발 걸음을 내디딜 때마다 양옆으로 심하게 나부끼고 있었는데, 그 뒷모습은 마파람을 거스르며 바다를 향해 나아가는 사람의 것처럼 비장한 데가 있었다. 그녀는 마치 바람을 몰고 다니는 것처럼 보였다. 차가운 공기가 무겁게 가라앉아 있는 거리를 여자는 마치 태풍 속을 지나듯이 걸어가고 있었다.

그녀의 뒤에 바짝 따라붙었다. 한 걸음밖에는 차이나지 않을 정도로 가깝게 달라붙었다. 짧은 시간이었지만 나는 그녀의 하얀 목덜미에서 풍기는 야릇한 냄새에 빠져 있었다. 그 냄새를 맡자 그녀가 오래전부터 알고 지낸 사람 같았다. 어디서 만났을까. 그녀는 어디로 가는 것일까. 그때 그녀가 갑자기 오른쪽으로 고개를 틀었고 놀란 나는 걸음을 멈추었다. 급히 몸을 숨겼다. 다행히 그녀는 나를 발견하지 못했다.

너무나도 낯익은 그녀의 옆얼굴. 이마에서 시작된 완만한 곡선이 콧날에 이르러 갑자기 완고해지고 날카로워지는 얼굴. 그래서 서글서글한 눈매와 아담한 입술에도 불구하고 도전적으로, 때로는 공격적으로 보이기까지 하던 그녀의 얼굴. 물론 나는 그 얼굴을 기억했다. 하지만 이렇게 갑자기 내 앞에 나타났다는 사실을 받아들이는 데는 얼마간의 시간이 필요했다. 그래서 내가 그녀의 이름을 불렀을 때, 그녀는 이미 왼쪽으로 난 작은 골목으로 총총히 사라져 버린 후였다. 그 골목 입구로 뛰어가서 그녀의 이름을 다시 불렀다. 그러나 싸구려 자취방이 촘촘하게 병립해 있는 수많은 사각 대문의 숲을 대하자 저절로 입이 다물어졌다.

잘못 봤겠지.

피식 웃었다. 자취촌을 등지고, 다시 걷기 시작했다. 가끔 이럴 때가 있었다. 고개를 숙이고 길거리를 지나가다가도 언젠가 본 듯한 옷차림이나 헤어스타일, 혹은 기억 속에 저장된 누군가와 흡사한 걸음걸이를 보고 선뜻 놀랄 때가 있었다. 세상에는 비슷한 사람이 많다. 비슷한 삶은 더더군다나 많다. 대부분 대학생이나 독신자들이 살고 있는 원룸만 해도 비슷한 시간에 불을 켜고, 비슷한 시간에 비슷한 텔레비전 프로그램을 보고, 역시 비슷한 시간에 잠자리에 들어가는 사람들의 삶으로 이루어져 있었다. 길거리에서 만난 낯선 여자를 옛사랑으로 착각한 경험이 나에게만 있는 것은 아닐 거였다.

그런데도 그날 이후 나는 자취방이 몰려 있는 골목 어귀를 지날 때마다 온몸의 신경이 팽팽하게 당겨지는 듯한 느낌에서 좀처럼 벗어날 수 없었다. 한 번은 그 앞을 지날 때 불쑥 튀어나온 한 여자 때문에 오던 길을 되짚어갈 뻔한 적도 있었다. 그 여자는 물론 그녀가 아니었지만.

인하. 아마존. 그녀의 별명은 그리스 신화에 나오는 여전사, 아마존이었다. 아마존들은 남자를 거부한다. 그들은 금남의 제국을 유지하기 위해 남자들과 맞서 싸웠으며, 심지어는 활을 잘 쏘기 위해 오른쪽 가슴을 잘라냈다. 그들은 종족 번식을 위해 남자를 납치하여 잉태한 다음, 남자는 추방하고 태어난 아기가 여자일 경우에만 양육했다던가.

인하는 가냘프게 보이는 얼굴과는 딴판으로 매사에 도전적이었고 공격적이었다. 그녀가 자아내는 외모와 성격의 불협화음 때문에 나는 첫눈에 그녀를 마음에 품게 되었다. 어쩐지 나와 무관한 사람 같지가 않았다. 그러나 인하는 나를 포함해 주위에 있는 남자를 동료 이상으로 보지 않았다. 남자들은 그녀에게 친구이거나 적이거나 논쟁 상대일 뿐이었다. 동성연애자이거나 불감증인 게 틀림없다고 뒤떠드는 소리가 그치지 않을 정도로, 그녀는 남자에게 관심이 없었다.

그런 그녀가 3학년이 되자 연애를 시작했다. 사람들은 그런 그녀의 변화를 희한한 일로만 받아들였다. 하지만 나는 알고 있었다. 그녀가 오랫동안 변신을, 아니 그것만을 꿈꾸어 왔다는 것을. 그리고 마음속의 남자를 만나기 위해 자신의 여성을 숨겨왔을 뿐이라는 것을. 그런데 그 남자는 인하를 사랑하지 않았다. 아니, 그 남자는 어떤 여자도 사랑하지 않았다. 그는 인하와는 반대로 모든 여자를 여자로만 보았으므로. 아마도 인하는 그가 여자로 보지 않은 첫 번째이자 마지막 여자였을 것이다. 어쩌면 그래서 인하가 그 남자를 사랑할 수 있었는지도 몰랐다.

다 지난 일이야. 여느 때와 다름없이 맞은편 원룸의 창문들을 내다보며 생각했다. 설사 그녀가 맞다 해도 이제 나와는 상관없는 일이었다. 그녀에 대한 기억에 쓸데없는 상념을 덧붙이느니 하루빨리 깡통 도둑을 잡을 방책을 세우는 게 나았다.

복숭아 넥타가 사라진 지 벌써 한 달 보름이 지나고 있었다. 키스하는 남녀 이후로 내 방 앞에 나타난 사람은 없었다. 지금까지의 주기로 계산해보건대 범인은 벌써 나타났어야 했다. 점점 초조해졌다. 어쩌면 이러다가 그 도둑이 영영 나타나지 않을까 봐 걱정되었다.

그때쯤 설상가상으로 보름 동안의 출장 명령이 떨어졌다. 부산에 있는 한 은행의 전산 시스템 프로젝트에 내가 포함된 것이었다. 말이 보름이지 밀레니엄 버그까지 대비하려면 한 달이 걸릴지 두 달이 걸릴지 알 수 없는 프로젝트였다.

애초에 15일 동안으로 예정되었던 프로젝트는 예상대로 거의 한 달이나 지속되었다. 정신없는 나날이었다. 아침에 은행으로 출근해 C언어로 프로그램을 짜고, 점심을 먹고 나서는 오전에 만든 프로그램을 다시 어셈블리로 불러들여 작업한 다음, 저녁을 먹고 나서 하루 종일 프로그래밍한 것들을 검토한 후 전산일지에 그날의 작업량을 입력하고 나면 퇴근이었다. 장소만 바뀌었을 뿐 본사에서 하는 일과 다르지 않았다.

대학교 3학년 때던가. 졸업 후 진로를 소프트웨어 쪽으로 잡고 본격적으로 컴퓨터 공부를 시작했을 때만 해도 내 포부는 남다른 것이었다. 사람들은 나를 비웃었다. 1학년 때는 구국의 대오를 품고 투사를 자처했다가 2학년이 되자마자 변절한 놈이 갑자기 소설을 쓰겠다고 덤빈 것도 겨우 일 년, 이번에는 전혀 엉뚱한 컴퓨터 프로그래머가 되겠다고 설쳤으니 그럴 만도 했다. 하지만 한 번도 작가의 꿈을 포기한 적은 없었다. 파이프를 들고 구사대를 서서도, 배신자란 명에를 지고 소설을 구상할 때도, 언젠가는 훌륭한 작품을 써내겠다는 믿음은 곧아지기만 했다. 그러나 2년간의 습작 기간은 내가 글쓰기에 전혀 소질이 없다는 사실만을 증명해 주었을 뿐이었다. 장남을 대학에 보내기 위해 진학을 포기한 누나의 희생과, 청소부니 파출부니 온갖 고된 일들에 주름살이 굵어진 어머니의 기대를 만년 문학 지망생이라는 보잘것없는 미래로 갚을 수는 없었다. 그래서 선택한 것이 또다른 작가, 컴퓨터 게임시나리오 작가가 되는 길이었다. 게임시나리오 작가는 가족들에게, 특히 어린 동생에게 웃음을 되찾아 주어야 한다는 장자로서의 의무감과 불멸의 이야기를 쓰겠다는 개인적인 열망을 화해시키는 훌륭한 미래였다.

그러나 지금 내가 하는 일은 타이프치는 일과 다를 바 없었다. 게임시나리오 작가가 되겠다는 꿈은 일찌감치 버렸다. 컴퓨터 속에 이야기는 없다. 그 속에는 코볼과 베이직과 어셈블리, 수많은 비트의 조합이 있을 뿐이다. 게임시나리오 작가는 없다. 그는 언어를 다루지 않는다. 그는 게임의 진행에 필요한 경우의 수를 계산할 뿐이다. 천재적인 시나리오 속에서 이야기는 영원히 끝나지 않고 반복된다. 영원히 반복되는 이야기. 그것이야말로 지금의 나의 삶이었으며 따라서 나는 아무것도 창조할 필요가 없었다.

한 달 동안 나는 보안 시스템 따위는 까맣게 잊어버렸다. 가끔씩 동료들과 부산의 해변에 나가 소주잔을 거우르며 망각의 숲을 더듬기도 했지만, 얼마 전 보았던 아마존의 뒷모습조차 점점 희미해지고 있었다. 일을 끝낸 마지막 날, 나는 동료들과 바다가 훤히 내다보이는 한 횟집에서 술을 마셨다. 언제나처럼 술자리는 별로 새로울 것도 없는 신개발 프로그램 얘기에 집중되다가, 웃음 끝에 묻어나오는 몇몇의 한숨 소리를 신호로 고즈넉해졌다. 그 한숨에는 또 하나의 프로젝트를 별 탈 없이 마무리한 데서 오는 자기만족과, 그만큼의 공허감이 뒤섞여 있었다.

"언제나 이놈의 빌어먹을 코딩 일 때려치우고 번듯하게 독립하나. 젠장."

나이 사십이 다 된 왕고참이 소주 한 병에 어김없이 신세타령을 시작하자, 삼십 대 중반이 된 내 사수는 서투른 술 솜씨로 보조를 맞추며 그럴듯한 추임새를 넣었다.

"에이 씨발, 이놈의 소모품 인생."

그러자 이제 갓 들어온 스물다섯 살짜리 신참이 자기에게 할당된 대사를 펜티엄 세대답게 잽싸게 해치웠다.

"그래도 선배님들만큼 인정받는 프로그래머가 쉽나요, 그렇죠 한주 선배?"

그는 음흉하게 웃으며 내 팔을 툭 건드렸다. 만만한 선배를 공범자로 끌어들임으로써 자신의 아부가 진실하지 않다는 것조차 인정받기를 원하는 녀석의 의도는 너무 빤했다. 딴에는 그런 식으로 선배들의 매너리즘에 도전하는 것이겠지만, 그래봤자 녀석의 대사는 선배들과 마찬가지로 매번 똑같았다.

"모르는 소리 하지 마 인마. 말이 좋아 프로그래머지 좀만 나이 들면 살얼음판이야. 겨우 익숙해진 시스템 나이 사십 돼서 교체돼 봐. 너처럼 젊은 놈이야 금방 적응하겠지만, 내 나이만 돼봐, 이 굳은 하드가 돌아가나. 하루아침에 시스템 다운이다. 업그레이드? 백 년 고쳐봤자 386이 펜티엄 되겠어?"

왕고참이 신참의 아부에 흡족함을 감추지 못하며 일종의 겸손함을 보이자 사수는 나에게 속삭였다.

"너도 돈 좀 꾸준히 모아둬라. 눈치 잘 봐서 뜰 때 뜨고. 광고하는 놈들이나 우리나…, 알지? 사십 될 때까지 큰 건 하나 못 잡으면 노후는…."

그는 왕고참 쪽을 흘낏 바라봤다가 내 쪽으로 고개를 돌리며 쓸쓸하게 웃었다.

"하기사, 넌, 독신이고… 알아서 잘 꾸리겠지."

그 이야기를 하며 그는 내 진품 아르마니 코트와 목도리,

모리츠 라이터 같은 것들을 눈여겨보았다. 사람들은 언제나 이런 식이었다. 나는 악착같이 진품이든 가짜든 무조건 유명 상표가 붙은 것만을 구입했다. 상표는 옷이 아니라 내 몸에 달라붙어, 나를 다른 집안 환경과 성장 과정을 거친, 원래의 나와는 다른 사람으로 만들어 버린 모양이었다. 사람들이 나의 완벽한 상표 도배에 주목하기 시작하자, 더 이상 어두운 집안 배경을 숨길 필요가 없었다. 그저 입을 다물고 있으면 되었다. 나는 어느새 '상당히 부유한 집안의 아들' 정도로 사람들에게 인식되었다. 유쾌한 일도 아니었지만 불쾌할 이유도 없었다. 어차피 사람들이 보는 나는 나의 진짜 모습이 아니다. 사람들이 나에게서 발견하는 것 중에 확실한 것은 내가 컴퓨터 프로그래머라는 사실뿐이었다. 언젠가 30대 중반이 되면, 나도 신참에게 비슷한 소리를 반복하리라. 그때까지 사수가 했던 말을 기억만 하고 있으면, 할 일을 다 하는 것이 될 거였다.

손에 쥐고 있던 8·15콜라 캔을 물끄러미 바라보았다. 재활용되는 캔임을 표시하는, 두 마리의 뱀이 꼬리를 물고 도는 모습을 연상시키는 화살표가 눈에 밟혔다. 갑자기 답답해져서 소주 두 잔을 연거푸 마셨다. 취기가 도는지 탁자가 빙빙 돌았다. 사람들도 돌고 돈다. 에너지가 소진되면 버려지고, 재수가 좋으면 재활용되어 다시 소모된다. 불과하게 취해 버린 왕고참의 모습은 재활용되기를 기다리는 8·15콜라 캔 같았다. 남아 있는 콜라를 단숨에 들이마시고 주위를 둘러보았다. 점차 취객들로 무르익어 가는 횟집이 쓰레기통처럼 지저분해 보였다.

4. 빛과 어둠

서울로 올라오는 버스 안에서 걱정했던 것과는 달리 캔들은 더 이상 도둑맞지 않고 안전하게 놓여있었다. 그런데 이게 웬일인가. 컴퓨터를 확인해 보니 63개의 새로운 그림 파일이 저장되어 있었다. 그 꼴 보기 싫은 남녀가 매일 같이 내 원룸 앞을 전희 장소로 이용했던 것일까. 아니면 시스템이 결함을 일으켜서 아무도 없는 복도를 촬영한 것은 아닐까.

궁금증을 느끼며 첫 번째 그림 파일을 열어본 나는 소스라치게 놀랐다. 가든가든하게 차려입은 한 여자의 모습이 화면에 잡혔다. 긴 머리채가 얼굴을 가리고 있어 처음에는 누구인지 알아보지 못했다. 하지만 이마에서 내려오는 부드러운 곡선과 조각 같은 코가 이루는 미묘한 부조화가 아마존의 것임을 곧 알아챌 수 있었다. 두 번째, 세 번째 그림 파일을 차례차례 열었다. 그녀는 계속해서 그 자세 그대로였다. 그다음 날도, 다음 다음 날도. 다만 옷차림만이 조금씩 변화하고 있을 뿐이었다. 조급해진 나는 브로우즈 명령으로 60개 남짓의 사진을 한꺼번에 열었다. 수십 개로 분할된 프레임 속에서 옷만 바꿔 입은 아마존들이 거의 똑같은 앵글과 틸트, 포즈로 노출되어 있었다. 그것은 상업용 필름의 콘셉트 사진 모음을 방불케 했다. 가장 좋은 사진을 얻기 위해 우연적인 결과까지 고려하여 수없이 반복해서 찍은 사진들. 어느 것이 진짜 아마존일까.

일단 아마존이란 폴더를 만든 다음 그 사진들을 저장해놓았다. 왠지 다른 사진들처럼 그냥 지워버릴 수 없었다.

다음으로 한 일은 시스템 점검이었다. 플래시가 연속해서 터졌을 텐데 고개 한 번 돌리지 않았다는 게 이상해서였다. 그러나 시스템에는 이상이 없었다. 플래시는 정확하게 작동하고 있었다.

아마존은 어떻게 한 번도 고개를 돌리지 않을 수 있었을까. 아니 그보다, 언제, 어떻게 내 집을 알아낸 것일까. 왜 매일같이 내 집 앞에 나타나 저렇게 음울한 표정으로 서 있는 것일까. 머릿속에는 꼬리에 꼬리를 무는 물음표뿐이었다. 하지만 나는 곧 그녀의 출현이 내 머릿속에 떠올린 수많은 물음표들을 폐기하게 시켰다. 그녀의 삶에 대해 더 이상 아무것도 알고 싶지 않았다.

캔

보안 시스템도 수정했다. 디지털카메라와 적외선 센서를 방 안 입구로 옮기고, 문을 열고 들어오는 경우에만 연속해서 3장의 사진을 찍도록 프로그래밍했다. 그리고 플래시를 발견 못 할 경우를 대비해 요란한 사이렌 소리가 나도록 조그마한 스피커를 장착했다. 만약 플래시에 영향받지 않는다면 소리에 놀라 고개를 쳐들게 될 것이고 범인은 정체를 드러내게 될 거였다. 그리고 더 이상은 방 밖에서 벌어지는 쓸데없는 풍경에 당혹할 일도, 그녀의 사진에 마음이 흔들릴 일도 없을 터였다. 그녀가 내 방 앞에 찾아온 시간은 거의 오후 2시에서 3시 사이였고 내 퇴근 시간은 8시였다. 이변이 없는 한 그녀와 마주칠 일은 없었다. 보안 시스템은 이제 완벽했다.

그러나 내 심리 상태는 시스템만큼 완벽하지 않았다. 원룸과 1시간 거리는 족히 떨어져 있는 사무실에 있으면서도, 2시와 3시 사이에는 이유 없이 불안해져 아무 일도 할 수 없었다. 뿐만이 아니었다. 퇴근하고 나서도 그녀가 내 집 앞에 서 있었으리라는 생각 때문에 마음이 들떴다. 그녀와 있었던 수많은 일들을 떠올려야 했다. 그녀는 보이지 않게 되자 훨씬 더 자주 내 마음속에 나타났다. 어디에나 그녀의 시선이 머물고 있는 것 같았다. 집 안으로 옮겨진 카메라 렌즈는 밖에 있을 때보다 더 많이 그녀의 영상을 찍어 나르는 듯했다. 컴퓨터 모니터 속에도, 퇴근길 지하철 안에도, 원룸으로 올라가는 복도와 내 집 안 벽 속에도, 그녀의 눈동자는 어김없이 나의 일거수일투족을 지켜보고 있었다. 그리고 참을 수 없는 녀석의 체취가 내 몸에 뿌려진 향수처럼 붙어 다녔다.

부산에서 돌아온 뒤의 며칠을 그녀의 눈동자와 녀석의 체취 속에서 보냈다. 내용물을 잃어버린 비닐봉지처럼 길거리를 아무렇게나 휩쓸려 다녔다. 집에 들어갈 용기가 서지 않았다. 종로나 신촌, 대학로를 방향 없이 걸어 다니다가도 그녀나 녀석을 닮은 사람의 뒷모습을 발견하고 자주 움찔거렸다.

녀석이 살아 있을지 모른다는 생각이 자꾸만 들었다. 되짚어 보면, 녀석의 죽음에는 확실히 의심스러운 데가 있었다. 과속으로 인한 추락사라지만, 바다에서 건져낸 무호의 자동차 기어는 2단에 맞물려 있었다. 경찰은 속도를 줄이기 위해 엔진 브레이크를 사용한 것으로 결론지었지만 그래도 의혹은 남았다. 또 차에는 운전석 쪽 문짝이 달려있지 않았는데, 그 문짝이 물속이 아니라 절벽 중턱쯤에 걸려 있었다는 것도 의심스러운 부분이었다. 무엇보다 가장 이상한 점은 무호의 시체가 발견되지 않았다는 것이었다.

급류에 휩쓸려 대륙붕을 넘어갔을 거라는 구조대원의 추

측이 만약 틀렸다면? 그렇다면 무호는 지금 어디 있는가. 혹시 어디에선가 은둔 생활을 하고 있는 것은 아닐까. 나는 이내 도리머리를 했다. 죽은 사람이 살아 돌아오다니. 그녀의 갑작스러운 출현이 현실 감각을 마비시킨 모양이었다. 더구나 녀석은 다른 사람들을 통해 끊임없이 자기의 우월을 확인해야만 살 수 있는 놈이었다. 은둔 생활 따위는 녀석과 어울리지 않았다.

주말이 되었다. 그날은 퇴물 취급을 받던 왕고참 모가지가 드디어 잘린 날이었다. 우리 팀의 성원들은 별다른 목적의식도 없이 술을 마셨고, 12시가 넘어가기도 전에 모두들 취했다. 술자리는 계속되었다. 소줏집에서 시작한 술자리는 맥줏집을 거쳐 단란주점으로 이어졌다. 나는 양주 서비스로 나온 8·15콜라 캔을 코트 깊숙이 넣어두고 유영석의 '네모의 꿈'을 불렀다.

(……) 네모난 오디오 네모난 컴퓨터 티브이, 네모난 달력에 그려진 똑같은 하아루들. (……) 주위를 둘러보면 모두 네모난 것들뿐인데, 우린 언제나 듣지, 잘난 사람의 멋진 이 말, 세상은 어쩌면 네모의 꿈일지 모올라아. 짝짝짝짝.

다음 날 나는 오후 2시쯤에야 잠에서 깨어났다. 열려 있는 창문을 통과한 대낮의 투명한 햇살이 집요하게 망막 속을 비집고 들어왔다. 커튼을 쳤다. 어둠이 깔리자 마음이 편해졌다. 한동안 누워 어둠에 적응한 후 몸을 일으켰다. 머리 중앙에 괴어 있던 두통이 오른쪽 관자놀이로 깊숙이 파고들었다. 예리한 통증 속에서도 절실한 갈증이 느껴졌다. 한 손으로 머리를 받치고 침대를 빠져나와 냉장고 문을 열었다. 희뿌연 형광등 불빛에 망막이 저렸다. 그 빛과 함께 잊은 줄만 알았던 오래전 기억이 생생하게 펼쳐졌다.

하얀 아침이었다. 대구에 내려가 있던 나에게 무호가 찾아왔다. 누렇게 타버린 연탄들을 담 앞에 내놓으려고 주인집 대문을 열고 나가자 롱코트 차림의 녀석이 우뚝 서 있었다. 녀석의 등 뒤에 서 있는 스포츠카가 햇빛을 받아 보석처럼 빛났다. 녀석의 차가 우리 집 전세보다 훨씬 비쌀 거라는 데에 생각이 미치자 내 어깨는 비굴해졌다. 반면 반갑다며 손을 내민 녀석의 모습은 당당했다.

나는 녀석의 눈을 통해 나 자신의 모습을 보았다. 무호는 연탄이 묻어 거뭇해진 내 얼굴을 보고 있다. 내 어깨 뒤로 다섯 식구가 살고 있는 두 칸 방 애옥살림이 거침없이 드러난다. 다세대 주택의 반지하, 어둡고 누덕누덕한 방 두 칸을 조금이라도 가로막으려고 나는 몸피를 늘려본다. 그러나 무호에게는 다 보인다. 거친 목재를 건목쳐 얼기설기 벽과 천장을 올린 옥외의 부엌 한구석엔 밀린 설거짓감이 고무 대야에 아무렇게나 담겨 있고, 그 옆 수도 아래에선 중학교에

다니는 내 동생이 찬물로 고양이 세수를 하고 있다. 손빨래가 주렁주렁한 빨랫줄 바로 아래 아침으로 먹을 김치찌개가 끓고, 군데군데 곰팡이 핀 방 안엔 담배 연기가 자욱하다. 그 모든 것이 드리없이 다닥다닥 붙어 있다. 이빨 사이에 담배를 물고 밖을 내다본 막일꾼 아버지는 무호를 곁눈질로 훑어보다가 말없이 방문을 닫아 버린다. 그 소리에 내 마음 속의 문도 단단하게 닫혀 버렸다.

집 안으로 몸을 돌리며 나는 말했다.

―여기엔 너한테 보여주고 싶지 않은 것뿐이야. 내가, 오지 말라고 했었을 텐데. 돌아가 당장.

―난 널 보러 온 거야.

―내 초라한 모습을 확인하고 싶어서 왔겠지.

―나랑 화해하기 싫다고 그렇게 자기 비하까지 할 필요는 없잖아? 내가 알고 있는 너는 이렇게 약한 인간이 아닌데?

―네가 알고 있는 내가 어떤 모습인데? 내 진짜 모습이 뭔지 얘기해줄까? 난 민달팽이야 진짜 달팽이가 되고 싶어 하는. 달팽이는 적어도 집 하나는 건지고 태어났으니까. 내가 요즘 뭘 하는지도 가르쳐줄까? 「달팽이의 꿈」이라는 소설을 쓰고 있어. 그 꿈을 네가 조금이라도 이해할는지 모르겠구나.

―빈곤에 대한 서푼짜리 연민으로 독자들을 계몽할 수

있는 시대는 지났어.

─연민? 너같이 가진 놈들은 그렇게 말하겠지. 하지만 이게 나한텐 현실이야. 리얼리즘 그 자체, 감상이 끼고 들어갈 틈이 없는 사실 그 자체야. 돌아가 당장.

녀석은 할리우드 영화에 나오는 배우처럼 어깨를 으쓱해 보였다. 양키 같은 자식. 미국을 제 집처럼 들락거리는 놈이니 그럴 만도 했다. 하지만 적어도 화해를 하러 왔다면 녀석은 좀 더 겸손해야 했다. 그런 식으로 내 자존심을 들큰거려서는 안 되었다.

녀석은 품속에서 담배를 꺼내더니 멋들어지게 피워 물고는 말했다.

─그래, 난 돌아갈 거야. 하지만, 돌아갈 수 없는 사람이 있어.

녀석이 차를 향해 손짓했다. 그러자 문이 열리고 검은 구두를 신은 다리가 차 밖으로 나왔다. 들고 있던 연탄을 놓칠 뻔했다. 인하였다. 그녀는 짧은 체크무늬 스커트에 허리가 잘록한 와인색 롱코트를 입고, 빨간색 스카프를 두르고 있었다. 인하가 성장한 모습을 본 것은 그날이 처음이었다.

녀석은 빛이었고, 나는 어둠이었다. 녀석의 등 뒤에서 인하는 잘 길들여진 꽃다발처럼 환하게 웃고 있었고, 내 등 뒤에는 어린 동생과 두 칸짜리 애옥살림이 연탄재를 뒤집어

쓰고 짐승처럼 엎드려 있었다.

녀석과 화해하고 싶지 않았던 게 아니다. 다만 도망가고 싶었다. 조금이라도 빨리 그 자리를 떠나고 싶었다.

일 학년, 소주 냄새와 신나 냄새로 머릿속까지 휘발해 버릴 것 같았던 학회실의 어느 날 아침, 선잠을 털고 일어나 창문 앞에 선 나는 낯선 여자와 팔짱을 끼고 걸어가는 녀석을 보았다. 여자의 젖은 머리털과 녀석의 바뀌지 않은 옷차림은, 내가 에탄올과 메탄올로 몸의 안과 밖을 점령당하는 동안, 녀석이 간밤 내내 점령한 게 무엇인지를 분명히 깨닫게 해주었다. 그 뒤에도, 새벽녘이나 이른 아침, 고만고만한 여자와 팔짱을 끼고 학교 안 주차장으로 걸어가는 녀석의 모습은 여러 번 꼬리를 밟혔다. 녀석은 항상 무심한 얼굴이었고, 같이 걸어가고 있는 여자는 매번 처음 보는 인상이었다.

녀석이 우연을 빙자하여 내 삶을 모독한 건 그때뿐만이 아니었다. 녀석은 교문 투쟁을 앞두고 살벌한 긴장감이 감도는 학교 앞 사거리를 요란한 음악 소리와 함께 쏜살같은 속도로 빠져나가는가 하면, 인하 때문에 고민하고 있는 나와의 술자리에서 헌팅을 하기도 했다. 녀석은 언제나 그런 식이었다. 남이야 어떻게 생각하건 아랑곳하지 않았고, 인생을 진지하게 생각하는 법 또한 없었다.

녀석의 독서 습관 또한 진지함과는 거리가 멀었다. 녀석이 니체나 사르트르의 책 따위를 펼쳐놓고 도서관에서 혼자만의 투쟁을 감행하고 있음을 나는 알고 있었다. 무호는 항상 열람실의 창 쪽에 앉아 하얀 햇빛을 받으며 수많은 사상서의 숲을 헤집고 있었다. 그런데 녀석이 읽고 있는 책의 목록에는 일관성이 없었다. 녀석의 자리에는 『존재와 무』와 함께 일본 만화책이, 고리키의 소설과 프랑스 패션잡지가 나란히 올려놓아져 있곤 했다. 녀석의 의식 속에는 도대체 어떤 회로가 들어 있었을까. 녀석의 뒤통수를 노려보면, 녀석의 정수리를 갈라 그 속에 무엇이 들어 있는지 확인해 보고 싶다는 욕망이 죽창처럼 치밀어 오르곤 했다. 나는 녀석에게서 그 책들을 빼앗고 싶었다. 녀석의 행위는 그 책들에 대한 모독이었다. 녀석에게는 독서조차도 파괴적인 현학 취미거나 자기 합리화를 위한 연극에 불과했다.

그래도 나는 언제나 녀석을 용서했다. 많은 사람의 비난을 감수하면서도 녀석을 감쌌다. 내가 녀석을 용서한 건 녀석의 뛰어난 글솜씨 때문이었다. 녀석은 전혀 어울리지 않을 법한 요소들을 하나의 작품 속에서 표현하는 방법을 알고 있었다. 나는 녀석의 재능을 사랑했다. 그러므로 녀석의 사소한 잘못 따윈 눈감아줄 수 있었다.

그런데 녀석은 내가 믿어왔던 신념들을 의도적으로 조롱

하고 무너뜨리고 짓밟았다. 내 첫사랑도 예외는 아니었다.

무호와 인하가 대구로 찾아오기 한 달쯤 전, 오랜만에 서울에 올라온 나는 소주 두 병을 사 들고 학교 앞 아마존의 자취방을 찾았다. 이층집 옥상의 옥외 창고를 개조해 만든 아마존의 자취방은, 그 동네 꼭대기에 저 혼자 휑뎅그렁하게 놓여있어 산꼭대기에 축조한 병참기지처럼 을씨년스러운 데가 있었다. 그런데 그날 그 방 주위를 맴돌던 분위기는 좀 묘했다. 깨끗하게 청소가 되어 있는 것도 이상했지만, 야릇한 냄새가 술 취한 코끝으로도 진하게 맡아졌다.

직감적으로 무호가 와 있음을 알았다. 아마존이 무호와 사귀고 있다는 소문이 돌 때였지만 무호의 아니라는 말을 곧이곧대로 믿었던 나였다. 만약 무호의 말이 거짓이었다면? 직접 확인하기 전에는 그냥 돌아갈 수 없었다. 앞뒤 생각할 겨를도 없이 현관문을 열고 들어섰다. 남자 구두 하나가 놓여있는 것을 보았다. 누구야? 하는 무호의 목소리가 들린 것과 내가 방문을 잡아챈 것은 거의 동시였다.

무호 위에 수직으로 앉아 있던 여자가 비명을 지르며 몸을 가리는 것이 보였다. 그 바람에 역시 수직으로 서 있던 녀석의 물건이 이불 밖으로 삐죽 튀어나왔다. 그것은 지시물을 잃은 화살표처럼 무심해 보였다. 녀석은 몸을 가릴 생각도 않은 채 단 한 마디로 나의 윤리 감각을 흔들었다.

—아마존은 집에 없어.

　문을 닫고 나오는 등 뒤로 여자애의 깔깔거리는 웃음소리가 흘러나왔다. 마음속에 있던 무엇이 통째로 무너지는 듯한 느낌이었다. 발걸음도 흐트러져 문 앞에 쌓여 있던 냄비들을 건드리고 말았다. 피사의 사탑처럼 모로 기운 채 간신히 균형을 유지하고 있던 냄비들은 내 발이 닿자마자 기다렸다는 듯이 요란한 소리를 내며 흩어졌다.

　놀랍게도 아마존은 밖에 있었다. 아마도 안에서 나는 소리를 고스란히 듣고 있었을 것이다.

　평소 때와 다를 바 없이 낡은 트렌치코트를 걸치고 고개를 빳빳이 쳐들고 있는 그녀는 그러나 어딘지 모르게 풀이 죽어 있었다. 그녀는 나를 보더니 빙긋 웃었다. 한참 동안 말이 없었다. 나를 쳐다보지도 않았다. 그러다가 돌아가겠다고 인사를 하자, 그제야 내 손에 들린 소주를 발견했는지, 한잔할래? 하며 앞장을 섰다. 무언가 할 말이 많은 사람처럼 입술을 움찔거리던 그녀가 막상 나를 데리고 간 곳은 헤비메탈이 시끄럽게 흘러나오는 맥줏집이었다.

　우리는 별말 없이 술만 마셨다. 특히 그녀는 말하지 않기로 작정한 사람 같았다. 한참 만에 무호랑 같이 사니? 하고 묻자 가볍게 고개를 끄덕였을 뿐이었다. 그녀는 내 얼굴을 자주 쳐다보았다. 자꾸만 무슨 말을 할 것처럼 입을 벌렸다가 그냥 다무는 일을 반복했다. 그러다가 고개를 숙이더니 어깨를 들썩거렸다. 죽여버리고 싶어. 죽여버릴 거야.

그날, 생전 처음으로 아마존이 우는 것을 보았다. 내가 사랑했던 그녀는 더 이상 존재하지 않았다. 아마존은 없었다. 인하라는 여자만이 남아 있었다. 그리고 그 여자는 무호의 화려한 사생활 축에도 끼지 못하는 가련한 여자가 되어 있었다.

그 사실을 깨달았을 때, 손에 쥐어져 있었던 캔이 바로 하이네켄이었다. 푸른색과 초록색이 뒤섞여 딱 뭐라고 집어 말할 수 없는 그 빛깔. 나는 항상 그 색감이 아마존을 닮았다고 생각해 왔었다. 이제는 사라져 버린 그 색깔을 기억하기 위해 그 캔을 잠바 주머니 속에 챙겼다. 그 캔의 이름은 이제 하이네켄이 아니라 사라진 아마존이었다. 하지만 그때만 해도 내 첫사랑이 끝났다고 생각하지는 않았었다.

그러나 한 달 뒤 무호와 함께 찾아온 인하가 보았을 때, 나는 모든 것이 변해버렸음을 실감했다. 인하의 옷차림 하나하나, 몸짓 하나하나, 미세한 화장선조차도 무호를 떠올리지 않고는 마주 볼 수 없는 것들뿐이었다. 무호는 빛이었고, 인하는 그 빛의 움직임을 쫓아 고통스럽게 몸을 비틀고 있는 이름 없는 꽃이었다. 그리고 나는 그사이를 가로막으려 하는 어둠.

처음부터 둘 사이에 내가 끼어들 틈 같은 것은 없었던 것이다. 그 사실을 깨닫는 데 왜 2년이란 세월이 필요했을까. 나는 인하를 위해서라면 목숨을 내놓아도 상관없다고 생각했는데, 인하는 무호를 향해 얼굴을 내밀고 있는 것만으로도 만족하고 있었다. 무호가 자신의 자취방에서 다른 여자를 안거나 말거나, 인하에게 그것이 무호와 헤어지는 이유가 될 수 없음을 나는 그 하얀 아침, 기꺼이 무호의 그림자가 되어 나를 찾아온 인하의 웃음 속에서 비로소 깨달을 수 있었다.

무호의 그림자. 그 단어가 떠오르자 나는 현재의 나로 되돌아왔다. 갑자기 도둑맞은 하이네켄이 떠올랐고 새삼스러운 분노가 치밀었다. 정말 무호의 유령이 나타나 하이네켄을 가져간 것이라면 지옥 끝까지 쫓아가 녀석을 처단할 것이다. 내 삶을 하나하나 조롱한 것으로도 모자라, 내 삶의 기념비들까지 빼앗아가게 내버려 둘 수는 없었다. 물 대신 맥주 하나를 집어 들었다. 힘껏 쥐어보았다. 아무래도 그녀가 나를 찾아오기 전에 내가 그녀를 먼저 찾아내야 한다는 생각이 들었다. 아직도 그녀는 무호의 그림자일 것이므로.

5. 혼.exe

보안 시스템을 바깥으로 옮겼다. 플래시와 스피커는 제거했다. 이번 시스템은 범인보다는 그녀의 모습을 포착하기 위해 설치한 것이었다.

그러나 그녀는 나를 더 이상 찾아오지 않는 모양이었다. 마치 그녀를 찾아내겠다는 내 결심을 눈치채기라도 한 것처럼. 매일 밤 그림 파일을 점검해 보았지만 그녀의 사진은 더이상 추가되지 않았다.

그녀가 사라졌던 자취촌 앞에서 매일 밤 그녀를 기다렸다. 골목 어귀에서 몇 시간씩 추위에 떨며 생각했다. 이제 스물아홉. 그녀는 결혼했을까. 결혼하지 않았다면, 안락한 가정을 나와 그녀는 이 싸구려 자취촌에서 무엇을 하며 지내는 것일까.

머릿속에 물음표를 수십 개씩 매달고 자정이 넘을 때까지 서 있어도 그녀는 나타나지 않았다. 어쩌면 정말 그녀와 다른 여자를 착각한 건지도 몰랐다. 아니면 그녀는 잠시 이 동네를 들렀을 수도 있다. 그것도 아니라면 집 안에 처박혀 바깥으로 나오지 않는 것일까.

일주일도 채 되지 않아 그녀를 만나겠다는 결심은 흔들렸다. 하긴, 이런 식으로 어긋난 게 처음은 아니었다. 무호, 인하, 나, 이렇게 셋은 마치 같은 일을 하지 않기로 작정한 사람들처럼 서로의 삶을 피해 다녔었다.

대학에 들어가자마자 내가 운동권에 뛰어들었을 때, 무호는 세상의 모든 것을 비웃으며 철저하게 본능적으로 살고자 했다. 그래서 나는 '흙민족'을 줄인 '흙'으로, 무호는 '아나키스트'를 줄인 '아나'로 명명되었다. 인하는 술자리에서만큼은 여전사처럼 행동해서 '아마존'이라는 애칭을 얻었지만 실제로는 주위를 맴돌며 고민하는 축이었다. 아마존의 경력은 일 학년 때만 해도 벽화 보수나 민중화 제작 같은 문예 활동에 머물러 있었다. 그러다가 이 학년이 되자 인하가 공예과 출신으로는 처음으로 총여학생회장으로 나섰고, 나는 소설가가 되겠다는 화두를 짊어지고 탈퇴를 선언했다. 다시 일 년, 소설을 쓰겠다는 내 결심이 흔들릴 때쯤 동구권이 그 혁명 역사에 종지부를 찍었다. 아마존이 운동을 포기하고 무호의 애인이 되었다는 소문을 들은 것은 그로부터 육 개월 뒤였다. 그런데 그때쯤 무호가 이상한 행동을 보이기 시작했다. 이미 많은 사람들이 좌절하거나 조직을 떠난 마당에 갑자기 운동을 하겠다고 나섰던 것이다.

많은 사람이 분노했다. 특히 내가 느낀 감정은 분노 이상이었다. 나는 무호의 행동이 대세에 거스르는 일에 혈안이 된, 돈 많고 할 일 없는 놈의 악취미에 불과하다는 사실을 잘 알고 있었다. 순전히 재미로, 녀석은 완벽한 연기 솜씨를 자랑하며 수많은 사람을 농락하고 있었다. 물론 선배들은 무호의 부탁을 거절했다는 소문이었다. 가뜩이나 위기에 처해 있는 상황에서 무호 같은 인물을 받아들인다는 건 조직의 결속력을 위협할 것이 분명했다. 무엇보다도 선배들과 동기들의 녀석에 대한 악감정이 뿌리 깊었다. 물론 녀석은 자신의 청이 절대 받아들여지지 않으리라는 것까지 계산했을 것이다.

교차하지도 만나지도 않는 세 개의 급격한 파동선. 우리의 관계는 그것이었다. 3년 내내 같은 동아리에 몸담고 있었던 것을 제외하면, 우리는 한 번도 같은 배를 탄 적이 없었다. 문학 동아리를 빌미로 슬그머니 사용하게 된 '우리'라는 호칭도 좀 우스운 데가 있었다. 언제 우리가 같은 세계관을 가져 봤으며, 의견을 일치시키거나 하나의 견해로 수렴하려는 노력을 해보았던가. 우리는 과도 달랐다. 나는 국문과였고, 무호는 전산과였으며, 인하는 공예과였다. 전공 탓이었는지 나를 제외한 두 사람은 동아리 출석률이 저조했다. 그래도 같은 관심사를 가지고 있다는, 지금 생각해 보면 억지로 꿰어맞춘 것이나 다름없는 실낱같은 유대감으로 2년 남짓 절친한 관계를 유지한 게, 기적이라면 기적이었다.

지금 생각해 보면 우리는 같은 시기에 대학을 다니면서도 서로 다른 시간 속에 살고 있었을지도 모른다는 의심마저 들었다. 내가 80년대를 살았다면 무호는 90년대의 한복판을 살고 있었는지도 몰랐다. 그리고 인하는 그사이, 어느 쪽으로도 뛰어들 수 없는 애매한 경계 지점에 서 있었던 것이 아닐까.

나는 그녀를 만나지 못하는 것을 엇갈리기만 했던 세 명의 특이한 인연 탓으로 돌렸다. 우리가 하나의 선으로 합쳐지지 못하고 진폭을 달리한 것은 결코 우연이 아니었다. 거기에는 내가 알지 못하는 어떤 법칙이 있을 법했다. 하지만 그녀의 옆얼굴과 조우하게 된 것은 충분히 있을 법한 우연이었다. 그녀와 엇갈린 것이 필연이라면, 그녀를 만난 것은 우연이었고, 나와 그녀는 서로 운명이 아니었다.

나는 재빨리 결론짓고, 재빨리 포기했다.

나는 나의 일상으로 돌아왔다. 원룸촌의 반짝이는 창문을 향해 돌멩이를 던져 넣고 싶은 충동마저도 고스란히 삼켜버리는 나의 고귀한 일상으로. 퇴근해서 방문을 열쇠로 열고 있으면 카메라 렌즈가 나를 노려보고 있었다. 그 렌즈는 매일 세 장씩 내 얼굴 사진을 찍었다. 이제 컴퓨터에 찍히는 것은 나 자신의 모습뿐이었다. 지극히 자연스럽고, 다행한 일이었다.

그렇게 몇 주가 단조롭게 흘러가고 찾아온 어느 토요일

저녁, 여느 때와 다름없이 말썽을 피우는 프로그램과 싸움을 하고 있을 때, 갑자기 모니터 오른편 하단에 트렌치코트를 입고 있는 그녀의 사진이 나타났다. 즉시 작업 중이던 프로그램을 닫고, 카메라 상태를 촬영 모드에서 감시 모드로 전환했다. 옅은 붉은 색 화면 속에 드러난 그녀가 눈앞에 있는 것처럼 생생했다. 프레임을 화면 전체로 확장하고 줌을 사용하여 그녀의 모습을 가깝게 잡아당겼다.

그녀는 고개를 숙이고 가만히 서 있을 뿐 초인종을 누르지도, 문을 두드리지도 않았다. 그녀가 어떻게 행동할 것인지에 가슴 졸이며 화면을 주시했지만 정말 그녀는 그림 같기만 했다. 움직이는 영상이 아니라 정지된 순간을 포착한 한 장의 사진처럼, 긴 속눈썹이 닫혔다 열리는 것을 제외하면 그녀는 아예 망부석이었다.

바람이 불었던가. 돌아서서 걸어가는 그녀의 코트 자락이 큰 동선을 그리며 너풀거렸다. 그녀의 오른손에는 비닐봉지가 들려 있었다. 나는 그것이 소주병이라는 것을 깨달았다. 그녀는 오래전 내가 소주 두 병을 사 들고 자취방을 찾아갔을 때의 모습으로 나를 찾아온 것이었다.

그녀를 붙잡아야 한다는 생각이 들었다. 후다닥 문을 열고 뛰쳐나가 그녀의 이름을 불렀다. 아마존, 하고. 그러나 그녀는 온데간데없었다. 길 밖에까지 나가보았으나 어스름이 내리고 있을 뿐, 골목 위에는 사람 한 명, 바람 한 점 없었다. 뭐라고 형언할 수 없는 미묘한 냄새만이 그녀가 지나갔을 길 위를 맴돌고 있을 뿐이었다.

어떤 사람을 절실히 기다리다가 막상 만나게 되면 예전에 상상했던 것과는 달리 무덤덤해져 있는 자신을 발견하는 수가 많다. 자신이 기다린 것이 그 사람 자체가 아니라 그 사람의 이미지, 그 사람을 만났을 때 자신이 자아낼 수 있는 포즈들이었음을 차갑게 인식할 때 애초의 그리움은 꼬리를 내리는 법이다.

반면 평소에는 전혀 의식하지 못하다가 그 사람을 만나게 돼서야, 자신이 그 사람을 오랫동안 그리워했음을 깨닫게 되기도 한다. 마치 배고픔을 전혀 인식하지 못하다가 김이 모락모락 나는 음식을 대하고서야 불현듯 공복을 느낄 때처럼, 그런 것은 때로 동물적이어서 사람의 마음을 쉽사리 뒤흔들어 놓는다.

그날 밤, 나는 학교 앞 술집을 이 잡듯 들들 뒤졌다. 예전과 다를 바 없는 그녀의 옷차림이 예전과 다를 바 없는 곳에서 그녀가 술을 마시고 있으리라는 허황된 기대를 품게 했다. 물론 그녀를 찾을 수는 없었다. 한 시간여를 돌아다니다, 어느 술집에 주저앉고 말았다. 집에 돌아올 때는 급하게 마신 소주 탓에 억병으로 취해 있었다.

캔

시스템을 해제해 놓은 데다가 문까지 열어두고 나왔다는 사실을 일깨운 것은 집에 거의 다 도착해서였다. 아니나 다를까, 숨이 턱까지 차서 방문을 열어젖혔을 때, 피부에 와 닿는 이질감이 낯설지 않았다. 캔 꽂이부터 점검했다. 든 놈은 몰라도 난 놈은 안다고, 한눈에 봐도 무언가가 없어져 있었다. 콜라 캔 8·15, 그게 없었다. 황망한 마음으로 콜라 캔이 사라진 자리를 자꾸만 더듬었다.

침대에 드러누웠다. 갑자기 취기가 오르며 정신이 혼미해졌다. 까무룩하게 잠이 드는가 싶었다. 그때였다. 어디선가 목소리가 있었다.

네가 찾는 건 여기 있어.

놀란 나는 거의 반사적으로 자리에서 일어났다. 비수같이 날 선 목소리. 주위를 둘러보았으나 아무도 없었다. 목소리가 다시 들렸다.

난 여기 있어.

소리 나는 곳을 바라보았다. 컴퓨터 모니터 쪽이었다. 녀석이 컴퓨터 화면 속에 있었다. 바닥을 기다시피 하여 문밖으로 나가보았다. 아무도 없었다. 큰 숨을 한 번 쉬고 다시 들어왔다. 컴퓨터 앞에 섰다. 녀석은 여전히 컴퓨터 화면 속에 있었다.

네가 찾는 8·15콜라 캔은 여기 있어.

녀석은 싱긋 웃더니 빨간색 캔을 들어 보였다. 녀석의 손에 잡혀 있는 캔을 보자 몸속의 피가 온통 머리끝으로 몰리는 기분이었다.

원하는 게…, 도, 도대체 뭐야.

넌 나에게서 독립할 수 없어. 독립을 꿈꾸면 안 돼. 다른 사람을 네 머릿속에서 몰아내는 건 나쁜 짓이야.

내, 내 캔을 왜 훔치는 거지?

녀석은 약간 뜸을 들이더니 대답했다.

캔을 모으는 건, 나쁜 짓이야.

내가 뭘 하던, 그게, 너랑 무슨 상관이야.

네 머릿속에 있는 사람들의 기념비를 세우지 마. 그건 그 사람들을 죽여 네 기억 속의 박제로 만드는 일이야. 나에게서 자유로워지기를 꿈꾸지 마. 넌 나에게서 독립해선 안 돼. 네가 독립하면 난 죽어.

난 언제나 너에게서 자유로웠어.

녀석은 왼쪽 입 끝만으로 차갑게 웃었다.

그래? 그렇다면 왜 나를 위한 캔은 없지?

캔 꽂이를 돌아보았다. 어느새 캔 하나하나가 갖가지 색깔의 비석이 되어 서 있었다. 하지만 녀석의 비석은 없었다. 머릿속이 온통 휘발해 버릴 것만 같았다.

널 죽여버리겠어.

캔

마우스를 붙잡고 보안 시스템의 감시 모드를 정지시켰다. 그러나 실제로 존재하지 않는 녀석은 카메라 렌즈를 닫아도 사라지지 않았다. 엔·티 시스템을 종결시키려 시도했다. 그러나 마우스도 키보드도 말을 듣지 않았다. 녀석의 얼굴만이 살아 움직이고 있었다. 컴퓨터 전원을 뽑았다. 그러나 컴퓨터가 꺼지기 전에 화면으로부터 떨어져 나온 녀석의 영상은 방 안을 제멋대로 날아다녔다. 녀석은 캔 사이사이를 누비며 그곳에 새겨진 사람들의 이름과 그 이름에 연루된 사건들을 삭제하기 시작했다. 녀석의 영상을 붙잡기 위해 손을 뻗쳤다. 그러나 녀석의 영상은 잡히지 않았다. 나란히 놓여져 있던 캔들만이 자꾸만 쓰러져 갔다. 눈을 감았다. 그래도 녀석의 영상은 사라지지 않았다. 내 안으로 들어온 녀석은 이제 내 머릿속 기억들을 하나하나 무단으로 삭제하기 시작했다. 소리를 질렀으나 눈을 뜰 수 없었다. 머릿속이 자꾸만 비어갔다. 경고 메시지가 반복되었다.

선택된 파일들을 휴지통에 버리시겠습니까?

아니라고 소리쳤지만 녀석은 거듭 '예'를 선택했다. 메신저는 자꾸만 물었다.

선택된 파일들을 휴지통에 버리시겠습니까?

녀석이 모든 파일을 선택하고 '이후 무시' 명령을 넣었다. 파일 삭제 상황을 표시하는 막대그래프가 나타나더니 빠른 속도로 파일들이 휴지통으로 들어가기 시작했다.

모든 파일들이 소실되고 나자 메신저가 다시 물었다.

혼.exe 파일은 시스템 파일입니다. 이 파일을 지우면 이 프로그램 및 시스템 전부를 사용할 수 없을지도 모릅니다. 휴지통에 버리시겠습니까?

녀석이 나 대신 대답했다.

그럼 물론이지. 모든 시스템을 지워버려. 모든 구조를 파괴해.

컴퓨터가 녀석의 목소리에 응답했다.

혼.exe 파일이 삭제되었습니다.

마지막 메시지를 끝으로 내 의식은 거뭇하게 잦아들었다. 아무것도 기억나지 않았고, 아무것도 생각할 수 없었다. 머릿속의 자료는 지워지고, 체계는 마비되었다.

내 기억과 사고 체계는 휴지통에 버려진 채 재활용을 기다리고 있었다. 나는 이제 과거로부터 자유이기를 바라고 있었다.

6. 그녀의 박물관

낯선 여자가 나를 찾아왔다.

일요일 오후 다섯 시쯤의 일이었다.

그녀는 자신이 나의 옛날 친구라고 말했다. 그러나 그 말은 아무래도 거짓말인 것 같았다. 집에는 안주가 될 만한 것이 아무것도 없었으므로 우리는 근처에 있는 소줏집에서 술을 마셨는데, 근 두 병을 비우는 동안 과거에 대한 이야기는 단 한마디도 나누지 않았기 때문이었다. 정말 오래된 친구라면 아름다웠던 추억담에 시간이 지날수록 목소리가 높아져야 정상일 텐데 우리는 갈수록 말이 짧아지기만 했다. 하지만 그녀의 거짓말을 용서해 주기로 했다. 부드러운 이마선과 아슬아슬한 균형을 유지하고 있는 오뚝한 코가 귀여우면서도 이지적인 느낌을 주는 그녀의 얼굴은, 정말 오래전부터 알아 왔던 사람처럼 익숙한 데가 있었다.

더구나 그녀는 나에 대해 알고 있는 것이 상당히 많았다. 내가 국문학과를 졸업했다는 것과 학교 다닐 적에 문학에 관심이 많았다는 것에 대해서까지 알고 있었다. 미대 출신이라는 그녀는 어떻게 나에 대해 그렇게 자세히 알고 있는 것일까. 정말 그녀는 나의 오래된 친구일까.

도리머리를 했다. 그녀는 나의 오랜 친구여서는 안 되었다. 나는 그녀를 몰라야 했다.

　그녀는 일주일에 두 번쯤 어김없이 나를 찾아왔다. 보통은 자정이 조금 지난 새벽녘, 맥주나 소주, 안주가 될 만한 과자 부스러기 등속을 들고 불쑥 들이닥치는 것이 그녀가 나를 방문하는 방식이었다.

　나는 그녀를 만날 때마다 자꾸만 누군가 옆에 있는 것 같은 착각에 빠졌다. 아니면 내 머릿속에 그녀를 알고 있는 누군가가 들어앉아 있어서 내가 모르는 방식으로 그녀에게 반응하고, 나는 그 반응을 어렴풋이 감지하고 있다는 생각.

　누군가가 개입해 있는 듯한 이물감이 아니더라도 그녀의 방문이 유쾌하지만은 않았다. 그녀가 찾아오기 시작하면서 캔 도난이 다시 시작되었기 때문이었다. 두 차례에 걸쳐 캔이 또 없어졌다. 보안 시스템의 정확한 성능에 의기양양했던 나는 미궁에 빠졌다. 누구일까. 도대체 누가 카메라를 뚫고 내 집 안에 두 번이나 발을 들여놓을 수 있었을까.

　당연히 의심은 그녀에게로 쏠릴 수밖에 없었다. 그동안 집에 들어온 사람이라고는 그녀밖에 없었기 때문이었다. 출장 간 사이 찍힌 수십 장의 사진 또한 그녀가 보안 시스템을 설치하기 이전부터 캔을 훔쳐냈을 거라는 의구심을 부추기는 것 중 하나였다.

　그러나 아무리 생각해 보아도 그녀가 나를 방문한 시간과

캔

캔이 사라진 날짜는 일치하지 않았다. 그러니까 그녀는 범인일 수 없었다.

그녀이건 아니건 간에 범인이 보안 시스템을 통과한 것만은 확실했다. 보안 시스템이 해제되어 있는 시간은 내가 집에 있었던 시간이었고 그동안만큼은 캔을 훔쳐 간 사람이 없었으므로.

하지만 아무리 생각해 봐도 카메라를 어떻게 통과했는지 알 수 없었다. 3초 이내에 잠금쇠 두 개를 열고 침입해 문까지 닫을 수 있다면 모르지만. 직접 실행해 보았지만 열쇠를 들고 있는 나로서도 그건 거의 불가능한 일이었다.

컴퓨터만 해도 마찬가지였다. 일단 사진이 찍히게 내버려둔 다음 컴퓨터에 저장된 파일을 삭제하는 방법이 있었지만 내 컴퓨터는 암호를 입력하지 않으면 어떤 파일도 삭제할 수 없게 되어 있었으므로 그것 또한 불가능했다. 또한 사진이 찍힌 후 1분이 지나면 화면보호기가 작동하고 그것 역시 암호를 입력해야만 해제되기 때문에 아예 컴퓨터를 사용할 수 있는 가능성 자체가 차단되어 있는 셈이었다. 그렇다면 도대체 범인은 어떻게 아무 흔적도 남기지 않고 캔을 집어간 것일까. 정말 유령이란 말인가. 어쨌든 그녀가 더 이상 찾아오지 못하게 해야겠다고 마음먹었다. 아무래도 그녀의 출현과 캔의 실종 사이에 모종의 관계가 있으리라는 심증이 가시지 않았기 때문이었다. 그러나 몇 번씩이나 다짐하고서도, 번번이 그녀를 돌려보내지 못했다. 그녀와 헤어지고 나서 집에 돌아오면 어쩐지 가슴속이 텅 빈 것처럼 허우룩했다. 방 안에 웅덩이처럼 고여 있는 적막함이 싫어 음악을 틀어 놓으면 캔 꽂이에 꽂혀 있는 캔들이 일제히 공명하며 가슴을 울려댔다. 그녀의 존재는 물처럼 서서히, 소리 없이 나에게로 스며들고 있었다.

그녀는 햇빛을 좋아했다. 내 방에 들어와 그녀가 처음으로 하는 일은 커튼을 걷고 방 안을 밝은 빛으로 채우는 일이었다. 그녀는 내가 컴퓨터 작업을 하는 동안 몇 시간씩 창가에 앉아 있기도 했는데, 그것은 해바라기라기보다는 차라리 하나의 의식에 가까웠다. 그녀는 가끔씩 몸을 부르르 떨며 입술을 달싹거려 나를 놀라게 만들기도 했다. 그럴 때 그녀는 손을 앞으로 내밀어 자꾸만 비트는 버릇이 있었는데 그 모습에는 신내림을 받는 무당의 동작처럼 귀살스러운 데가 있었다.

그녀의 손은 어딘지 모르게 좀 이상했다. 우선은 움츠러들어 있어 항상 무언가를 쥔 듯이 긴장해 있는 데다가, 무엇보다도 손바닥이 온통 상처투성이라는 점에서 그랬다. 날카로운 물건에 여러 차례에 걸쳐 베인 듯한, 그것도 최근에, 채 아물기도 전에 다시 긁히고 터진 듯한, 마치 거미줄이 얽혀 있는 것처럼 여겨지는 상처들이었다.

그 상처들을 볼 때마다 자꾸만 그녀가 어느 날 갑자기 내 방 창문을 깨고 들어온 돌멩이 같다는 생각이 들었다. 하지만 그 돌멩이를 누가 던진 것인지, 왜 하필이면 내 방 안으로 날아든 것인지에 대해서까지 알고 싶지는 않았다. 내가 궁금한 것은 그녀가 손을 다친 이유였다.

그러던 어느 날, 그녀의 집에 가봐야겠다는 생각이 들었다. 내가 술자리의 종착지를 그녀의 자취방으로 몰고 간 것은 혹시 그곳에 가면 그녀의 상처에 대해 알게 되는 게 있을지도 모른다는 예감과 함께, 어쩌면 캔을 발견하게 될지도 모른다는 생각 때문이었다. 그녀가 정말 범인이라면 내 청을 쉽게 받아들이지 않을 것이고, 그렇지 않다면 특별히 반대하지도 않으리라는 계산이었다. 그런데 소주 두 병쯤을 나누어 마시고 그녀의 집에 가보고 싶다고 말하자, 그녀는 자신과 자고 싶으냐고 물었다. 아무 대답도 할 수 없었다. 그녀와 자고 싶은지, 자고 싶지 않은지, 그것에 대해 생각해본 적이 한 번도 없었기 때문이었다. 그러나 술집을 나오자 그녀는 먼저 나를 자신의 자취방이 있는 곳으로 이끌었다.

그녀의 방은 이층집 시멘트 지붕 위에 있었다. 옥외에 매달려 있는 가파른 철제 계단을 올라가니 방이라기보다는 차라리 창고처럼 보이는 건물이 옥상 한가운데 을씨년스럽게 솟아 있었다. 그녀가 문을 열고 불을 켜자 최초로 내 눈에 들어온 것은 한 남자의 반신 사진이었다. 치켜 올라간 코트 깃과 주름 잡힌 이마, 초록색 띠가 둘러진 담배가 그 사진 속에 있었다.

그 방은, 한 명의 인물을 기억하기 위해 오랜 시간 동안 길들여진 공간이었다. 아니, 숫제 그곳은 한 인간을 추모하기 위한 작은 박물관이었다. 사진 옆에는 아예 그 남자의 것일 코트와 옷들이 옷걸이에 가지런히 보관되어 있었다. 그뿐이 아니었다. 그 남자가 애용했을 물건들, 맨솔 담배며, 낡은 지포 라이터, 녀석이 타고 다니던 자동차의 축소 모형, 핸드폰에서부터, 액세서리, 나비 모양의 선글라스, 만년필, 소형 카세트에 이르기까지, 거의 모든 것들이 무슨 고대도시의 부장품들처럼 진열되어 있었다. 어디에도 캔 같은 것은 없었다. 다만 그 남자의 물건들뿐이었다.

나는 잔뜩 벼린 활시위처럼 그녀를 향해 몸을 돌렸다. 그러나 그녀는 아무런 대답도 하지 않았다. 머리가 어지러웠다. 심장 박동이 빨라지고 있었다.

과거의 기억들이 바로 어제 일어난 일처럼 머릿속을 가득 채웠다. 나는 아마존에 대한 기억이 하이네켄과 함께 사라진 것이 아니라는 사실을, 그녀를 잊을 수 없다는 사실을 인정해야만 했다. 인하를 처음 만난 여자처럼 대하겠다는 애초의 계획은 수포로 돌아갔다. 인하에게 무호는 죽지 않고 살아 있었다. 나에겐 오래전에 끝난 일들이 그녀의 자취방, 내 원룸과 5분 거리도 되지 않는 곳에서는 이렇듯 아직도 끝나지 않은 일로 진행 중이었고, 무호를 잊지 않고 있는 인하는 새로운 아마존이 되어 다시 내 앞에 서 있었다.

"뭐 하니? 벌써 취한 거야?"

그녀가 팔을 흔들었다. 그녀는 어느새 낯선 여자로부터 나의 옛 친구 인하로 돌아와 있었다. 나는 그녀의 자취방 한구석에 앉아 있었다. 앞에는 과일과 함께 양주 한 병이 놓여있었다. 인하가 따라주는 양주를 냅다 집어삼켰다.

"오늘이 대체…, 몇 년, 몇 월, 며칠이지?"

"몇 잔을 더 마셔야 정신 차릴래?"

나는 그녀가 따라주는 대로 말없이 받아 마셨다. 배 속으로 들어간 뜨듯한 열기가 점차 혈관을 통해 온몸으로 퍼져가는 것이 느껴졌으나 의식은 오히려 또렷해졌다.

"넌 미쳤어."

인하는 정말 미친 여자처럼 깔깔거리고 웃더니 담배를 피워 물었다. 인하는 고개를 들어 무호의 물건들을 한번 휘둘러보더니 말했다.

"깡통이나 모으는 너보다는 덜 미쳤어."

"그건 내 취미일 뿐이야."

"물론이겠지. 너한텐 운동도 문학도 우정도 전부 다 취미 이상은 아니었을 테니까."

인하의 한 마디는 그대로 화살이었다.

"함, 함부로 말하지 마."

"함부로 말한 건 네가 먼저야. 엄살떨지 말고 술이나 더 마셔."

인하는 위스키 한 잔을 입속에 털어 넣더니 지그시 눈을 감았다. 몇 초 후 다시 눈을 다시 떴을 때 인하의 눈망울 속에는 푸른빛의 물기가 서려 있었다. 인하는 담배를 끄자마자 새 담배를 꺼냈다. 인하는 불이 붙은 성냥을 끄지 않고 그대로 재떨이 위에 떨어뜨렸다. 작은 화염이 망막 위에 분홍색의 저린 흔적을 남기며 낙하했다.

악몽 같은 기억이, 점차 거대해지는 불기둥이 되어 눈앞을 가로막았다. 대학교 2학년 때, 고학번 선배로부터 은밀한 권유를 받았었다. 권유라고 해 봐야 자신이 시대의 어둠을 밝힐 불꽃이 될 수 없음을 심하게 자학하는 내용이었지만, 나는 그 뒤에 숨겨진 진정한 의도가 무엇인지 알고 있었다.

살아야 했다. 대구로 내려간 것은 소설을 쓰기 위해서가 아니라 사람들의 타오르는 눈빛으로부터 몸을 숨기기 위해서였다. 그 눈빛들이 절대로 아무것도 강제하지 않는다는 사실을 번연히 알면서도, 나는 나 자신으로 하여금 찬란한 빛이 되기를 끊임없이 부추기는 듯한 끈적이는 익명의 시선으로부터 자유로울 수 없었다.

나는 언제나 그랬듯이, 빛을 향하여 뛰어드는 나방이 아닌, 어둠을 향해 파고드는 애벌레로 만족했다. 하지만 그것은 오랫동안 죄책감으로 남아, 자유낙하를 하는 불새, 합장하고 앉은 등신불의 환영으로 꿈속에 나타났다. 우습게도, 녀석이 실종된 후에는 불에 휩싸인 자동차의 모습이 매일 밤 꿈속에 나타나 나를 잠 못 들게 했다. 녀석은 분명 물속에서 죽었는데 불에 휩싸인 영상이라니.

그 문제를 두고 나를 비웃거나 괴롭힌 사람은 없었다. 그 일로 고통받았다면 그건 나 때문이었지 다른 누구 때문이 아니었다. 그런데 녀석은 유독 그 문제를 붙잡고 늘어졌다. 녀석은 그해의 모든 죽음을 비웃었다. 우연적인 상황이긴 했지만 바로 눈앞에서 사람 하나가 불에 타죽는 것을 보고서도 녀석은 조소를 멈추지 않았다. 선배들과 동기들이 녀석에 대해 씻을 수 없는 분노를 가슴에 새기게 된 것은 바로 그 때문이었다. 녀석은 악마, 칼에 찔려도 피 한 방울 나오지 않을 냉혈한이었다.

─그들은 이 시대의 어둠을 밝히기 위해서 자신의 목숨을 초개와 같이 버렸어.

─그러니까, 다른 것과 교환될 수 있는 죽음을 위해서 그

렇지 못한 삶을 포기했단 말이죠?

─교환이라고? 넌…, 한, 한 인간의 생명이 교환…. 이것 봐. 인간의 생명은 그 무엇과도 바꿀 수 없는 거야. 그 무엇과도 바꿀 수 없는 생명을 버렸단 말야. 이 나쁜 자식. 무, 무슨 얘긴지 모르겠어?

─그래. 내가 뭐라고 그랬어요? 그러니까, 죽은 애들은 생명보험에 들어 있었고, 그 보험 수혜자는 민중이란 얘기 아냐.

─뭐, 뭐야? 그럼 우리가 보, 보험금을 타려고 한단 말야?

─이를테면. 보험금 내용이 좀 거창하긴 하죠. 자유, 민주, 평화 이 세 단어….

무호가 미처 말 맺음을 하기도 전에 선배 한 명의 주먹이 녀석의 턱에 꽂혔다. 녀석은 맥주잔을 잡은 채로 맥없이 나가떨어졌다. 조금이라도 덜 맞기 위해 몸부림을 치는, 얼굴을 다치지 않기 위해 벽에 안면을 갖다 붙이고 온몸을 웅크리고 있는 녀석에게 조금 전까지의 당당함이나 여유는 찾아볼 수 없었다. 녀석은 엄살이 심했다. 곁눈을 뜨고 소리를 질러대는 게 매 맞는 강아지 꼴이었다. 그러나 녀석은 끝까지 잘못했다거나 살려달라는 말을 하지 않았다. 한마디만이라도 사과했다면 코뼈가 부러지고 턱뼈에 금이 가는 상처를 입지는 않았을 것이다.

살려달라는 말은 내가 했다. 누군가 죽여버리겠다고 각목을 구해 왔을 때.

하지만 아니었다. 그때 그 선배에게 파이프를 빼앗아 내 손으로 녀석을 죽여버렸어야 했다. 타인의 끔찍한 죽음을 말장난으로밖에 생각하지 못하는 녀석에게 죽음은 극도로 실제적인 사건이라는 사실을 가르쳐 주었어야 했다.

그랬다면, 그랬다면 녀석은 그렇게 위험한 방법으로 비 오는 해변도로를 달리지 않았을지도 모른다.

부질없는 생각이었다. 또 과거가 바뀔 수 없다는 사실을 잊고 있었다. 가끔씩 이럴 때가 있었다. 생각지도 못했던 구식 프로그램이 복병처럼 숨어 있다가 튀어나와 새로운 시스템 전부를 엉망으로 망쳐 버리곤 하는. 일단 한 번 엉켜버리면 시스템을 처음부터 다시 설치해야 한다. 사람들은 자신만의 경험이 가장 가치 있거나 비극적인 것이었다고 믿기 좋아한다. 하지만 아니다. 자신만의 과거를 비장하게 떠올리는 것은 신파 이상의 의미가 없다.

뻔한 귀결이기는 오늘도 마찬가지였다. 계속해서 마신 위스키에 결국 취기를 이길 수 없었던지, 머리끝이 타는 줄도 모르고 담배 든 손가락으로 위태롭게 머리를 받치고 있던 인하가 꺼져 가는 목소리로 말했다.

"너…, 오늘 여기서 자고 가지 않을래?"

그 말을 끝으로 인하는 잠들었다. 고개를 숙이더니 곧 코를 골랐다. 인하의 손에서 담배를 빼내어 재떨이에 비벼 끄고는 자리에서 일어났다. 담배를 끌 때 잠시 잠깐 그 선홍색 불빛에 망막이 저렸을 뿐, 인하와 현관 앞에서 마주 섰을 때처럼 담담한 기분으로 그 방에서 빠져나올 수 있었다.

더 이상 바람은 불지 않았다. 심야 술집들의 네온사인마저 꺼진 학교 앞거리는 고즈넉하게 가라앉아 있었고, 밤하늘엔 평소 보이지 않던 별빛마저 드문드문 고개를 내밀고 있었다. 많이 취하기는 했지만 걷는 데 지장은 없었다.

나는 그렇게 어느 일요일 오후에 나를 찾아온, 이제는 낯설지 않은 여자와 헤어졌다. 그러나 나는 여전히 그녀의 손이 왜 상처투성이인지를 모르고 있었다.

7. 보로메우스의 매듭

머릿속에서 모니터 화면이 펼쳐지며 폐기 처분되었던 파일들의 아이콘들이 나타난다. 나는 그만두라고 소리치지만 인하는 아랑곳하지 않고 무호.exe 파일의 복구 버튼을 누른다. 그러자, 수많은 파일이 새로 만들어진 아나 디렉터리 속으로 빨려 들어가며 차례로 복구되기 시작한다. 인하의 행동을 제지하려고 하지만 무언가에 붙박인 듯 옴나위 할 수

조차 없다. 머리는 점차 사라진 기억들의 망령들로 채워진다. 소리 지른다. 그러나 목소리가 되어 나오지 않는다. 어느새 내 몸은 컴퓨터 모니터가 되어 있고, 인하는 나를 노려보고 있다. 인하를 부른다. 그러나 인하는 나를 알아보지 못하고 시스템 종료 명령을 내리려 한다.

안 돼.

침대에서 벌떡 일어났다. 자면서 땀을 많이 흘린 모양이었다. 눈꺼풀 위에 햇빛을 머금고 있는 땀 한 방울이 떨어질 듯 말 듯 매달려 있는 것이 보였다. 눈을 감았다. 꿈이었구나, 하고 깨닫는 순간 땀방울이 눈꺼풀 사이를 통과해 눈물처럼 흘러내렸다.

어제는 토요일이었지만 회사에 일이 밀려 늦게까지 일을 해야 했다. 그런데 겨우 일을 마치고 밤 10시쯤 집에 들어와 보니 캔 하나가 또 없어져 있었다. 컴퓨터를 확인해 보았지만 결과는 같았다. 새로운 사진이 저장되도록 마련해 놓은 디렉터리는 말끔하게 비어있었다.

사라진 캔은 최근에 수집한 커피소다1052였다. 다들 비슷한 것 같지만 캔에는 저마다의 표정이 있었다. 어제 없어진 커피소다1052는 내가 가장 좋아하는 표정을 담고 있는 캔이었다. 다른 캔들처럼 화려한 외면과 무채색의 내면이 아닌, 안도 바깥도 온통 검은색인 그 캔은 무표정하기에 가장 다양한 감정을 자아낼 줄 알았다. 나는 나의 표정도 그랬으면 좋겠다고 생각해 왔으므로 그 캔을 무척 아꼈다.

이렇게 속수무책으로 당하다가는 수집품 전부를 도둑맞는 것도 시간문제란 생각이 들었다. 자포자기적인 심정이 되어 혼자 소주를 마시다가 그제야 식탁 위에 놓인 매듭을 발견했다. 가슴이 철렁 내려앉았다. 그 매듭을 처음 알게 된 것은 인하를 통해서였다. 그리고 인하는 벌써 두 주 동안이나 찾아오지 않았다. 그런데 이 매듭이 왜 내 식탁 위에 있을까.

샤워를 대충 마치고 나서 나는 다시 컴퓨터 앞에 앉았다. 모든 생각이 인하가 무호.exe를 실행시키는 악몽과 뒤섞여 실타래처럼 얽히기 시작했다. 어디서부터 어떻게 맥락을 잡아나가야 할지 알 수 없었다.

인하는 나에게 무호의 기억을 되새기려고 혈안이 되어 있었다. 인하의 사소한 말 한마디, 사소한 행동 하나가 모두 무호의 존재를 나에게 일깨우기 위한 것으로 여겨질 정도였다. 매듭 역시 인하의 그러한 간절한 노력 중의 하나였다.

어느 날 밤 치킨과 맥주를 사 들고 항상 그래왔던 것처럼 아무 예고도 없이 나를 방문한 인하는 유난히 기분이 좋아 보였다. 한참 수다를 떨다가 할 말이 떨어졌는지 손장난하기 시작했다. 냅킨을 돌돌 말아 오랏줄처럼 엮어 동그란 링 두 개를 만들었다. 그리고 그 링 두 개를 옆으로 치워놓은 후 줄 하나를 다시 만들었다.

"오늘 집에서 아주 예쁜 걸 만들었어. 여기서도 만들어 볼까?"

나는 다리뼈에 붙은 살을 발라내며 고개만 끄덕였다.

"자, 이 링 두 개를 이렇게 포개만 놓는 거야. 목걸이처럼 두 개를 통과시켜서는 안 돼. 그러면 빠지지 않게 될 테니까."

인하는 미리 만들어 두었던 링 두 개를 교집합 모양이 되게 걸쳐놓았다.

"그런 다음에 마찬가지 요령으로 두 개끼리는 절대로 엮이지 않게 이 줄을 통과시키는 거야. 편의상 오른쪽 링을 A라고 하고 왼쪽 링을 B라고 하자. 잘 봐. 그러면 A의 밑으로 집어넣었다가 B의 위로 통과시켜서, 자 여기서 엮이지 않아야 하니까 다시 A의 밑으로…."

인하는 A 링의 밑으로 집어넣은 줄을 다시 B의 위로 통과시켜 링 두 개와 줄 하나를 서로 엮었다. 그런 다음 줄의 양쪽 끝을 이어 붙여 세 번째의 링을 만들어 냈다. 그러자 세 개의 교집합 모양으로 엮인 기묘한 모양의 매듭이 생겨났다. 인하는 그 매듭을 들어 내 눈앞에 흔들어 댔다. 예쁘지? 하며 내 동의를 구하는 눈동자가 요란하게 빛났다.

"이 매듭은 셋 중 어느 하나를 잘라내더라도 나머지 둘은 바로 떨어져 나가게 되어 있어. 그러니까 셋이어야만 완벽한 거지 둘끼리는 아무 결속력이 없는 거지."

인하의 말이 사실인가를 확인해 보기 위해서 링을 하나씩 풀어보았다. 정말이었다. 어느 쪽 링을 풀어도 나머지 두 개는 자동적으로 분리될 수밖에 없게끔 되어 있었다.

"정말이네. 신기한데."

"신기? 신기하기만 해? 뭔가 의미심장하지 않아?"

"의미심장? 뭐가?"

매듭에 머물러 있던 눈을 거두어 그녀의 얼굴을 마주 보았다. 그녀의 얼굴은 빙긋이 웃었다가, 무표정하게 되었다가, 이번에는 우울해지는가 싶더니, 이내 무겁다 못해 비장해졌다. 그러나 눈빛만은 변함없이 빛나고 있었다. 나는 그녀의 얼굴을 꼼꼼히 쳐다보았지만 무슨 생각을 하고 있는지 알 수 없었다. 인하가 돌아가고 나서야 그녀의 진의를 알 것 같았다.

세 개의 링. 둘이서는 절대 서로의 삶을 통과하지 않지만 셋이 모이면 결코 풀리지 않는 매듭. 하지만 단 하나라도 제외되면 나머지 둘도 두수없이 분리되어 버리고 마는 관계.

나는 컴퓨터 앞에 앉아 어제저녁 발견한 보로메우스의 매듭을 한참 동안이나 바라보았다. 정말 인하는 내 방을 침범한 것일까. 혹시 그때 만들었던 매듭이 아직까지 남아 있는 것은 아닐까. 잘 기억나지 않았다.

나는 매듭을 내려놓고 시스템 점검을 시작했다. 프로그램에 이상이 있는지 먼저 확인한 다음, 몸소 범인이 되어 카메라의 성능을 시험해 보았다. 센서에 노출되지 않고도 문을 열 수 있는지, 거울 같은 것으로 센서를 교란시킬 수 있는지 등등. 그러나 결과는 명백했다. 현관을 기준으로 해서 복도의 모든 면이 사정권이었으므로 몸을 문 쪽으로 아무리 갖다 붙이거나 몸을 낮춘다 해도 촬영을 피할 수는 없었다. 만약 거울 같은 것으로 센서를 교란했다면 본인의 얼굴을 숨길 수는 있었겠지만 거울에 비친 영상은 파일이 되어 저장되어 있어야 했다.

그렇다면 무엇이 문제인가.

현관이 아닌 다른 통로로 들어온 것은 아닐까. 그것 또한 어림없었다. 굳게 닫혀 있는 데다가 밖에는 강철 보호대까지 달려 있는 베란다였다. 물론 들어올 수는 있겠지만 보호대가 떨어져 나가거나 유리가 깨져 있는 흔적쯤은 남기 마련이었다.

한 시간도 되지 않아 나는 보안 시스템을 수정하려던 계획을 포기해야 했다. 결함을 찾아낼 수 없었다. 문제가 없다는 게 문제였다.

다시 차근차근 생각을 정리하기 시작했다. 인하가 돌아가고 나서 매듭을 치웠던가 아니던가. 하지만 아무리 생각해도 기억나지 않았다. 나는 결국 인하가 마지막 찾아왔던 날 인하가 했던 말과 행동 중에 단서가 될 만한 것이 없는지, 그날 있었던 일을 꼼꼼히 되짚어 보기 시작했다.

인하가 마지막으로 찾아온 날에는 비가 왔었다. 우리가 무호 이야기를 한 것은 그 추적추적한 비 때문이었을 것이다. 겨우내 언 땅을 비집고 들어간 그 빗방울들이 땅속 깊은 곳에서 음습한 기운을 몰아온 것 같았다. 촉촉하게 젖은 채 내 방 안으로 들어온 인하의 코트에서는 옅은 흙냄새가 났다. 인하는 그날도 예외 없이 과거의 무호에 대해서 두서 없이 떠들었다. 언제나처럼 인하가 말하는 무호의 모습은 내가 알고 있는 녀석의 모습과 달랐다. 하지만 그것이 내가 흥분한 이유는 아니었다. 그날의 이야기만 꺼내지 않았더라도, 내가 다시 무호라는 이름을 입에 담는 일은 없었을 것이다.

"무호는 사람들이 생각하는 것처럼 그렇게 냉혈한이 아니었어. 그날 말야. 그날, 우리 셋이 오랜만에 만나 이야기를 나누다가 그 장면을 목격한 날 말야. 그날, 무호는 술집에서 밤새도록 울었어. 진정으로 슬퍼했어."

인하의 말은 내 가슴에 그대로 꽂혔다. 인하의 눈에 물빛이 어리는 것을 보자, 나는 심장이 마비되는 듯한 물리적인 아픔을 느꼈다. 그날의 일이라면 나도 기억하고 있었다. 마치 안개가 긴 것처럼 고운 입자로 흩뿌리던 비, 땅에서부터

스멀스멀 기어오르기 시작한 흙 비린내, 난데없는 고함, 그리고 단대 건물 옥상에서 갑자기 떨어져 내린 불덩이.

술잔을 붙잡고 있는 손이 떨렸다. 인하는 이제 무호를 그만 용서하라는 듯 애원하는 눈빛이었지만, 인하의 생각처럼 내가 무호를 다시 보게 되는 일 따위는 생기지 않을 거였다. 내 생각은 달랐다. 무호는 울지 않았다. 무호는 우는 척했을 뿐이고, 무호를 사랑하고 있었던 인하는 그 눈물을 추호도 의심하지 않았을 것이다. 만약 정말로 그런 일이 있었다면 인하는 속은 것이었다.

우리는 같은 시간 같은 장소에서 그 사건을 목격했지만 각기 다르게 반응했다. 나는 그 일에 깊은 환멸을 느껴 운동에 회의를 품게 되었고, 인하는 그 일을 계기로 그간의 고민을 벗어 던지고 적극적인 실천으로 나섰다. 하지만 무호에게는 아무런 변화도 일어나지 않았다. 그 자리에서조차 녀석의 눈빛은 그저 무심할 뿐이었고, 이후에도 녀석은 비웃음으로 일관했다. 아무런 가책도 회의도 엿볼 수 없었다. 녀석이 그날 인하를 앞에 두고 눈물을 흘렸다면 그건 분명 연극이었다.

녀석에 대한 증오가 고스란히 인하에게 퍼부어졌다. 내 목소리는 매몰차게 흘러나왔다. 인하의 환상을 깨부수어야 한다는 당위성마저 실린 목소리였다. 다 지난 일을 가지고 필요 이상으로 흥분할 필요까지는 없었을 텐데. 조금만 신중하게 대처했더라도 인하에게 상처를 주는 일은 없었을 텐데.

하지만 그때는 미처 그런 생각이 들지 않았다. 나는 인하에게 앙칼지게 쏘아붙였다.

"네가 아무리 그래도 과거가 바뀌진 않아. 설사 녀석이 눈물을 흘렸다고 해서 무슨 심각한 고민이라도 했을 거라고 여기는 거야? 무호는 극히 현실적인 쾌락주의자였어. 녀석이 진정으로 슬퍼했대도 그건 연민 이상이 아냐. 설마 그 눈물 몇 방울을 가지고 무호에게서 투철한 사회의식 같은 걸 기대한 건 아니겠지?"

인하는 단호하게 고개를 저었다.

"무호는 단순하지 않았어. 모든 윤리와 상식으로부터 벗어나는 것만이 진정한 저항이라고 생각했을 뿐이야. 모든 언어가 이미 인간을 억압하는 이데올로기이기 때문에 그것을 깨지 않고서는 어떤 저항도 지배를 재생산한다고 믿었을 뿐이야. 무호는 의식이 아닌 몸으로의 저항을 꿈꾸었어. 정당하지는 못했지만, 무호는 그래도 나름대로의 철학은 가지고 있었던 거야."

"몸으로부터의 저항? 그래서 널 사귀면서도 매일 밤 다른 여자를 끌어들였구나? 그러니까, 진정한 혁명은 모든 사람이 짐승이 되는 일이란 말이지? 정신 차려. 네가 아무리 그래도 달라지는 건 없어. 과거를 포장한다고 해서, 네 상처가 덮어지는 건 아니야."

실수했구나, 라고 생각했을 땐 이미 늦어 있었다. 인하의 얼굴이 하얗게 질려 있었다. 사과의 말을 미처 마련하기도 전에 인하는 차가운 얼굴로 돌아섰다.

"넌 변했어. 옛날엔 그렇지 않았는데. 하긴 넌 옛날의 네가 어땠는지 궁금하지도 않겠지. 지금의 넌, 옛날 사진 따위 절대로 들여다보지 않을 인간이니까. 하지만 언젠간 너만의 과거가 항상 옳지만은 않다는 걸 알게 해주겠어."

그 한마디만을 남기고 방을 나간 인하는 그 뒤로 다시 나를 찾아오지 않았다.

인하의 마지막 말은 무슨 의미였을까. 컴퓨터의 파일을 열어 그날의 사진을 찾아보았다. 고개를 빳빳이 세우고 방을 향해 걸어오는 모습과 잔뜩 긴장한 나뭇등걸처럼 휘어져 방을 떠나는 뒷모습이 매일 반복되는 일상처럼 컴퓨터 속에 저장되어 있었다. 인하는 깊은 상처를 입었던 모양이었다. 바바리코트를 입고 사라지는 인하의 뒷모습에 단단한 껍질 같은 게 느껴졌다.

그 사진을 들여다보고 있노라니 인하가 그리워졌다. 나는 어느새 예전에 만들어 놓았던 아마존 디렉터리를 열었다. 수십 개의 파일들이 처음 저장되었을 때와 다름없이 화면 가득 나타났다. 하나하나 열어보았다. 인하의 무표정한 옆모습이 조금씩 변화하는 옷차림과 함께 모니터 위에 등장했다가 스러졌다. 인하를 다시 만나지 못할지도 모른다고 생각하니 기분이 울적해졌다.

그런데 곧 나는 이상한 점을 발견했다. 그 사진들이 전부 63개였다고 기억하고 있었는데, 상황선의 파일 개수를 나타내는 란에 69개체라는 글자가 찍혀 있었다. 잘못 기억하고 있었던 것일까. 자세히 보기를 선택하여 파일들을 하나하나 살펴보았다. 그런데 이게 웬일인가. 디렉터리 안에 섞여 있는 파일 중 여섯 개는 아마존 폴더를 만들고 난 후에 첨가된 것이었다. 그리고 그 파일들이 저장된 일자는 캔이 사라진 날짜와 정확히 일치했다.

담배를 피워 물었다. 잠시 동안은 아무 생각도 들지 않았다. 그러나 곧 모든 것이 분명해지기 시작했다. 인하가 어떻게 보안 시스템을 뚫고 캔을 집어갈 수 있었는지를 이제는 알 것 같았다.

사진이 찍히지 않거나 삭제된 것이 아니었다. 다만 위치이동을 했을 뿐이었다. 인하는 자신의 사진이 찍히게 그냥 내버려 두었다. 그리고 내 방에 들어오자마자 '새로 찍힌 사진' 폴더에 있는 자신의 사진을 '아마존' 폴더로 옮겨 놓기만 했던 것이다. 파일 삭제에는 자물쇠가 걸려 있지만 이동에는 아무 제한이 없다는 사실을 나는 잊고 있었다. 화면보호기도 마찬가지였다. 세 번째 사진이 찍힌 후 오 분 내로 마우스를 손에 잡을 수 있었다면 화면보호기쯤은 문제가 되지 않았을 것이다. 마우스가 움직이는 동안에는 타이머가 작동하지 않았을 것이고 그 뒤로 일 분 이상 컴퓨터에서 손을 떼지만 않았다면 한 시간이건 두 시간이건 얼마든지 컴퓨터를 사용할 수 있었을 것이다.

인하가 옳았다. 난 옛날 사진 따위는 절대로 들여다보지 않을 인간이었다. 아마존 디렉터리에 있는 사진들만 해도 그냥 지워버리기 아쉬워 고스란히 저장해 놓고도 다시 열어본 적은 한 번도 없었다. 그렇게 여러 차례 시스템 점검을 하면서도 아마존 디렉터리의 내용물이 첨가되었을지도 모른다는 의심 따윈 품어보지도 않았던 것이다. 아니, 아예 아마존 디렉터리의 존재조차 잊어버리고 있었다는 게 정답이었다.

나는 최근의 날짜로 저장된 여섯 개의 파일을 열어보았다. 드디어 도둑을 잡았다는 생각에서 오는 안도감과 그래도 설마 인하가 그랬을까 하는, 마지막까지 인하에 대한 믿음을 붙잡고 싶은 안타까움이 줄다리기를 했다. 그러나 사진을 열어본 결과는 안도감의 승리였다. 동시에 처절한 배반감이었다. 여섯 개의 사진 속에는 기다란 철삿줄 같은 것으로 문을 따고 있는 인하의 모습이 선명하게 촬영되어 있었다.

보안 시스템에 문제가 있었던 게 아니었다. 문제는 나에게 있었다. 한 번이라도 옛날 파일들을 점검하는 수고를 했더라면 무호의 유령이 내 방을 덮치는 환상에 두려워할 이유도 없었을 거였다.

결국 인하는 시스템이 아니라 내 심리의 허점을 이용한 셈이었다. 시스템이 설치되기 이전에는 더군다나 캔을 훔치기가 쉬웠을 것이다.

인하가 했던 것처럼 나도 그녀의 박물관에 침입해 캔을 찾아와야겠다는 생각이 들었다. 하지만 그 계획을 실행에 옮기는 데는 시간이 걸렸다. 모든 것을 알고 나자, 공포가 찾아든 것이었다. 말하자면 무언가가 텅 비어있는 느낌이었다. 무언가 내가 미처 알아내지 못한 것들이 도처에 도사리고 있어서, 끊임없이 새로운 질문 속으로 나를 몰아넣을 것만 같았다. 지금 내 방에선 캔이 아닌 다른 것들이 없어지고 있는 중은 아닌지, 내가 매일 사용하는 컴퓨터 속엔 아마존 디렉터리 외에도 다른 잊힌 디렉터리들이 있어서 그속에 포함된 파일들이 내가 모르는 사이에 제멋대로 이합집산하고 있는 것은 아닌지. 어쩌면 인하 외에도 수많은 잊혀간 사람들이 있어서, 자신이 여전히 존재하고 있음을 증명하기 위해 지금도 나를 찾아오고 있는 것은 아닌지. 확인되지 않은 수많은 가능성들이 몸속의 빈 공간들을 자꾸만 메위, 점차 숨도 쉴 수 없게 될 것 같은 느낌이었다.

그 두려움은 그러나 이틀을 넘기지 못했다. 그녀의 자취방, 무호의 유품들 사이사이에 놓여있을 캔들의 모습이 자꾸만 눈앞을 가로막기 때문이었다. 그녀가 마지막으로 던진 말도 귀에 밟혔다. 무슨 뜻인지 진의를 파악할 수 없는 말. 그 말에 대해 품을 수밖에 없었던 물음표가 그대로 미끼가 되어 나를 그녀의 박물관으로 끌어당기고 있었다. 아무래도 매듭을 떨어뜨린 것이 의도적이라는 생각이 들었다. 그동안 아무 흔적도 남기지 않고 캔을 훔쳐내는 데 성공했다면 매듭을 흘리는 실수 따위를 저지를 리가 없지 않은가. 어쩌면 그녀가 흔적을 남긴 것은 나를 초대하기 위해서였는지도 몰랐다.

인하를 찾아가서 그 캔들을 빼앗아 와야 했다. 보고 싶어서도 아니고, 그리워서도 아니었다. 무호의 물건들 사이에 내 분신들을 놓아둘 수는 없었다. 더구나 나는 내가 수집한 캔들로만 그녀에게 남아, 내 의지와는 상관없이 아무 때나 회상되는 존재가 되고 싶지 않았다.

인하가 범인인 것을 확인한 지 삼 일째 되던 날, 나는 결국 인하의 방에 잠입했다. 커다란 자물쇠 하나가 채워져 있었지만 망치와 장도리로 쉽게 빼낼 수 있었다. 어떻게 캔을 가져올까 며칠씩 고민을 한 것이 무색하게 여겨질 정도였다.

방에는 아무도 없었다. 운이 좋았다. 나는 민첩하게 행동했다. 캔만 찾아내면 뒤도 돌아보지 않고 이곳을 떠나리라.

방은 지난번에 보았을 때와 달라진 것이 별로 없었다. 다만 지난번처럼 무호의 물건들이 많아 보이지는 않았다. 책상 바로 옆에는 책꽂이가 있었고 한편엔 화장대가 있었다. 왼편에는 철제 프레임으로 된 옷걸이가 두 개 나란히 세워져 있었으며 오른편에는 낮은 책상 위에 구형 컴퓨터 한 대가 놓여있었다. 컴퓨터 옆에는 줄톱, 니퍼, 갖가지 종류의 조각칼과 순간접착제, 조그마한 전기톱과 소형 용접기 같은 도구들이 올려져 있었다. 아직도 인하는 금속공예나 조각 같은 것을 하는 것일까. 어쨌든 여자 혼자 사는 방에는 어울리지 않는 물건이었다.

그러나 캔은 쉽게 눈에 띄지 않았다. 화장실에 가보았다. 샤워를 한 흔적이 남아 있을 뿐 주의를 끌 만한 물건은 없었다. 부엌으로 나가보았다. 찬장을 여기저기 들들 뒤져보았지만, 빈 소주병만 나뒹굴 뿐이었다.

책상 안에도 옷걸이 뒤편에도 내가 찾는 것은 없었다. 화장대를 의심해 보았지만 처음부터 캔이 아홉 개씩 들어갈 자리는 없어 보였다.

내 눈은 자연스럽게 연장들이 놓여있는 앉은뱅이책상 쪽으로 옮아갔다. 얼마 전 예쁜 물건을 만들었다며 유난히 말이 많았던 인하의 얼굴이 스쳐 지나갔다. 불길한 예감이 들었다. 무너지듯 꿇어앉아 책상 위에 깔려있던 천 조각을 걷었다. 책상 밑에 제법 크기가 큰 플라스틱 상자 하나가 모습을 드러냈다.

상자를 열었다. 작은 사진첩 하나와 낡은 노트가 있고 그 위에 기괴한 모습을 한 물건이 하나 올려져 있었다.

처음 상자를 열었을 때 그것은 무슨 고철 덩어리처럼 보였다. 그리고 다음에는 길쭉한 철판이, 내가 알지 못하는 규칙에 의해 복잡하게 얽혀 있는 것처럼 여겨졌다. 그것은 미확인 비행물체의 가상모형처럼 한 번도 본 적 없는 생소한 모양을 하고 있었다. 그러나 나는 그 물건을 아주 오래전부터 보아 온 것 같다는, 그래서 내가 태어나기 전부터 그것은 그 자리에 그렇게 놓여있었으리라는 느낌에 사로잡히고 말았다.

그것은 캔이었다. 그러나 그것은 더 이상 캔이 아니었다. 그것은 훔쳐낸 캔을 잘라내고 이어 붙여서 재조립해 놓은, 세 개의 뫼비우스 띠로 이루어진 보로메우스의 매듭이었다.

손이 부들부들 떨렸다. 이제 그녀의 손에 왜 상처들이 끊이지 않았는지를 알 것 같았다. 내가 캔을 되찾기 위해 컴퓨터 앞에서 궁싯거리는 동안 그녀는 나의 사랑하는 캔들을 전기톱으로 자르고 망치로 구부리고 용접하고 있었던 것일까. 부모는 실종된 아이를 찾기 위해 혈안이 되어 있는데,

아이는 벌써 유괴범의 손에 무참히 살해된 다음이라면. 그 사실을 알게 된 후의 심정이 나와 비슷할 것 같았다.

캔을 찾아냈지만, 집으로 돌아갈 수 없었다. 인하에게 물어보아야만 했다. 왜 이런 짓을 했는지, 도대체 나에게 원하는 것이 무엇인지.

8. 캔.exe

인하는 무호의 일기장에 라이터를 갖다 대었다. 겉표지의 끄트머리에 옮겨붙은 불벌레는 점차 몸피를 늘려 뱀처럼 입을 벌렸다. 순식간에 노트 전체가 불의 위장 속으로 휩쓸려 들어갔다. 인하는 그 촉수같이 뻗어 나오는 불의 입속으로 무호의 물건을 하나둘 던져 넣기 시작했다. 무호의 유품을 덥석덥석 받아 삼키며 불덩이는 사람 몸집만큼 커졌다. 몸에 와 부딪치는 음험한 온기가 느껴졌다. 불 때문에 발갛게 물든 인하의 표정은 그러나 돌처럼 차가웠다. 인하가 그토록 차분할 수 있다는 것이 나에게 울분을 터뜨리게 했다.

"왜 그랬어. 왜 나를, 너의 과거 속으로 끌어들였어. 왜 몰라도 될 일을 알게 만들었어."

분노로 떨리는 내 목소리와 달리 인하의 목소리는 차분했다.

"누구한테 얘기해야만, 이걸 다 버릴 수 있다고 생각했으니까. 어차피 누구한테 얘기해야 한다면, 너한테 할 수밖에 없잖아?"

인하가 무호의 마지막 유품을 불 속에 던져 넣자 바람이 불었다. 불덩이가 갈대처럼 휘청거렸다. 인하의 몸도 그 움직임을 쫓아 흔들리고 있는 것 같았다. 인하는 여전히 냉정한 어조로 말을 이었다.

"무호는 나한테 모든 윤리관을 버리라고 말했었지. 난 바보처럼, 그 얘기들을 진지하게 받아들였어. 수많은 저술과 이론을 끌어들이는 무호의 논리는 그만큼 치밀한 것이었어. 무호는 결국 날 설득하는 데 성공했지. 자신은 상관하지 않을 테니, 좋은 남자가 있으면 얼마든지 파트너로 삼으라고 하더니, 거의 매일 내 방에 다른 여자를 끌고 들어왔어. 아니면 야릇한 암컷의 냄새를 온몸에 덕지덕지 처바르고 새벽녘에야 돌아왔지. 죽여버리고 싶었어. 벼랑에서 떨어졌단 소식 들었을 때 차라리 잘됐다고 생각했을 정도로. 그런데 육 년이나 무호는 내 머릿속에 죽지 않고 살아있어. 이젠….'

"그런데 왜 하필이면 나냔 말야."

소리 질렀다. 인하는 나를 차갑게 쳐다보았다. 네가 그걸 모르냐는 듯한 표정이었다. 눈동자가 푸르게 빛났다. 움찔하여 뒤로 물러섰다. 인하의 눈에 물기가 서렸다.

"처음부터 너희들이 만들어 낸 바보 같은 신화였잖아? 그러니까 너네가 치워 없애. 무호에 대한 기억 따윈 이제 네가 가져가. 난 집으로 돌아갈 거야. 난 이제 이 방을 나가서 아무 일도 없었던 것처럼 살아갈 거야."

말을 마치자마자, 인하는 발작적으로 웃기 시작했다. 지독한 냄새를 풍기며 타오르는 불길도 인하처럼 온몸을 뒤흔들며 웃고 있는 것만 같았다. 인하는 옥상 바닥에 떨어져 있는 라이터를 주웠다. 담배를 피우려는구나 싶었는데, 갑자기 키들키들 웃기 시작했다. 그리고는, 나를 향해 총을 쏘듯, 탁 탁 탁, 자꾸만 라이터를 겨대는 것이었다. 날아가, 날아가. 키키키키.

울대가 울컥 솟아올랐다 내려앉았다. 햇빛 속에 부유하는 먼지들처럼 선연하지만, 붙잡을 수 없는 기억들이 불 무덤 주위를 맴돌았다. 어지러웠다. 그녀의 웃음소리가 사방에서 달려들고 있었다. 돌아서야 했다. 조금이라도 빨리 이곳을 벗어나야 했다. 가까스로 몸을 돌렸다. 그러나 균형을 잡을 수가 없었다. 철 계단을 내려오다 두 번이나 발을 헛디뎠다. 결국에는 굴러떨어졌다. 그래도 인하의 웃음소리는 계속해서 들렸다. 뛰었다. 목적도 방향도 없이 자꾸만 달음질쳤다.

한참을 그렇게 뛰다 보니 모르는 골목이었다. 9년 동안이나 내 생활의 터전을 이루었던 학교 앞 거리에 모르는 골목이 있었다니. 처음 보는 건물 입구에 주저앉았다. 참을 수 없는 두통이 느껴졌다. 머릿속에 결코 풀 수 없는 매듭 하나가 들어앉은 느낌이었다.

왜 몰랐을까. 무호의 죽음에 탐탁지 않은 부분이 있다고만 생각했을 뿐, 자동차 사고조차 말짱 연극이었을 줄은 몰랐다. 2단에 맞물려 있었던 변속기. 떨어져 나간 문짝. 사라진 시체.

바람이 불었다. 인하의 웃음소리가 다시 귓전을 때리는 것만 같았다. 자리에서 일어났다. 발걸음이 허청거렸다. 밤늦게까지 술을 마시는 대학생들의 무리가 어깨를 건드리고 지나갔다. 그 무리를 쫓아 갈림길이 있는 곳까지 발을 옮겼다. 세 개의 갈림길. 도대체 여기는 어디일까. 사방을 둘러보았지만, 방향을 짐작할 수 없었다. 멈추어 섰다. 어디선가 인하의 음성이 들려왔다.

무호는 자동차 사고로 죽은 게 아냐.

가장 넓은 길을 택해 발을 내디뎠다. 어차피 모르는 길이라면 넓은 길을 걸어야만 출구를 찾을 수 있을 것 같았다. 바람의 속도가 빨라졌다. 다리가 떨리는 것이 살을 에는 바람 때문인지 아니면 심장에서부터 전해지는 전율 때문인지 알 수 없었다. 담벼락에 머리를 기대었다. 몸속이 텅 비어버린 느낌이었다.

내가 무호의 일기장을 집어던진 것과 인하가 방문을 열고 들어온 것은 거의 동시였다. 인하는 내가 올 줄 미리 알고 있었다는 듯 심상한 표정으로 바닥에 떨어진 노트를 주워서는 마지막 페이지를 펼쳐 내밀었다. 자동차 사고에 관한 자세한 기록이 그곳에 적혀 있었다. 녀석에 대한 혐오가 뱃속에서부터 기어 올라와 한 번에 읽을 수 없었다. 그러나 일기를 다 읽고 났을 때, 녀석에 대한 분노는 눈물이 되어 흐르고 있었다. 그제서야 인하는 자신의 이야기를 시작했다. 국어책을 읽듯 감정이 없는 말투였다. 이야기가 끝났을 때도 미칠 것처럼 괴로워해야 했던 것은 인하가 아니라 나였다.

　직접 보지는 않아도, 인하 앞에 다시 나타난 녀석의 모습이 어땠을지 눈에 선했다. 아무 일도 없었다는 듯 심상한 얼굴로, 담배 한 대를 멋들어지게 피워 물었겠지. 그리고 알아들을 수 없는, 온통 주술 같은 이야기들을 주워섬겼을 것이다. 녀석은 자신의 마지막 연극이 성공했다는 사실이 말할 수 없이 기뻤을 것이다. 제임스 딘처럼 멋지게 죽어서, 자신을 알고 있는 사람들의 가슴속에 영원히 살기를 꿈꾸었을 것이다.

　어쨌든 녀석은 차가 절벽 밑으로 떨어지기 전에 2단 기어를 넣어 차 속도를 충분히 줄인 다음, 문을 열고 뛰어내렸다. 열린 차문은 차가 가드레일과 부딪치는 순간 떨어져 나갔다. 차가 바닷속으로 가라앉는 것을 바라보며 녀석은 절벽 앞에 한동안 서 있었으며, 때맞춰 뛰어내리지 못했더라면… 하는 생각에 뒤늦은 공포를 느꼈다. 그때까지의 일은 계획된 일이 아니었다. 정말로 술을 먹고 비에 젖은 해변도로를 달렸고 차가 미끄러지면서 위기에 봉착했다. 무호는 차를 세울 수 없다는 사실을 깨닫고, 그 순간 뛰어내렸다.

그쯤에서, 녀석은 안도의 한숨을 내쉬고 살아남은 것에 만족했어야 했다. 그런데 녀석은 한 걸음 더 나아갔다. 마치 게임시나리오 작가가 프로그램을 짜듯이, 자신이 죽었을 경우에 벌어질 수 있는 사건들에 대해, 경우의 수를 타진해 보았다. 그리고 그것이 자신에 대한 사람들의 생각에 어떤 영향을 미칠 것인가에 대해서도 심각하게 고려했다. 그것이 상상으로 그치기만 했대도 상황은 극으로 치닫지 않았을 것이다. 하지만 무호는 그렇게 하지 않았다.

다리가 휘청, 흔들렸다. 골목 어귀에 세워져 있던 어느 술집 간판에 옆구리를 부딪치고 말았다. 생소한 술집의 이름. 어디까지가 진실이고 어디서부터 가짜일까. 정말 녀석의 일기장에 적혀 있었던 것처럼 우리가 모두 연극을 하고 있었던 것일까. 그러나 주위 사람들이 연출된 자기 모습에 현혹되어 자신이 예측하고 계산하는 대로 움직여 줄 거라고 믿은 것은 순진한 생각이었다. 속은 건 사람들이 아니라 녀석이었다.

연극이 삶을 살아가는 유일한 방식이 될 때, 그것은 더 이상 연극이 아니다.

바람을 타고 나를 뒤쫓아 온 것일까. 바로 옆에 인하가 있기라도 하듯, 선명한 목소리가 귓속을 파고들었다.

무호가 죽은 줄로만 알았던 어느 날, 무호가 나를 찾아왔어. 놀란 가슴이 진정되기도 전에 갈 데가 있다면서 다짜고짜 손목을 잡아끌더군. 나를 데려간 곳은 산속 깊은 곳에 있는 별장이었는데, 나를 앉혀 놓고 술만 마시더니, 그랬어. 자기는 이제 정말 죽을 생각인데, 내 도움이 필요하다고. 하지만 난 이해할 수 없었어. 정말 죽을 생각이었다면 왜 내가 그걸 보아야만 하지? 왜 내가 그 자리에 있어야만 하지?

온몸이 부들부들 떨렸다. 그 이유를 알 것 같아서였다. 녀석은 인하로 하여금 자신이 얼마든지 죽을 용기가 있다는 것을 사람들에게 증언하게 만들고 싶었을 것이다. 죽을 용기. 우리가 그토록 떠들었고 그것 때문에 고통받았던 그 말을, 통째로 뒤집어엎고 싶었겠지. 인하는 말을 계속했다.

술에 잔뜩 취해서는 이제 시간이 되었다고 하더니 별장 앞 숲으로 나를 데리고 갔어. 자기 몸에 기름을… 기름을 들이붓더군.

다시 걷기 시작했다. 골목을 통과했지만 다시 좁은 삼거리가 나타났다. 여전히 모르는 길이었다. 오른쪽을 택했다.

완만한 고갯길이었다. 갖가지 모양의 단독주택이 줄지어 있었다. 다시 내리막길. 단독주택의 행렬이 계속되었지만, 원룸으로 돌아가는 길은 아니었다.

머릿속에서 인하의 목소리가 다시 들려왔다.

나한테 라이터를 던져주면서 불… 을 붙이라고 했어. 그때에서야 난 알았지. 내가 뻔히 못 붙일 걸 계산하고 하는 짓이라는 걸. 내가 울며불며 말리면 그만이란 걸. 그리고 내가 사람들에게, 내가 본대로 전달해 주기만 하면 무호가 나에게 돌아오리란 걸. 그게 자신의 존재 이유를 확인하기 위한 처절한 노력이란 것도 알고 있었어. 하지만 난, 난 그때…, 결심했어. 이번만은 무호의 시나리오대로 하지 않겠다고. 무호도 각본대로 되지 않는 게 있다는 걸 알아야 한다고. 가르쳐주고 싶었어. 세상은…, 결코 연극무대가 아니라는 걸.

바람의 사나운 손떠퀴가 점차 등을 사납게 후려치고 지나갔다. 머릿속에 인하의 웃음소리가 울려 퍼졌다. 나는 다시 세 개의 갈림길 앞에 서 있었다. 제자리를 맴돌고 있었던 것이다. 어느 길이 큰길로 나가는 길일까. 어느 길이 진짜고 어느 길이 가짜일까. 멈추어 섰다. 이번에는 선뜻 가야 할 길을 선택할 수 없었다. 아무것도 분명하지 않았다. 과거의 기억들이 온통 뒤범벅되어 정말 그런 일들이 있었는지조차 판가름할 수 없었다.

하지만 무호는 죽었다. 그것만은 분명했다. 다른 모든 것이 변경될 수 있다 해도 그 사실만은 바뀔 수 없었다. 그 사실 하나를 붙잡고서라도 일어서야 했다. 하지만 어지럼증이 돌아 다시 주질러 앉고 말았다.

정말로 불을 붙일 생각은 없었어. 그냥 겁만 주려고 그랬던 거야. 살려달라고 한마디만 하면 용서해 줄 생각이었어. 그런데 몸을 떨고 있을 뿐 아무 말도 하지 않더군. 그때, 불이…, 불이…, 날아서, 나비처럼, 갑자기. 내가 그런 게 아냐. 무호가, 자석처럼…, 마치 자석처럼 불꽃을 빨아들였어. 내가, 내가 그런 게 아냐.

머리를 세차게 흔들었다. 날벌레들이 눈앞을 뒤덮는 것 같아 손을 내저었지만 시야는 고장난 텔레비전 화면처럼 부옇게 흐려지기만 했다. 어두운 골목의 저편, 단독 주택 지구가 끝나고 밝은 술집 골목이 펼쳐지는 어귀에 신기루가 솟아났다. 나는 어느새, 물처럼, 공기처럼, 그 투명한 신기루의 한복판으로 걸어 들어가고 있었다. 부유하는 빛의 가벼움 속에서 나에게로 다가오는 모니터 화면을 보았다. 화면 속에 마우스를 움켜잡고 있는 손이 보였다. 무언가에 긁히고 뜯긴 상처로 뒤덮여 있는, 피투성이 손이었다. 그 손은 무언가를 한참 망설이더니 무호 아이콘을 열었다. 무호.exe가 실행되었고 곧 무호의 얼굴이 나타났다. 손을 들어 눈을 가렸다. 그러나 무호의 모습은 사라지지 않았다. 무호.exe는 녀석의 일기장에 쓰여져 있던 내용을 그대로 반복했다.

난 어둠이었고, 넌 빛이었어. 넌 시대의 희망, 난 처단되어야 할 어둠. 난 네가 부러웠어. 넌 완벽했어. 너의 아버지는 노동자였고, 너는 파출부 일을 하며 너에게 모든 희망을 걸고 있는 어머니에게 보답해야 할, 한 가정의 미래를 걸머진 장남이었지. 너는 절망을 말할 자격이 있었고, 희망을 말할 권리가 있었지. 하지만 난….

모니터 속에서 혼.exe의 반박이 시작되었다.

아무리 논리를 뒤집어도 과거가 달라지진 않아. 넌 그런 말할 자격 없어. 누가 뭐래도 난 노동자의 아들이었고, 넌 졸부 자식이었어. 넌 너 자신밖에 모르는 현실주의자였어. 난 다 알고 있었어. 너의 모든 행동이 연극에 불과했단 걸. 진실이라고는 조금도 없는 포즈에 불과했단 걸.

무호.exe가 낮게 웃으며 말했다.

그래, 네 말대로 넌 정말 멋들어진 연극을 했어.

연극을 한 건 내가 아니라 너야.

혼.exe는 흥분해서 외쳤다. 무호.exe도 지지 않고 목소리를 높였다.

난 다 알고 있었어. 너의 모든 행동이 연극에 불과했다는 걸. 너의 아버지가 막노동꾼이 아니라 공사판 현장 감독이었다는 걸. 두 칸 방에서 산 것도 고액의 돈을 횡령했다가 회사에서 쫓겨났기 때문이었잖아? 넌 참 교묘하게도 내가 과시하면 할수록 너의 집안 사정을 더 낮추었지. 마치 빛이 밝아질수록 그늘이 짙어지는 것처럼 말야. 그렇게 해서 넌 다시 빛이 되었지. 너의 외면은 어둠으로 물들었지만 너의 내면은 빛에 대한 열망으로 타오르고 있었지. 그럴수록 나의 내면은 어둠 속에 잠겼지. 그래서 너는 빛, 나는 어둠….

혼.exe가 소리 질렀다.

그런 궤변이 어딨어. 그건 날조야.

그때 메신저가 아마존.exe의 방문을 알려왔다. 나는 거부했지만 이미 아마존.exe는 방 안으로 들어온 후였다. 아마존.exe는 인하가 했던 말을 반복했다.

우습지 않아? 너와 결별하고 나서 무호는 눈에 띄게 망가져 갔지만 넌 그렇지 않았어. 무호가 너 없이 자신의 정체성을 확인할 수 없어서 파멸했다면, 넌 이미 네 속에 무호를 가지고 있었으니까 더 이상 무호가 필요 없었던 거 아냐? 너야말로 6년 전의 무호랑 똑같아. 세상 모든 것을 비웃으면서 너 자신만을 사랑하는.

혼.exe가 고통스러운 표정으로 말했다.

제발 그만둬. 난 힘들게 살았어. 그래도 난 내 젊음의 한 때를 바쳤어. 적어도 난 내 작은 상처를 정당화시키려고 다른 사람의 고통을 비웃진 않았어. 그따위 말장난으로 뭘 할 수 있다는 거야. 그런다고 지금의 내 삶이 달라지진 않아. 절대로. 이제 제발 그만둬. 다 집어치워.

아마존.exe가 미친 듯이 웃고 있었다. 귀를 틀어막았다. 그러나 머릿속의 인하 음성은 오히려 더 커질 뿐이었다. 그렇게 생각해? 그럼 지금의 너를 한번 되돌아봐. 언제부터 네가 그렇게 말끔한 옷차림을 하고 다녔지? 전산과에 다닌 건 무호였는데 컴퓨터 프로그래머가 된 건 왜 너지? 넌 옛날 사진 따윈 들여다보지도 않는구나. 하지만 네가 모르는 사이에 너의 과거와 현재는 변하고 있어.

모니터로부터 고개를 돌렸다. 바람이 얼굴을 때렸다. 칼날 같은 목소리가 등 뒤에서부터 들려왔다.

무슨 생각을 하는 거야. 무슨 대단한 저항이라도 했다고 생각하니? 아니면 무슨 대단한 변절이라도 했다고 생각하는 거야? 웃기지 마. 너야말로 현실주의자였어. 넌 한 번도 네 신념에 이의를 제기해 본 적이 없었잖아?

갈림길을 등지고 도망치듯 걷기 시작했다. 컴퓨터 모니터는 점점 작아져 하나의 점으로 사라졌다. 더 이상 무호와 인하의 목소리는 들려오지 않았다. 어처구니없는 일들, 너무 우스워 끔찍한 일들. 갑자기 과거가 잘 짜여진 컴퓨터 시나리오처럼 여겨졌다. 정해진 이야기가 없는, 상황에 따라 어떻게든 변할 수 있는 시나리오.

　나는 이제 우리들이 벌였던 게임에 캔.exe라는 이름을 붙인다. 그리고 나니 정말 우리는 「캔」이라는 시나리오 속에서, 인하가 만든 보로메우스의 매듭처럼, 벗어날 수 없는 궤도를 맴돌고 있었는지도 모른다는 생각이 들었다.

　게임시나리오는 상황의 옳고 그름을 따지지 않는다. 단지 모든 상황을 똑같은 체계의 2진수로 조합해낼 뿐이다. 하지만 프로그램은 가능한 확률만을 계산한다. 일단 프로그램 안에 들어서면 게임을 어떻게 진행시키건 도달하게 되는 상황은 프로그램을 벗어나지 못한다.

　하지만 이제 캔.exe는 끝났다. 난 영원히 캔.exe를 종료시키기로 마음먹었다. 뒤도 돌아보지 않고 걸었다. 길은 어두웠지만 앞이 보이지 않을 정도는 아니었다. 얼마나 시간이 지났는지 알 수 없었다. 한참 만에야 미로 같은 골목을 벗어났다. 큰길이었다. 그 길이 지하철역에서 원룸 쪽으로 향하는, 매일 같이 지나다니는 퇴근길임을 알아차리는 데는 조금 시간이 걸렸다. 역 쪽으로 얼마쯤 거슬러 올라가고서야 내가 걷고 있는 곳이 매일 지나다니는 익숙한 거리임을 알아차릴 수 있었다.

　집에 들어가기 전에 카메라는 내 얼굴을 세 번 찍었다. 찰칵 찰칵 찰칵. 나는 붉은색 플라스틱 박스를 벗겨내고 그

속에서 거리 센서와 카메라를 끄집어내었다. 그것들은 내 발밑에서 완전히 부서졌다. 본체에서 떨어져 나온 카메라 렌즈가 어둠 속에서 잠깐 빛을 발했다. 렌즈를 가져다가 망치로 사정없이 내려쳤다. 부서진 렌즈는 더 이상 나를 쳐다보지 않았다.

컴퓨터의 지난 파일들을 열어 하루에 세 개씩 찍힌 내 얼굴을 찾아보았다. 한 번도 주의 깊게 살펴보지 않았던 내 얼굴. 인하의 말이 옳았다. 코트 깃을 귀밑까지 바짝 치켜올리고 조소를 머금고 있는 사진 속 인물은 인하의 방에 걸려 있던 무호의 대형 사진과 너무나도 흡사했다. 하지만 그것은 인하의 얼굴이기도, 오래전에 사라진 나 자신의 모습이기도 했다.

나는 열어놓았던 파일의 창을 모두 닫고 하드 포맷 명령을 넣었다. 이제 내 컴퓨터 속에 있는 모든 자료와 시스템 파일이 깨끗하게 삭제될 것이었다.

다음으로 나는 캔 꽂이에 꽂혀 있던 캔들을 쓰러뜨려 바닥에 쏟고 하나씩 하나씩 그것들을 해체하기 시작했다. 몇 시간 동안 아무도 찾아오지 않는 방 한가운데 앉아 똑같은 작업을 반복했다. 엉성한 동작에 손에는 수많은 생채기가 생겨났다. 피가 방울방울 떨어져 내렸다. 뜯겨진 캔들은 마치 제가 흘린 것처럼 붉은 핏방울을 매단 채 바닥 위에 널

브러졌다. 마지막 남은 캔을 해체했을 땐 인하에게 감사하는 마음이 생겼다. 덕분에 아홉 개의 캔에 피를 더 묻혀야 하는 수고를 덜 수 있었다.

몇 시쯤 되었을까. 캔들의 시체와 함께 기진맥진했던 나는 날이 밝았음을 깨달았다. 침대 옆 창문으로 성가신 햇살이 자꾸만 비쳐 들었다. 커튼을 치려다가 말고 거울 앞에 섰다. 거울 안에는 무호가 서 있었다. 그는 나를 보고 빙긋이 웃었다. 손에서는 피가 흐르고, 눈에는 거미줄 같은 핏줄이 얽혀 흰자위가 보이지 않았다. 녀석은 피투성이 손으로 자신의 얼굴을 감싸고, 천천히 입을 열었다.

넌 빛이었고, 난 어둠이었어.

녀석의 턱을 향해 주먹을 날렸다. 녀석의 깨어진 얼굴에 피가 흘렀다. 두 번 세 번 계속해서, 녀석의 얼굴이 더 이상 보이지 않을 때까지 주먹을 휘둘렀다. 유리 조각이 마디마다 파고 들어가 주먹이 반짝거렸다. 하지만 아프지 않았다. 오히려 개운했다. 웃었다. 바닥으로 흩어져 버린 유리 조각 속에서 녀석은 더 이상 나를 쳐다보고 있지 않았다. 이제 나는 내가 마지막으로 해야 할 일이 무엇인지를 알 것 같았다.

이제는 캔이 아니라, 거울 뒤로 숨어버린 나 자신의 안과 밖을 해체할 차례였다.